KB253424

FANTASY
WRITER

FANTASY FRONTIER SPIRIT

판타지 소설가 1

유지 판타지 장편 소설

초판 1쇄 찍은 날 § 2007년 3월 19일
초판 1쇄 펴낸 날 § 2007년 3월 29일

지은이 § 유지
펴낸이 § 서경석

편집장 § 문혜영
편집책임 § 장상수
편집 § 최하나 · 문정흠

펴낸곳 § 도서출판 청어람
등록번호 § 제1081-1-89호
등록일자 § 1999. 5. 31
어람번호 § 제1-0810호

주소 § 경기도 부천시 원미구 심곡1동 350-1 남성B/D 3F (우) 420-011
전화 § 032-656-4452 팩스 § 032-656-4453
http://www.chungeoram.com
E-mail § eoram99@chollian.net

ⓒ 유지, 2007

ISBN 978-89-251-0606-9 04810
ISBN 978-89-251-0605-2 (세트)

FANTASY
WRITER
유지
판타지 장편 소설
판타지
소설가
1
도서출판
청어람

Contents

Prologue

나는 판타지 소설가다.

지금은 비록 책 한 권 내지 못한 아마추어 작가이지만 언젠가는 유명한 판타지 소설가가 되는 것이 내 꿈이다.

그런 내 꿈을 이루는 데 결정적인 방해가 되는 것이 있는데, 그것은 바로 내 성격이었다.

한마디로 좀 무신경하다랄까?

그런 성격으로 어떻게 글을 쓰냐고 묻는 사람들도 있겠지만, 난 글 쓰는 것을 좋아하고 상상력이 뛰어난지라 판타지 소설가로는 타고났다고 생각했다.

그런 내 생각에 찬물을 끼얹는 이가 있었으니, 바로 미향이었다.

[후훗! 준 씨는 정말 현실적이라니까.]

노트북의 화면을 뚫어질 듯 쳐다보며 창작의 의욕을 불태우고 있던 난, 그 말을 듣는 순간 만화에서처럼 돌이 내 머리 위에 떨어지는 듯한 충격을 받았다.

이 상상력 뛰어난 서준희에게 현실적이라니…….

때문에 난 미향이 또 나를 준 씨라고 부른 것에 항의하는 것도 잊어버린 채 멍한 표정으로 미향이를 바라보며 반문하지 않을 수 없었다.

"…내가 현실적이라고?"

[그렇지 않고. 먼저 내 존재에 대해서 생각해 봐. 준 씨는 나를 보이는 그대로 인정하고 있잖아. 두려워하지도 않고.]

"그거야 보이니까, 너의 말이 들리니까. 그러니 미향이 네가 아무리 귀신이라고 해도 인정하지 않을 수는 없는 거잖아?"

그것이 뭐 어떻다는 말인지 의아해서 묻자 미향은 그 특유의 고혹적인 눈웃음을 지어 보이며 말했다.

[바로 그 점이란 말이야. 판타지를 좋아하는 다른 사람들이라면 아마 내 존재를 인정하는 것만으로도 풍부한 상상력을 발휘해서 현실 속의 판타지를 찾아 그 속에 빠져들었을걸? 어차피 판타지에서 나오는 오거나 고블린도 귀신이기는 마찬가지이니 애써 다른 차원의 판타지 세상을 찾는 것보다는 현실 속에서 판타지를 찾는 것이 더욱 가능성도 있고 빠를 테니까. 그리고 보면 판타지 속에서 나오는 대부분의 종족들은 현존하는 신화나 전설에서 따온 것이니만큼 나와 마찬가지로 진짜

존재할지도 모르는 일이고 말이야. 하지만 준 씨는 너무 현실적이라 다른 보이지 않는 존재들에 대해서는 인정하지 못하는 거잖아. 상.상.력.이. 빈.약.해.서.]

유난히 상상력이 빈약하다는 말을 강조하는 미향의 말에 잠시 기가 막혀서 멍하니 입을 벌리고 있던 나는 곧 반박하지 않을 수 없었다.

"그게 어째서 상상력이 빈약하다는 거야? 오히려 현실에서나 환상을 좇으려는 태도가 벌써 상상력이 빈약하다는 증거지."

[흐응, 과연 그럴까? 환상 속에서 환상을 좇는 것과 현실 속에서 환상을 좇는 것, 도대체 어느 쪽이 더 어렵겠어? 당연히 현실 속에서 환상을 좇는 것이지. 그러니 그쪽이 더 상상력이 풍부한 것 아니겠어?]

그 말에 일순 반박할 말이 떠오르지 않아 가만히 있으려니까 미향은 의기양양해져서는 약 올리듯 이어서 말하는 것이었다.

[준 씨는 상상력이 부족하다네~ 상상력이 부족하다네~ 준 씨는…….]

"윽, 닥쳐! 내가 준 씨라고 부르지 말랬지? 난 준희라고. 준 씨가 아니란 말이야!"

아무리 화를 내도 소 귀에 경 읽기였다. 히죽히죽 웃으며 미향은 언제나와 같은 말을 반복할 뿐이었다.

[흐응! 하지만 준희라는 이름은 안 어울린단 말이야. 여자 같잖아? 준 씨가 그야말로 딱이지.]

순간 난 속에서 울화가 치미는 것을 참을 수가 없어 버럭 외치고 말았다.

"젠장, 당연하잖아? 난 여자란 말이야!"

한참 동안 씩씩대던 난 미향의 천연덕스런 다음 말에 패닉 상태에 빠지고 말았다.

[어머, 하지만 준 씨의 그 외모를 보고 누가 여자라고 생각하겠어? 처녀 귀신인 나까지 홀린 외모잖아?]

처음 내가 미향을 보았던 것은 대학생 때였다.

그전까지 난 한 번도 귀신이라는 존재에 대해서 믿어본 적도 없거니와, 내가 귀신을 보게 되리라고는 생각지도 못했다.

그런데 교통사고로 머리를 다쳤다 깨어난 이 후부터 갑자기 귀신이 보이기 시작하더니 처녀 귀신 미향이 달라붙게 된 것이었다.

자신을 보고도 두려워하지 않았다고?

그것은 미향이 잘못 알고 있는 것이다. 난 무서웠다.

왜 예쁜 여자가 화내면 더 무섭다는 말이 있지 않은가?

그 말에 딱 어울리는 것이 바로 미향이었다.

길게 풀어헤친 윤기가 도는 풍성한 검은 머리카락과 귀신이라는 것을 보여주듯 새하얀 얼굴에 작고 도톰한 새빨간 입술. 거기다 뱃 속을 시리게 할 정도로 서리서리 뻗쳐 있는 음산한 기운.

그 모든 것이 어우러져 마치 중국 인형 같은 미향의 생김새는 나로 하여금 다른 귀신을 보았을 때보다 더욱 무섭게 느껴지도록 만들었다.

그로 인해 내가 남자인 줄 알고 유혹하며 키스하는 게에도 아무 말도 못할 정도로.

그때를 생각하면 정말 한숨만 나올 뿐이었다.

한숨을 쉬는 내 모습에 미향은 눈을 살짝 치켜뜨며 추궁하듯 물었다.

[갑자기 웬 한숨? 설마 날 만난 것을 후회하는 것은 아니겠지?]

미향은 그 문제에 관한 한 유난히 민감했다.

예전에 한 번 너 같은 골칫덩어리와 만난 것이 평생의 한이라고 했다가 귀신의 한이 얼마나 대단한지 온몸에 멍을 들어가며 배워야 했던 것이다.

때문에 그 이후로는 다시는 그런 말을 입 밖에 낼 수가 없었다.

"어? 아, 아니야! 그저 대작가의 길은 험난하구나라는 것이 온몸으로 느껴져서."

[그래? 하긴, 특히 준 씨에게는 험난하게 느껴지겠지. 그렇게 자기 감정에 둔하니 원.]

부정할 수 없는 사실이라 아무 말도 못하고 있던 나는 이윽고 다시 한숨을 쉬며 중얼거렸다.

"직접 경험해 보면 정말 좋은 소설을 쓸 수 있을 것드 같은데……."

[그럼, 내가 직접 경험하게 해줄까?]

순간 미향이 기묘하게 눈빛을 빛내며 물었다.

하지만 그것을 보지 못한 나는 그만 건성으로 대답하고는 실수를 저지르고야 말았다.

"그럴 수만 있다면 좋지만……."

직접 경험해 보고 사실을 판타지 소설로 쓴다면 그야말로 대박일 것이다. 하지만 솔직히 진짜로 판타지 세상으로 가서 그곳의 일을 경험해 보고 글로 쓰고 싶은 생각은 정말이지 조금도 없었다.

왜냐고? 난 소심한 인간이니까.

미지의 그 위험천만할지도 모르는 세상으로 가서 왜 그 고생을 하겠어?

그런데…….

"으악! 싫어! 제발 그만둬, 미향아!"

어느 보름달이 뜬 날 밤.

귀신들의 차원의 문이라는 동북방에 있는 귀문(鬼門)으로 난 미향에 의해 끌려 들어가고 말았다. 그야말로 입이 방정이 었지.

　시원한 바람이 얼굴을 스쳐 지나가는 느낌에 천천히 눈을 뜬 준희는 눈 안 가득 들어오는, 그야말로 시린 듯한 푸른 하늘과 초록색의 싱그러운 나무, 넓은 들판, 그리고 향기로운 꽃 냄새에 정신을 차릴 수가 없었다. 가끔 시골에서 보던 풍경과는 차원이 다른 풍성한 생기와 아름다움이 그곳에 있었던 것이다.

　"우와! 멋지다!"

　저도 모르게 감탄사를 터뜨리며 한참을 앉아 있던 준희는 문득 자신이 왜 이곳에 있는 것인지 의아해졌다. 그리고 미향에게 끌려 들어갔던 일과 갑자기 소용돌이가 그들을 덮쳤던 일들을 떠올리고는 황급히 주위를 둘러보았다. 미향을 찾아서.

"미향. …어디 있어, 미향? 장난치지 말고 그만 나와!"

가슴속에서 치밀어 오르는 불안감에 준희는 얼굴이 창백해졌다. 한순간도 그녀에게서 떨어지지 않던 미향이었다. 그 스무 살의 여름부터. 그런 미향의 모습이 보이지 않는다는 것은 그녀에게 무슨 일이 생겼다는 뜻이 아니겠는가? 그녀에게 올 수 없는.

돌아갈 길도 모르는 이 낯선 곳에서 앞으로 혼자 살아야 할지도 모른다는 생각이 들자 준희는 두려움에 휩싸이지 않을 수가 없었다.

시야가 마구 흔들리고 손끝이 떨리기 시작하는 것을 느끼면서도 스스로를 어찌하지 못하고 있을 때였다.

갑자기 시야가 환하게 밝아지면서 그녀의 눈앞에 깨끗한 물을 커다란 잎사귀에 한가득 담아 들고 서 있는 미향의 모습이 들어오는 것이 아닌가?

[어? 깨어났네?]

미향은 아쉬운 듯 손 안에 들고 있는 물이 든 잎사귀를 보면서 중얼거렸다.

[애써 입으로 먹여주려고 물을 구해왔더니만…….]

평소라면 화를 냈을 법한 그 말에도 준희는 화를 내지 못했다.

미향을 본 순간 그녀의 가슴속에서 천천히 퍼져 나가는 안도감에 그 모든 것을 잊었던 것이다.

“미향!”

중얼거리듯 미향의 이름을 내뱉으며 준희는 그녀를 덥석 껴안았다. 미향의 손에 든 물 때문에 옷이 다 젖는 줄도 모른 채 오로지 그녀가 무사해서 자신의 곁에 있어주어 다행이라고 생각하면서.

그런 준희의 갑작스런 포옹과 격한 감정의 표현에 잠시 놀라던 미향은 곧 행복한 얼굴로 준희의 품속에 파고들며 말했다.

[준 씨, 드디어 내 마음을 받아주기로 결심한 거야? 미향은 정말 기뻐!]

미향은 자신의 말에 기겁한 준희가 그녀를 밀쳐 내리라고 생각했다. 그런데 뜻밖에도 준희는 그녀를 밀쳐 내기는커녕 더욱 강하게 끌어안는 것이었다.

이에 용기를 얻은 미향은 슬며시 준희의 등 쪽으로 손을 가져가 그녀의 등을 쓰다듬으려고 했다. 그런데 그 순간이었다.

갑자기 준희가 그녀를 두 손으로 확 밀치며 묻는 것이 아닌가?

“그런데 여기는 어디지?”

[쳇!]

어느새 평소의 무덤덤한 모습으로 돌아온 준희를 보며 미향은 아쉬운 눈빛을 그대로 드러내며 말했다.

[나도 잘 모르겠어. 눈을 떠보니 준 씨와를 꼭 껴안은 채 여기에 떨어져 있더라고. 영원히 그 상태로 있고 싶었지만… 준

씨가 깨어나지 않으니까 걱정이 되어서 정신을 차리게 하려고 잠시 물을 찾으러 갔던 거야?]

그러면서 나 잘했지? 착하지 하는 듯한 표정으로 웃는 미향을 보자 준희는 난생처음으로 누군가를 죽이고 싶다는 충동에 휩싸였다. 이미 죽은 귀신이라는 것이 아쉬울 정도로.

'누구 때문에 이런 곳에 떨어졌는데 지금 웃음이 나와?

"으으으… 미향—!"

화를 참지 못하고 버럭 내지르는 준희의 고함에 미향은 잠시 눈살을 찌푸리더니 걱정스런 표정으로 준희에게 물었다.

[왜 그래, 준 씨? 혹시 또 편두통이 도진 거야? 많이 아파?]

그 말에 갑자기 모든 것이 허탈해진 준희는 빤히 미향의 얼굴을 쳐다보다가 이윽고 한숨을 길게 내쉬면서 말했다.

"휴우~ 그래, 모든 것이 다 내 팔자려니 해야지 어쩌겠어. 그런데 이제 어쩌지, 미향?"

[어쩌긴. 걱정하지 마, 준 씨. 밤이 되면 귀문을 찾아 돌아가면 돼.]

'애초의 목적지인 귀신들의 세계로 말이야.'

미향은 속으로 생각했다.

아무것도 모르는 준희는 안도의 한숨을 내쉬며 느긋한 기분으로 주위를 둘러보기 시작했다.

앞쪽으로는 온갖 풀들이 무릎까지 자라 있는 넓은 들판이 보이고, 뒤로는 커다란 나무들이 울창하게 자라 있는 숲이 있었다.

그 숲 속으로는 작은 오솔길이 나 있었는데, 마치 준희에게 이쪽으로 걸어오라고 손짓하는 듯 보였다. 하지만 준희는 마치 숲 앞에 마법의 결계라도 쳐져 있는 듯 들어갈 용기를 낼 수가 없었다.

그 길로 들어가면 쉽사리 집으로 돌아갈 수 없을 듯했던 것이다. 그것은 벌써 스물여섯이나 된 여인이 힘들이지 않고 낼 수 있는 용기는 분명 아니었다.

때문에 망설이고 있는데 미향이 재촉하듯 말하는 것이었다.

[들어가 보자, 준 씨. 밤이 되려면 아직 멀었는데 여기 그냥 이렇게 있을 수는 없잖아?]

'왜 없는데? 난 충분히 밤까지 그냥 여기 있을 수 있어' 라는 말이 목구멍까지 치밀어 올랐지만 꾹 참고 준희는 말했다.

"숲은 좀 위험해 보이지 않아? 들판 쪽으로 가보자."

그러자 미향이 고개를 가로저으며 말했다.

[안 돼! 아까 가봤는데 그쪽은 절벽이더라고.]

절벽이라는 말에 준희는 오싹 소름이 돋았다. 만약 미향과 자신이 떨어진 곳이 이 들판이 아닌 그쪽 절벽이었다면?

지금쯤 그녀의 몸은 산산이 부서져서 형체도 알아볼 수 없게 되었을 것이다. 그리고 미향과 함께 죽은 귀신이 되어서 이 알 수 없는 곳을 떠돌아다니며…….

점점 안 좋은 쪽으로 생각이 돌아가자 준희의 안색도 차츰 하얗게 질려갔고, 그런 준희의 얼굴을 본 미향은 한숨을 쉬었다. 첫인상과는 어쩜 저리도 다른지.

한줄기 서늘한 바람이 다가오는 듯했다고나 할까?

무심해 보이는 시선하며, 차분하고 이지적인 분위기가 어딘지 금욕적인 매력이 느껴지는 남자라는 것이 미향이 느낀 준희의 첫인상이었다.

그런데 알고 보니 그 모든 것이 그녀의 덧없는 착각이었다.

어이없게도 준희는 겉보기와는 천양지차로 달랐던 것이다. 남자 같은 생김새와는 달리 여자였고, 차분하고 이지적인 분위기와는 달리 덜렁이에 무신경하기 이를 데 없었으며, 겁도 많았다.

게다가 다분히 염세주의적인 데가 있어서 가만히 놓아두면 불길한 생각 속에서 헤어나지를 못하는 것이었다.

분명 지금도 불길한 생각 속에서 헤매고 있는 것이리라.

'어쩌다가 내가 저런 인간한테 반해서…….'

가만히 내버려 두면 언제까지나 불길한 생각 속에서 허우적거릴 듯한 보이는 준희의 모습에 미향은 준희의 손을 잡아끌고는 숲 속으로 들어갔다.

한참을 끌고 들어가자 그제야 겨우 정신을 차린 듯 준희는 비명을 질러대기 시작했다.

"으악! 안 돼, 미향!"

그 소리에 미향은 준희의 손을 팽개치듯 놓아버렸다. 이 정도까지 들어온 이상 겁쟁이인 준 씨가 혼자서 다시 돌아가지는 못하리라고 자신하며. 그리고 그녀의 예상대로 준희는 두려운 듯 주위를 둘러볼 뿐, 혼자서 돌아갈 생각은 하지 못했다.

"혹시 귀신이 나오는 것은 아니겠지?"

속삭이듯 묻는 준희의 말에 미향은 이제 기가 막힐 뿐이었다. 그렇다면 도대체 자신의 존재는 무엇이란 말인가?

[준 씨, 헛소리하지 말고 걸어!]

음산한 살기를 뿌리며 하는 미향의 말에 겁을 먹은 준희는 움찔 몸을 떨며 화들짝 놀라서 재빠르게 걸음을 옮기기 시작했다.

숲 속의 작은 오솔길을 걸어가면서 준희는 커다란 나무 아래나 바위 아래에 버섯으로 원이 그려져 있는 작은 공터를 흔치 않게 발견할 수 있었다. 그때마다 준희는 요정들의 무도회장을 떠올렸다. 그것은 그녀가 상상력이 뛰어나서라기보다는 그저 판타지 소설가로서의 직업병과 같은 것이었다.

그런데 그때였다. 준희의 눈에 이상한 것이 보였다.

요정들의 무도회장을 떠올리게 했던 버섯의 원 안에 아주 작은 황금빛으로 빛나는 세모꼴의 모자가 떨어져 있는 것이 아닌가?

그리고 그 모자를 본 순간, 순간적으로 준희는 그 모자가 갖고 싶어졌다. 그 어떤 비싼 물건이 떨어져 있어도 줍지 않던 그녀로서는 이상한 충동이었다.

왠지 그 모자를 줍지 않으면 후회할 것 같은 느낌에 준희는 미향의 눈치를 슬쩍 살피며 재빠르게 모자를 주워 주머니에 넣었다. 이상하게 도둑질이라도 한 듯 가슴이 심하게 두근거렸다.

　주머니 속의 모자를 확인하듯 손으로 연신 만져 보며 한참을 미향을 따라 걸었지만 가도 가도 숲만 보일 뿐 마을이나 집은 한 채도 보이지 않았다.

　준희가 지쳐서 말했다.

　"이러다가 굶어 죽겠어, 미향. 그냥 저 과일들을 따 먹으면 안 될까?"

　숲에는 배고픈 존재가 있다는 것이 기막힐 정도로 커다란 나무마다 색색의 탐스러운 과일들이 주렁주렁 매달려 있었던 것이다.

　"먹어. 아무거나 먹고 죽고 싶으면."

　미향은 퉁명스럽게 말했다. 어딘지도 모르는 곳에서 열린 이름도 모르는 과일을 함부로 먹겠다니, 아무리 생각해도 준희의 생존 능력은 그녀의 능력치 중에서 가장 최하인 것 같았다.

　하긴 그러니 처녀 귀신인 자신이 붙어 있어도 떼어낼 생각조차 하지 않는 것이겠지만.

　분명 준희는 그녀가 남자였다면 자신으로 인해 양기를 모조리 빨려 벌써 죽었을 것이라는 사실조차 인식하지 못하고 있을 것이다. 여자인 덕분에 자신의 음기가 더해져 색기가 더욱 짙어졌다는 사실도.

　그 때문에 준희에게 들러붙으려는 남자나 여자들도 많았지만 모두를 그녀가 떼어버렸고, 결과적으로 준희는 지금까지

연애 한 번 제대로 못해본 것이다. 둔한 준희는 그것도 모르고 단지 자신이 사람들에게 호감을 주지 못하는 유형이라고만 생각하고 있는 듯했지만.

그런 생각들이 떠오르자 미안해진 미향은 풀이 죽어 있는 준희에게 약간 어조를 부드럽게 하며 달래듯 말했다.

[여기서 기다리고 있을래, 준 씨? 내가 빨리 사람들이 있는 곳을 찾아보고 올게.]

준희는 그 말에 약간 머뭇거렸다. 혼자서 이곳에 있을 자신이 없었던 것이다. 하지만 배에서 꼬르륵 소리가 나자 이내 고개를 끄덕이며 말했다.

"알았어, 하지만 빨리 와야 해, 미향?"

[응! 나도 준 씨하고 오래 떨어져 있고 싶지는 않아.]

그러면서 한줄기 연기 같은 속도로 미향이 그 자리를 떠나고 나자 준희는 한 커다란 나무 아래에 털썩 주저앉아 등을 기대었다.

얼마나 그렇게 있었을까?

갑자기 누군가 준희의 소매 옷자락을 잡아당기는 것이 아닌가? 분명 주위에는 그녀밖에는 아무도 없었는데 말이다. 이에 잠시 얼어붙은 듯 굳어 있던 준희는 여전히 자신의 소매를 잡아당기는 기척에 슬며시 고개를 팔 쪽으로 돌렸다. 그리고 눈에 보이는 광경에 그녀의 두 눈은 더욱 커질 수밖에 없었다.

손바닥 위에 올려놓을 수 있을 정도로 작은 인간형의 몸에 잠자리 날개와 같은 두 쌍의 날개를 단 사람 셋이 나란히 서서 그녀의 옷자락을 있는 힘껏 잡아당기고 있었던 것이다.

"배가 고파서 헛것이 보이는 걸까, 아니면 내가 꿈을 꾸고 있는 것일까?"

판타지 소설가로서 나름대로 상상력이 풍부하다고 자신하는 준희였지만 눈앞의 작은 사람들의 존재 유무에 대해서는 쉽사리 인정할 수가 없었다.

그런 준희에게 작은 사람들은 무슨 말인가를 하는 듯했지만 준희는 도무지 그들의 말을 알아들을 수가 없었다.

너무 소리가 작아서 안 들리는 것인가 싶어 준희는 떨리는 손으로 잡히지 않으려고 발버둥 치는 날개 달린 소인들 중 한 사람을 집어 손바닥 위에 올려놓고는 얼굴을 가까이 가져갔다.

그렇게 가까이서 보자 사람들보 귀도 뾰족하고, 입고 있는 옷도 천이 아닌 꽃잎이라는 것을 알 수 있었다. 게다가 손끝에 묻어 나오는 이 꽃가루는,

"설마…… 요정?"

입을 쩍 벌린 채 준희는 무슨 말을 해야 좋을지 몰랐다.

솔직히 판타지 소설을 쓰면서 실제로 요정이나 드래곤 등이 있었으면 좋겠다고 늘 생각하긴 했지만 이렇게 실제로 그것을 보게 될 줄이야 어찌 알았겠는가? 가슴이 마구 뛰었다. 그리고 준희는 이제야 사태를 제대로 인식한 듯한 기분이었다.

'요정이 있다면 이곳은 분명 판타지 세계일 것이고, 그렇다면 난 판타지 세계를 직접 경험해 본 뒤 그것을 소설로 쓴 최초

의 작가가 되는 거잖아?

홍분이 온몸을 감싸고돌았다. 이것이야말로 진짜 기적이 아니겠는가?

방금 전까지도 미향에게 집으로 돌아갈 방법을 빨리 찾으라고 닦달하던 것도 잊은 듯 준희는 홍분해서 처음 만난 요정에게 어떤 첫마디를 건네야 좋을지 몰라 머리를 굴리기 시작했다. 자서전에 남길 만한 멋진 말로 요정과의 만남을 시작하고 싶었던 것이다.

하지만 결국 아무것도 떠올리지 못한 준희는 어설프게 인사를 건넬 수밖에 없었다.

"저, 그러니까…… 흠, 안녕?"

하지만 요정은 준희의 말을 알아듣지 못한 듯 귀엽게 인상을 찌푸리며 뭐라고 이상한 말을 계속 떠들어댔다.

"뭐? …무슨 말인지 모르겠어."

그리고 그때서야 준희는 미처 자신이 생각지 못했던 점을 떠올리고는 당황했다. 혹시 이 요정들의 말뿐만 아니라 이 세계에 살고 있는 인간들의 말 또한 알아들을 수 없다면? 그야말로 이 판타지 세계는 그녀에게 그림의 떡이 아니겠는가?

솔직히 이곳의 언어를 지금부터 배운다고 해도 제대로 익혀 사용하기란, 그 오랜 세월 배운 영어조차 제대로 구사하지 못하는 그녀로서는 아득하기만 한 일이었다.

때문에 이대로 대작을 포기하고 집으로 돌아가야 하는가 하고 허탈한 심중을 감추지 못하고 있는데 갑자기 하얀 가루 같은 것이 그녀의 머리 위에 떨어져 내리는 것이 아닌가?

"응, 뭐지?"

그런데 그때였다.

요정의 말이 귀에 들려오는 것이 아닌가?

"모자를 돌려달란 말이다, 인간! 그 모자는 우리 요정 족에게 아주 중요한 모자란 말이야!"

순간 준희는 자신의 머리를 감싸며 중얼거리듯 말했다.

"어떻게 된 거지? 갑자기 요정의 말이 들리다니……."

그 말에 대답한 것은 준희의 손바닥 위에 있던 요정이 아닌 바닥에 있던 두 명의 요정 중 좀 통통한 체구를 지닌 쪽이었다.

"그거야 마법의 가루를 뿌렸으니까 그렇지."

허억!

준희는 갑자기 숨이 턱 막히는 듯한 느낌이었다. 요정을 보았으니 그쯤은 짐작했어야 마땅했지만, 마법이라니…….

이 얼마나 듣는 것만으로도 황홀한 단어이던가?

판타지 세상이라고 하면 가장 먼저 떠오르는 것은 언제나 마법이었다. 마법이 실현되는 세상. 그것만큼 가슴을 들뜨게 하는 것이 또 있을까?

잠시 감동에 몸을 떨던 준희는 순간 자신의 인생을 회고할 때 최고로 빠른 머리 회전이었다고 자부할 만한 생각을 떠올릴 수 있었다.

"혹시 이 모자 말이야?"

그러면서 주머니에서 황금빛 모자를 꺼내 들자 요정들은 기쁜 표정으로 일제히 고개를 끄덕이며 그 모자를 돌려받으려고 했다. 하지만 그들은 모자를 돌려받을 수 없었다. 요정들이 모자를 잡으려고 하자 준희가 슬쩍 자신의 등 뒤로 모자를 감추어 버렸기 때문이다.

"뭐냐, 인간?"

"돌려줘!"

"우리 거다."

시끄럽게 떠들어대는 요정들을 보며 준희는 씨익, 웃으면서 말했다.

"주은 자가 임자지. 내가 주웠으니까 이 모자는 이제 내 거야."

그러자 요정들은 화가 나서 땅 위를 통통 뛰어다녔다. 하지만 그들의 화내는 모습은 준희에게 조금의 위협도 되지 못했다. 꽃잎이 주위에서 나풀나풀거린다고 위협을 느끼는 사람이 몇이나 되겠는가?

때문에 준희가 심드렁한 표정으로 요정들을 바라보자 요정들은 자신들의 위협이 통하지 않는다고 생각했는지 머리를 맞대고는 다음 수단을 강구하기 시작했다. 그러다가 어떤 결론을 내린 듯 그들 중 한 요정이 말했다.

"그 모자는 인간들에게는 아무런 소용도 없는 모자야. 돌려준다면 너희 인간들이 좋아하는 보석을 한 주머니 주도록 하겠다."

　요정들이 보석을 준다는 말에 준희는 약간 마음이 움직이기는 했지만 단호히 거절했다. 그녀가 노리는 것은 더욱 큰 것이기에.

"싫어!"

그 말에 요정들은 준희를 노려보더니 빙긋 웃는 준희의 얼굴에서 무엇인가를 깨달은 듯 말했다.

"인간, 원하는 것이 뭐지?"

드디어 자신의 뜻대로 일이 돌아가자 기쁜 마음에 준희는 활짝 웃으면서 말했다.

"내 세 가지 소원을 들어줘. 그러면 이 모자를 주지."

"…세 가지 소원?"

요정들은 기가 막혔다. 그들이 무슨 소원을 들어주는 신도 아닌데 세 가지 소원을 들어달라니…….

하지만 요정이라면 마땅히 무슨 소원이든 들어줄 수 있다고 생각하는 준희는 어디까지나 진지한 표정으로 요정들을 바라보고 있었다.

이에 할 수 없이 요정들은 한숨을 쉬면서 말했다.

"좋아. 우리가 들어줄 수 있는 거라면 세 가지에 한해서 들어주도록 하겠다."

준희는 저절로 벌어지는 입을 감추지 못한 채 머리 속으로 차근차근 자신의 소원을 정리하기 시작했다. 잘못 말해 소원을 날려 버리지 않기 위해서라도.

"우선 첫 번째로는……."

그러다가 문뜩 떠오른 생각에 준희가 물었다.

"그런데 요정들의 말과 이곳 인간들의 말은 다른가 보지?"

요정들은 갑자기 왜 그런 당연한 질문을 하는지 의아하다는 표정으로 말했다.

"당연한 말이지. 그렇지 않다면 왜 마법의 가루를 뿌려가며 하루뿐이긴 하지만 우리 말을 이해할 수 있도록' 만들었겠어?"

"하핫!"

준희는 허탈하게 웃었다. 그 마법의 가루로 당연히 이곳 인간들의 말 또한 알아듣게 되었다고 생각했는데…… 요정들의 말과 이곳 사람들의 말이 다르다면, 그녀가 하고 있는 말과도 다를 가능성이 아주 크지 않겠는가?

때문에 준희는 어쩔 수 없이 소원 하나를 희생하기로 결정했다. 그런 그녀의 머리 속에는 이미 미향과 집으로 돌아가겠다는 생각은 잊혀진 지 오래였다. 오직 대작에 대한 작가로서의 투혼만이 가득할 뿐.

"첫 번째로는 모든 언어를 이해하고 말하고 쓸 수 있게 만들어줘."

그러면서 속으로 준희는 어쩌면 이 마법이 집으로 돌아간 후에도 발휘되어서 영어는 물론 일어, 중국어, 불어 등 모든 언어를 말하고 쓸 수 있게 될지도 모른다는 기대에 가슴기 벅차지 않을 수 없었다.

한편, 요정들은 준희의 소원에 크게 당황했다. 언어를 이해한다는 것은 그 말속에 포함된 마법의 힘까지 사용할 수 있게 된다는 말인데, 요정들의 힘으로도 그것은 절대 불가능한 일이었기 때문이다.

서로 상의하던 요정들은 준희에게 물었다.

"말하고 쓸 수 있는 것 정도로는 안 될까?"

준희는 요정들의 말에 제대로 생각도 해보지 않은 채 대답했다.

"충분하지!"

그녀는 언어를 이해한다는 것과 말하고 쓸 수 있다는 것은 다른 차원의 얘기라는 사실을 알지 못했던 것이다.

그러자 한 요정이 기쁘게 품속에서 가죽으로 보이는 주머니 두 개를 꺼내 들더니 다른 요정에게 물었다.

"혹시 룬시의 잎을 가진 요정 없어?"

"아, 내가 가지고 있어."

룬시의 잎이라니…… 무언가 특이한 잎인가 싶어 유심히 그 요정이 꺼내 드는 것을 바라보니 이게 웬걸. 흔한 떡갈나무 잎이 아닌가?

"뭐야, 떡갈나무 잎이잖아?"

실망한 준희의 말에도 요정은 아무렇지도 않게 대답했다

"우리 마을에서 가장 오래된 떡갈나무인 룬시의 잎이야!"

요정은 떡갈나무 잎 위에 가죽 주머니에서 꺼내 든 소량의 흰색 가루와 붉은색 가루를 각기 뿌리며 뭐라고 입속으로 중얼거렸다. 그러자 잠시 후, 떡갈나무 잎에서 황금색 빛이 뿜어져 나오더니 마치 스며들 듯이 사라져 버리는 것이 아닌가?

‘저것이 마법이구나!’

감탄하는 준희의 표정에 요정들은 희미한 웃음을 보이며 그 떡갈나무 잎을 내밀었다.

"이 잎을 몸에 지니면 그 어떤 언어든 말하고 쓸 수 있을 거다, 인간."

그 잎을 받아 든 준희는 자세히 살펴보았다. 조금 전의 황금빛마저 사라진 떡갈나무 잎은 그저 평범하게만 보였다. 그런데 이 잎을 지니면 어떤 언어든 말하고 쓸 수 있다니…….

하지만 소설에서 보면 이런 잎 따윈 지니지 않아도 다른 세계로 간 주인공은 언제나 그곳의 언어를 유창하게 말했었다. 마법사나 드래곤이 머리 속에 언어를 주입시켜 주는 간편한 방법으로. 그 생각이 떠오르자 준희는 머뭇거리며 말했다.

"이 잎을 잃어버리면 모든 것이 끝이잖아! 어떻게 이 잎을 지니는 것 말고 모든 언어를 말하고 쓸 수 있는 다른 방법이 없을까? 예를 들면 머리 속에 언어를 넣어준다거나 하는 식으로 말이야."

준희의 말에 요정들은 서로 고개를 갸웃거리면서 말했다.

"그런 방법이 있단 말이야? 넌 들어봤니?"

"아니, 못 들어봤는데……. 장로님에게 한번 물어볼까-?"

"장로님이라도 그렇게는 못하실 거야. 언어를 저 인간에게 넣어주려면 기억 전이 마법을 시전할 수밖에 없는데 장로님이 세상에 있는 모든 언어를 다 아시는 것도 아니고, 어떻게 저 인간의 머리 속에 세상의 모든 언어를 집어넣어 주겠어?"

"맞는 말이야. 세상에 있는 모든 언어를 아는 것은 가장 오래 산 룬시밖에는 없지."

요정들의 말에 어쩔 수 없다는 것을 깨달은 준희는 떡갈나무 잎을 주머니 속에 넣었다. 행여 부서지기라도 할까 봐 무척 조심하면서. 그러면서도 미련이 남은 준희는 투덜거리듯 말했다.

"그럼, 이곳 인간들의 말이라도 이 잎 없이 말할 수 있게 해 줄 수는 없는 거야?"

그러자 요정들이 이상하다는 듯 말했다.

"인간들의 말이라니?"

"그럼 너는 이곳 인간이 아니란 말이야?"

준희는 아차 싶었지만 곧 아무렇지도 않게 물었다.

"이곳이 어딘데?"

요정들은 황당하다는 표정으로 대답했다.

"이곳이 어딘지 모른다는 거야? 로드센이잖아. 미드리드 산맥의 끝자락이자 인간들의 지형으로 치면 린페이 공화국의 국경 지대."

로드센, 미드리드, 린페이……

준희로서는 모두 처음 들어보는 지명이었다.

하지만 그 지명들로 인해 준희는 새삼 자신이 서 있는 곳이 판타지 세계라는 자각을 할 수 있었고, 그것은 그녀에게 환희와 두려움을 동시에 안겨주었다. 진짜 판타지 세상을 경험하고 소설을 쓸 수 있다는 환희와 미지의 세상에 대한 두려움을.

그 때문에 이상야릇한 표정을 짓고 있는 준희를 요정들은 의아한 표정으로 쳐다보았다.

그러자 준희는 어색하게나마 표정을 수습하며 요정들에게 말했다.

"내가 좀 먼 곳에서 왔거든."

요정들을 속일 생각은 없었지만 혹시나 다른 차원에서 왔다고 하면 차원의 평화와 안녕을 위해서라며 돌려보낼지도 모른다는 생각이 문득 뇌리를 스치고 지나갔던 것이다.

요정들은 준희의 말을 믿은 듯 저희끼리 그 문제를 상의해 보더니 대답했다.

"좋다, 인간. 장로님에게 부탁해 오늘 밤에 너에게 이곳 인간들의 언어를 전이인식시켜 주도록 하겠다."

그 말에 준희의 얼굴은 단번에 환해졌고, 그런 준희의 표정에 요정들은 약간 당황하지 않을 수 없었다.

그들은 인간들이란 하나같이 탐욕스럽고 파괴를 일삼는 추악한 존재라고 알고 있었다. 그런데 겨우 그 정도의 일로 해맑게 웃으며 기뻐하는 준희의 얼굴을 보자 저절로 요정들의 마음도 순수한 기쁨으로 채워지면서 어쩌면 인간이란 그렇게 나쁜 존재만은 아닐지도 모른다는 생각이 들었던 것이다.

이에 요정들은 한결 누그러진 표정으로 준희에게 물었다.

"흠, 그래서 두 번째 소원은 뭐냐?"

하지만 준희는 그런 요정들의 표정을 눈치 채지 못한 채 두 번째 소원이라는 말에 잠시 생각에 잠겼다가 천천히 입을 열었다. 약간은 쑥스러운 듯한 표정으로.

"내가 인상이 나빠서인지 대부분의 사람들은 날 좀 꺼리더라고. 그래서 말인데 사람들이 나에게 호감을 가지게 만드는 그런 마법을 걸어주었으면 해."

요정들은 그 말에 상당히 어리둥절한 표정으로 준희를 바라보았다. 그들은 준희를 인간 족의 수컷 중에서도 상당히 잘생긴 쪽이라 생각하고 있었던 것이다. 그런데 호감을 살 수 있는 마법을 소원할 정도로 사람들에게 호감을 얻지 못하고 있었다니…….

인간들의 미적 감각이란 이해할 수 없는 것이라고 생각하면서 요정들은 준희에게 잠시 연민의 시선을 보냈다가는 이내 서로 그 문제에 대해 상의하기 시작했다.

그러더니 한 요정이 잠시 그들의 눈앞에서 빛을 내면서 사라지더니 잠시 후 은사로 꼬아 만든 것 같은, 사람 팔보다 약간 긴 길이의 줄을 들고 다시 나타났다.

요정들은 그 은사에 이번에는 황금색 가루와 초록색 가루를 뿌리더니 뭐라고 중얼거리고는 그 줄을 다시 아침의 첫 번째 이슬을 모아 담은 작은 유리병 속에 잠시 담가놓았다가 꺼내어서는 준희에게 내밀었다.

"이 줄을 머리에 두르면 사람들은 물론이고 모든 존재들이 너를 친구로서 인정할 거야."

준희는 살짝 그 은색의 실을 만져 보았다. 가느다랗게 꼬여 있는 줄이 보기보다는 상당히 질겼다. 마치 은색의 가는 철사를 꼬아 만든 것같이.

"이 줄이 무슨 줄인데 이 줄로 사람들의 호감을 살 수 있다는 거지?"

요정이 말했다.

"암컷 거미의 거미줄을 꼬아 만든 줄이다. 하지만 그대로 쓰면 상대방을 끌어당기는 유혹의 힘이 너무 강해서 아침의 첫 번째 이슬을 모아 담은 이 유리병에 잠시 넣어 상당한 힘을 정화시키고 약간의 호감만을 느낄 수 있도록 만든 것이지."

그 말에 준희는 그렇구나! 하고 감탄한 표정으로 고개를 끄덕이고는 그 줄을 받아 이마에 가볍게 두 번 두른 후 그 끝을 묶고 남은 줄은 뺨 옆으로 늘어뜨렸다.

그러자 요정들의 눈에 약간 차가운 카리스마가 느껴지던 준희의 인상은 누구나 마음을 열고 쉽게 고민을 털어놓을 수 있을 듯한 부드러운 인상의 현자같이 바뀌었다. 그것이 마법의 힘 때문이라는 것을 알고 있으면서도 준희에게 자신들의 고민을 모두 말해 버리고 싶을 정도로.

하지만 미처 그들이 자신들의 고민을 말하기도 전에 준희가 말했다.

"내 세 번째 소원은 아무리 많은 양의 글이라도 모두 적을 수 있는 종이와 펜이야."

아무리 대작을 쓸 수 있는 기회가 마련되면 무엇 하겠는가? 현재로서는 노트북도, 그렇다고 직접 쓸 수 있는 종이와 펜도 지니고 있지 않는데…….

　물론 마음 같아서는 요정들에게 최신 노트북을 한 대 달라고 하고 싶었다. 하지만 거미줄이나 이슬, 그리고 룬시의 잎 등을 이용하는 요정들이 노트북이라는 것이 무엇인지 이해하지도 못할 것이 분명하다고 생각했기 때문이다.

　준희의 소원을 들은 요정들의 얼굴은 긴장이 풀린 듯 환하게 밝아졌다. 의외로 쉽게 해결할 수 있는 소원이었기 때문이다. 이미 그들의 마을에 있는 것들 중에 하나인.

　한 요정이 말했다.

　"잠시 기다려. 금방 갖다줄게."

　그러면서 빛을 번쩍이며 사라진 요정은 잠시 후에 손에 작은 손바닥 크기만 한 책과 펜을 들고 나타났다.

　"이것이 네가 원한 물건이다. 받아라, 인간."

　소가죽으로 겉장을 만든 듯 보이는 책의 한가운데에는 무지개와 같은 곡선으로 요정들의 글이 금빛의 화려한 글씨체로 쓰여 있었다.

『룬의 바다.』

　룬시의 떡갈나무 잎을 지니고 있어서인지 그 글의 뜻을 저절로 떠올린 준희가 중얼거렸다.

　"달의 바다?"

　한 요정이 말했다.

　"맞아. 그 이름 때문에 그 책에는 바다처럼 많은 글을 적어

놓을 수 있는 거라고 장로님께 들은 적이 있었어."

이번에는 펜을 살펴보았다. 다른 펜과 다를 것이 없었지만 깃대에 꽂혀 있는 깃털만은 평범해 보이지 않았다. 책 한가운데에 쓰인 금빛의 글과 마찬가지인 금빛 깃털도 사르륵거리는 것이 금방이라도 금빛 가루가 떨어질 것 같았다.

그 깃털을 살짝 어루만지며 준희가 요정들에게 물었다.

"이건 뭐야?"

"마법의 가루가 뿌려진 깃털로, 그 깃털로 인해 그 펜은 아무리 써도 잉크가 마르지 않게 될 거다."

손에 펜을 쥐자 준희는 누구보다도 자신이 강해지고 자신감으로 충만해진 기분이었다. 기사에게는 검이 마법사에게는 책이 그렇다면, 판타지 소설가인 자신에게 필요한 것은 무엇이겠는가? 바로 이 펜이 아니겠는가?

뿌듯한 기분으로 가슴을 펴는 준희를 보며 요정들이 말했다.

"자, 이제는 우리 모자를 돌려줘."

그 말에 준희는 아쉬운 기분이 들기는 했지만 약속대로 황금빛 모자를 요정들에게 건네주었다.

그러자 요정들은 모자를 받아 들고 기쁘게 준희의 주위를 통통 뛰어다니더니 환한 웃음을 지으며 눈 깜짝할 사이에 빛과 함께 사라져 버리려고 하는 것이었다.

이에 준희는 재빨리 요정들에게 물었다.

"그런데 그 모자는 무슨 모자였어?"

요정들 중 한 요정이 말했다.

"마법의 가루를 만드는 데 필요한 달빛을 모으는 모자야!"

요정들이 사라지고 한참이 지나서 미향이 돌아와 굳어 있는 준희를 마구 흔들 때까지 준희는 충격 속에서 헤어 나오지를 못했다.

그렇게 중요한 모자인 줄 알았으면 좀 더 많은 소원을 말하는 건데 하고 뼈아프게 후회하면서.

[여기는 미드리드 대륙이라는 곳이래. 이곳에서 한두 시간 정도 가면 로드센이라는 작은 마을이 나오는데, 그 마을 사람들이 그렇게 말하는 것을 들었어.]

미향은 그렇게 단순하게 설명하면서도 그것을 알아내기 위해 그녀가 얼마나 힘들었는지는 말하지 않았다. 이상하게도 이곳의 기는 너무 강해서 그녀가 자신의 힘을 주체할 수 없을 정도였던 것이다. 조금만 힘을 강하게 모으면 저도 모르게 실체가 되어서 존재가 드러나곤 했으니까.

그 때문인지 미향은 종종 힘을 조절하지 못해 물체에 부딪치거나 사람들 앞에 갑자기 그 모습을 드러내 그들을 놀라게 만들기도 했던 것이다.

그러면서 미향은 인가를 살피고 돌아온 뒤부터 처음 보는 준희의 이마에 둘러져 있는 두 줄의 은빛 실이 신경에 거슬리는지 계속해서 힐끔거리다가 이윽고는 더 이상 참지 못하고 묻고 말았다.

[도대체 이마에 두른 그것은 뭐야, 준 씨?]

　　미향은 누구도 쉽게 접근을 허용할 것 같지 않은 준희의 차가운 분위기가 좋았다. 그 분위기 때문에 그녀를 독점할 수 있었으니까. 그래서일까? 요정들의 눈에는 부드러운 현자 같았던 준희의 인상이 미향의 눈에는 여전히 차가운 카리스마가 느껴지는 모습 그대로 보였던 것이다.

　　때문에 묵묵히 미향의 뒤를 따르며 자신의 변한 분위기에도 아무 말이 없는 미향에게 약간 삐쳐 있던 준희는 그 말에 비로소 화색이 도는 듯한 얼굴로 물었다.

　　"뭐, 좀 변한 것같이 느껴지지 않아, 미향?"

　　미향은 그 말에 웬 동문서답이냐는 듯 이맛살을 찌푸리며 말했다.

　　[변했지. 그러니까 물어보잖아? 도대체 그 이마에 두른 은사는 갑자기 어디서 난 거야?]

　　그러자 준희는 부운 얼굴로 말했다.

　　"이 은사 말고 내 분위기 말이야, 분위기!"

　　미향은 그 말에 새삼 준희의 위아래를 쭉 훑어보았지만 도대체 무슨 분위기가 변했다는 것인지 알 수가 없었다.

　　[모르겠는데…… 그건 그렇고, 그 은사는 뭐냐니까?]

　　모르겠다는 말에 어깨를 축 늘어뜨리고 있던 준희는 매서운 눈초리로 노려보는 미향의 모습에서 전보다 몇 배는 강화된 듯한 귀기를 느끼고는 잔뜩 쫄아서 말까지 더듬으며 설명했다.

　　"그, 그러니까……"

요정들과 있었던 일을 자세히 설명해 주자 한참을 말없이 듣고만 있던 미향은 하늘 한 번 보고 땅 한 번 보고 하더니 버럭 소리를 질렀다.

[준 씨!]

"어? …왜!"

주춤거리며 묻는 준희를 보며 미향은 입에서 불이라도 뿜을 듯한 모습으로 외쳤다.

[겨우 그따위 소원을 빌었단 말이야? 좋은 소원이 얼마나 많은데? 이왕이면 남자가 되게 해달라던가, 9서클의 대마법사 되게 해달라는 것도 있고, 소드 마스터라는 것도 있잖아!]

준희는 9서클의 대마법사와 소드 마스터가 되게 해달라는 소원은 이해할 수 있어도 어째서 남자가 되게 해달라는 소원을 빌어야 하는지 의아해서 빤히 미향의 얼굴을 쳐다보자 미향도 자신의 말이 지나쳤다는 것을 깨닫고는 민망했던지 헛기침을 하면서 화제를 돌렸다.

[그래, 남자가 되게 해달라는 것은 그렇다 치고 왜 9서클의 대마법사나 소드 마스터가 되게 해달라는 소원을 빌지 않은 거야? 설마 판타지 소설가이면서 그런 것도 떠올리지 못했다고 말하는 것은 아니겠지? 퓨전 판타지 소설에서 보면 대부분 나오는 건데.]

준희는 망설이다가 미향의 무서운 눈초리에 결국 항복한 듯 입을 열었다.

"그게…… 뭐, 내가 독실한 신자는 아니지만 왜 그런 말이 있잖아? 신께서는 그 사람이 감당할 만큼만의 시련을 주신다고. 난 그 말을 믿거든. 그래서 내가 강해지면 그만큼의 큰 시련이 내 앞을 가로막을 거라고 생각해. 하지만 난 그런 위험하고 고통스러운 일은 되도록 피하고 싶고…… 게다가 난 이미 판타지 소설가라는 훌륭한 직업이 있는데 이제 와 마법사나 기사가 되어야 할 이유는 없잖아?"

미향은 자신도 모르게 허탈한 한숨이 새어 나오는 것을 참을 수가 없었다. 그러면서도 마음 한편으로는 왠지 그것이 준희답다는 생각에 마음이 편안해지는 것이었다.

그런 준희이기에 그녀를 보호하기 위해서 어쩔 수 없이 자신이 옆에 꼭 붙어 있는 것이 아니겠는가?

그때 그런 미향의 귀에 준희의 중얼거림이 들려왔다.

"그런데 왜 분위기가 변하지 않았다는 거지? 분명 이 줄이 나에게 호감을 느끼게 만들어준다고 했는데……."

그 말에 미향은 귀엽게 검지를 입에 대고 싱긋 웃으면서 준희에게 말했다.

[후훗! 그거야 난 이미 준 씨의 사랑의 포로니까. 새삼 호감을 느낄 이유가 없잖아?]

순간 준희는 경직되어 버린 듯 몸이 굳어져 버렸다. 이제 거의 6년간을 같이 있었으니 미향의 이 애정 공세에도 익숙해질 만하건만 여전히 익숙해지지 않는 그녀였다. 그나마 좋아진 것은 굳었다가 정신을 차리는 시간이 갈수록 짧아진다는 것 정도랄까?

잠시 후 세차게 고개를 흔들어 정신을 차린 준희는 미향에게 물었다.

"그런데 로드센이라는 마을은 어떤 곳이야? 판타지 소설 속에서 빠져나온 것 같은 그런 그림같이 아름다운 마을이야? 아니면 혹시… 버림받은 마을이라서 대낮에도 좀비가 걸어다닌다거나 어쩌다가 찍힌 드래곤의 발자국 때문에 풍지박살난 마을이라던가…….."

점점 이상한 쪽으로 상상력이 치닫고 있는 준희를 보며 미향은 그녀의 말을 끊듯 단호하게 말했다.

[그냥 평범한 마을이었어, 평범한 마을!]

"그, 그래……."

하지만 준희의 말끝을 흐리며 말하는 투가 어딘지 '나 실망했어요' 라고 말하는 듯해서 미향은 피식 웃으며 덧붙이지 않을 수 없었다.

[물론 판타지 속의 마을로서는 말이야.]

순간 기대감에 휩싸인 준희는 걸음을 빠르게 했다. 어서 빨리 보고 싶었던 것이다.

제2장
로드센 마을

한 시간 사십 분쯤 걸었을 때였다.

드디어 그들의 눈앞에 한 마을의 모습이 펼쳐졌다. 그리고 그 마을의 모습을 본 순간 준희는 미향의 말뜻을 이해할 수 있었다.

채 열 가구가 넘지 않을 듯한 판잣집들이 유일한 석즈 건물로 보이는 신전을 중심으로 마을의 미관 따위는 전혀 고려하지 않은 채 띄엄띄엄 자리해 있었는데, 그 모습이 의외로 상당히 어울려서 얼추 준희의 상상 속의 판타지 마을의 모습과 비슷해 보였다.

약간 다른 점이라면, 그녀의 상상 속의 판타지 마을의 외관은 나무랄 데 없이 깨끗한 데 비해 이곳은 약간 지저분하다는 것일까?

서서히 마을로 들어선 준희는 마을 어귀의 큰 나무 아래에 앉아 있는 노인과 그 노인의 뒤쪽에서 뛰어다니는 어린아이들의 모습을 볼 수 있었다.

준희는 순간 주춤하지 않을 수 없었다. 낯선 이 세계에 와서 처음으로 만나는 인간들이 아니겠는가?

약간 경계심을 가지고 그들의 옷차림을 살펴보니 노인과 남자 아이들은 위에는 단순한 디자인의 소매가 짧은 티에 허리는 넓은 천으로 복대를 한 것처럼 여러 겹을 둘러 허벅지까지 늘어뜨렸으며, 바지는 넓은 통에 무릎 아래에서 발목까지 얇은 천으로 엇갈리게 빙빙 묶어져 있는 것이 상당히 활동하기 편해 보이는 실용적인 옷차림이었다.

여자 아이들이 입고 있는 옷은 상의는 남자 아이들과 같았지만 그 위에 조끼를 덧입었으며, 복대 같은 허리띠 아래로는 발목까지 오는 긴 치마를 여러 겹 겹쳐서 입은 옷차림이었다.

그런 그들에 비해 준희는 푸른색 남방에 단순한 면바지 차림이었지만, 한눈에 보기에도 그들의 옷차림과는 다르게 어딘지 이질적인 세련된 느낌이 물씬 풍겼다. 섬세함이 다르다고나 할까?

때문에 그들에게 말을 붙여보기도 전에 이방인이라고 쫓겨나지 않을까 하고 걱정하고 있었는데, 의외로 노인은 아무런 경계심 없이 준희를 보며 사심없이 웃는 얼굴로 말하는 것이었다.

“어디서 오는 길인가, 젊은이?”

그러면서 노인은 준희의 이상한 옷차림을 살피며 말하는 것이었다.

“혹시 섬에서 오는 길인가?”

이 마을의 곁에 흐르는 바다는 헤이즈만 해라고 불리는데, 그 바다 건너에는 수많은 섬들이 모여 있어서 가끔 그 섬사람들이 해안의 마을로 건너오는 경우가 가끔 있었던 것이다.

하지만 그것을 모르는 준희는 노인이 자신의 그들과 전혀 다른 옷차림에도 불구하고 경계심이 없는 것이 모두 이마에 두른 은색 줄의 효과 때문이라 생각하고는 싱글벙글하며 아무렇게나 대답했다.

“아? 아, 네!”

“그래, 이 마을에는 무슨 일인가?”

들을수록 기이하게 느껴지는 언어를 듣고 말하는 자신을 신기하게 생각해서 준희는 발음에 신중을 기해 말했다.

“날도 어두워지고 해서 하룻밤 묵어갈 곳이 없을까 해서요.”

“그래? 그런데 어쩌나, 여긴 작은 마을이라 여관이 없는데……”

그때 몰려든 아이들 중 한 여자 아이가 말했다.

“신전이 있잖아요, 겔슨 할아버지. 마더 제이피스라면 저분에게 방을 내줄 거예요.”

그 말에 노인은 옳다구나 하는 표정으로 준희에게 말했다.

"젊은이, 저기 신전이 보이지? 그곳으로 가보게. 마더 제이
피스에게 사정을 설명하면 방을 내줄 걸세. 아니지, 나와 같이
가세. 내가 직접 부탁을 드려보지."

그러면서 노인은 친절하게도 준희를 직접 안내해 신전으로
데려가려고 했다. 그런데 그때,

갑자기 노인이 허리를 붙잡고 신음하는 것이 아닌가?

"윽!"

"왜 그러십니까, 할아버지? 어디 아프세요?"

준희가 당황해서 묻자 겔슨 할아버지는 애써 찌푸린 인상을
풀며 설명했다.

"아, 아닐세. 갑자기 허리가 아픈 게 어제 찬 곳에서 잤더니
허리를 삐끗한 모양일세. 다 늙어서 그렇지 뭐."

[류머티즘이군.]

미향이 준희의 어깨에 고개를 묻으며 중얼거렸다.

준희도 그 말에 동의하듯 고개를 끄덕이며 안쓰러운 얼굴로
겔슨 할아버지를 바라보았다. 그러다 판타지 소설에서 보통
신관이 치료사의 역할을 겸했던 것을 떠올리고는 그들의 뒤를
따르고 있던 아이들에게 말했다.

"빨리 신관님을 좀 데려와 주지 않겠니? 이분이 많이 아프
신 것 같은데……."

하지만 아이들은 준희의 말에 따라 신관을 부르러 갈 생각
은 하지 않고 가만히 서서 의아한 듯 고개를 갸웃거릴 뿐이었
다. 겔슨 할아버지는 아픈 것뿐이지 죽어가는 것도 아닌데 왜

마더가 필요한지 그들로서는 알 수가 없었던 것이다.

또한 그 말에 겔슨 노인은 화가 난 듯 노여운 표정으로 준희에게 외쳤다.

"나 아직 안 죽었네! 왜 마더를 불러오라는 거야? 지금 이 늙은이더러 빨리 죽으라는 말인가?"

"에, 어, 저… 아, 아닙니다. 여기서는 신관이 치료술사의 역할을 하지 않습니까?"

무척 당황해하다가 의아한 듯 되레 묻는 준희의 말에 노인은 자신이 그를 오해했음을 깨닫고는 겸연쩍은 표정으로 말했다.

"이런, 내가 오해를 했군. 미안하게 되었네. 그래, 섬에서는 마더가 치료술사의 역할도 하던가?"

저도 모르게 부러운 표정이 되어버리고마는 겔슨 노인이었다. 그도 그럴 것이, 미드리드 대륙에서 신관은 아주 작은 마을에서조차 볼 수 있을 정도로 흔했지만, 치료술사는 겨우 한 나라의 수도에나 가야 몇 명 볼 수 있을 정도로 아주 드물었기 때문이다.

"아, 네."

섬에서가 아니라 판타지 소설에서 말입니다라는 말은 생략된 채 그저 네라고만 대답한 준희는 겔슨 노인에게 물었다.

"그러면 이곳에 혹시 겨자기름이 있습니까?"

"겨자기름?"

겔슨 노인은 뜬금없이 웬 겨자기름을 찾는가 싶었지만 왠지 호감이 느껴지는 청년인지라 여유있게 웃으며 대답했다.

"그거야 흔한 것이 아니던가? 왜 좀 나누어 줄까?"

"아니요. 그게 아니라 겨자기름을 허리에 발라보시라고요. 좀 통증이 약해질 것입니다. 겨자를 약간만 물에 타 목욕을 하셔도 좋고요."

그러자 겔슨 노인은 놀란 표정으로 준희를 쳐다보며 물었다.

"자네, 치료사인가?"

"네? 아, 아니요. 그저 저도 들은 얘기입니다."

"그렇군. …정말 고맙네."

그저 들은 얘기라는 말에 겔슨 노인은 준희의 말대로 효과가 있으리라곤 생각하지 않았다. 하지만 처음 보는 노인을 생각해 그런 말을 해준 준희에게 고마운 마음이 들지 않을 수 없었던 것이다.

이에 민망한 마음에 얼굴을 붉히는 준희를 보며 아이들 중 좀 전에 준희를 신전에 머물게 하는 것이 어떻겠느냐고 말했던 여자 아이가 겔슨 노인에게 말했다.

"그만 집으로 돌아가 쉬도록 하세요, 겔슨 할아버지. 이분은 제가 신전에 계신 마더 제이피스에게 안내할게요."

"그래! 부탁하마, 라이라."

그리고는 겔슨 노인은 준희의 손을 붙잡고 토닥이며 말했다

"편히 쉬었다 가도록 하게, 청년."

그 말에 준희는 노인이 자신을 남자로 오해했음을 알고 돌

아서는 노인에게 여자라고 말해주려 했으나 미향이 입을 틀어
막는 바람에 미처 오해를 풀지 못하고 노인을 보내고야 말았
다.

"미향, 도대체……."

미향이 입에서 손을 떼자마자 화를 내려던 준희는 자신을
똘망똘망 쳐다보고 있는 라이라라는 여자 아이 때문에 급히
입을 다물고 말았다.

모르는 사람이 보기에는 미친 사람처럼 혼자 떠드는 것으로
보일 테니까.

"아, 그러니까 이름이 라이라라고? 안내를 좀 부탁할까, 라
이라?"

그 말에 라이라라는 아이는 환하게 웃으며 말했다.

"따라오세요."

앞서 뛰어가는 라이라를 따라가며 준희는 미향을 매섭게 노
려보았다. 자신이 남들에게 자신의 성별에 대해 오해받는 것
을 무엇보다 싫어한다는 것을 알면서도 입을 막은 이유를 나
중에 분명하게 따지리라고 생각하면서.

그런 준희의 생각을 모르는 미향이 아니었지만 미향은 짐짓
아무것도 모르는 척 고개를 돌려 버렸다.

준희에게서 요정들이 세 가지 소원을 들어주었다는 달을 들
었을 때부터 미향에게는 새로운 야망이 생겨났기 때문이다.
반드시 9서클의 마법사나 드래곤을 만나 준희의 성별을 바꾸
어 버리고 말겠다는.

때문에 좀 전에 준희의 입을 막은 것은 미리 성별이 바뀌었을 때를 대비해 사람들에게 준희의 성별을 남성이라고 인식시켜 두려는 것이었다. 갑자기 준희의 성별이 바뀌었다고 하면 사람들이 준희를 이상하게 생각할 테니까. 그러면서 미향은 속으로 중얼거렸다.

'난 이렇게 준 씨를 생각해 주는데 준 씨는 알지도 못하고. 사랑은 외로운 거라더니…… 아, 난 정말 외로운 귀신이야!'

석조 건물의 작은 신전은 무척이나 오래된 듯 여기저기가 부서져 있었지만, 그럼에도 불구하고 겉보기에도 한눈에 매우 깨끗하고 단아해 보였다. 매일매일 신전 구석구석을 누군가 청소하고 있는 듯이.

준희는 그 모습에 감동해 라이라에게 물었다.

"와! 이 신전을 관리하시는 분은 굉장히 부지런한 분이신가 보구나?"

그러자 라이라는 웃는 듯 우는 듯한 묘한 얼굴로 고개를 끄덕였다. 마더 제이피스를 떠올리면서. 모든 일에, 심지어는 청소하는 일에까지 정말 열심이고 모범적인 사제이지만 마을 사람들은 되도록이면 그를 피해 다녔다. 그도 그럴 것이, 그의 별명은 잔소리쟁이였던 것이다.

미향은 감동한 준희의 옆모습을 보면서 그녀의 방을 떠올리고는 피식 웃었다. 준희가 감동할 만하다고 생각한 것이다.

그녀의 방이 얼마나 지저분하던지 마치 쓰레기장에 있는 것 같아 참다못해서 미향이 청소를 해놓으면 다음날로 자료를 찾는답시고 다시 방을 그전보다 더 지저분하게 만들어놓곤 했던 것이다.

신전의 문은 두꺼운 나무로 양쪽으로 여는 문이었는데 문에는 마치 물결이 파문을 일으키고 있는 듯한 문양이 새겨져 있었고, 그 정가운데에는 아주 작은 글씨로 이런 글이 아름답게 새겨져 있었다.

『어머니의 마음으로 모든 마음의 문을 열지어다!』

라이라가 그 신전 문의 고리를 탕탕! 두드리자 잠시 후 문이 활짝 열리고 아직 10대로 보이는 소년 사제가 모습을 드러냈다.

벌꿀색의 짧은 곱슬머리와 새하얀 피부 위에 작게 돋아난 주근깨를 보면 영락없는 장난꾸러기 소년이었지만 진지하기 이를 데 없는 갈색 눈동자와 굳은 입매, 그리고 새하얀 사제복을 보면 또 그렇게 생각하기도 힘들었다.

따라서 준희는 그를 이곳의 수련 사제 정도로만 생각했다. 그런데 라이라가 그를 향해 말하는 것이 아닌가?

"마더 제이피스, 어머니 델마의 사랑 속에 그 자비의 손길이 더욱 빛나기를 바라겠습니다."

그러자 소년 사제 제이피스는 싱긋 웃으며 답했다.

"라이라 양, 어머니 델마의 사랑 속에 축복이 가득하길 바라겠습니다.”

그러더니 소년 사제는 준희를 보고는 약간 흠칫하더니 의아한 표정으로 물었다.

“누구신지?”

“아! 전…….”

하지만 미처 준희가 자신의 소개를 하기도 전이었다. 라이라가 빠른 어조로 제이피스에게 말하는 것이었다.

“섬에서 온 분이시래요. 오늘 하루 머물 곳이 필요하다고 해서 마더 제이피스에게 데려온 거예요. 길 잃고 방황하는 어린 양에게 지붕이 되어주는 것도 신전이 할 일이잖아요.”

그 말에 잠시 마땅찮은 표정으로 준희를 보던 마더 제이피스는 중대한 사명을 부여받은 사람처럼 얼굴을 굳히며 그녀에게 말했다.

“어머니 델마의 사랑은 누구에게나 열려 있습니다. 들어오시지요, 환영합니다.”

그러면서 먼저 안으로 들어서는 마더 제이피스를 약간 황당하다는 표정으로 준희가 쳐다보고 있자 라이라는 장난스럽게 윙크를 해 보이며 말했다. 마치 이렇게 될 줄 알고 있었다는 듯.

“그럼, 편안한 밤 되세요!”

인사를 하고 가벼운 발걸음으로 사라지는 라이라에게 준희는 희미한 미소를 지으며 외쳤다.

“고맙다, 라이라!”

그러자 뒤를 돌아보며 손을 흔들어주는 라이라에게 준희 또
한 마주 손을 흔들며 웃고 서 있는데 미향이 퉁명스럽게 말하
는 것이 아닌가?

[준 씨, 그만 하고 옆을 좀 보지?]

그 말에 고개를 옆으로 돌려 보니 짜증스러운 표정으로 마
더 제이피스가 그녀를 기다리고 서 있는 것이 아닌가?

"아, 미안합니다!"

준희가 안으로 들어서자 제이피스 사제는 그제야 표정을 좀
풀며 무뚝뚝한 표정으로 말하는 것이었다.

"아닙니다. 따라오시지요."

신전 복도를 걷는 제이피스의 뒤를 따르던 준희는 고개를
갸웃거리며 이마에 둘러져서 뺨으로 늘어뜨려진 은색의 꼬인
줄 끝을 어루만졌다.

다른 사람들은 모두 자신을 보면 호감을 나타냈는데 제이피
스 사제만은 자신을 볼 때부터 이상하게 그녀를 못마땅하게
여기고 있었던 것이다.

'혹시 요정의 마법이 사제들에게는 듣지 않는 것일까?

대부분의 판타지 소설에서 신성력과 마력은 분명 다른 것으
로 정의되어져 왔으니까 말이다. 하지만 겔슨 노인의 경우를
생각해 보면 또 그렇지만은 않은 듯도 했다. 이곳에서는 사제
들이 신성력으로 치유 마법을 쓸 수 없는 것 같았으니까.

'도대체 어떻게 된 일이지?

연신 고개를 갸웃거리면서 준희가 걸어가는 사이, 제이피스

사제 또한 얼굴에 나타나지는 않았지만 속으로 많이 당황하고 있었다.

마더 제이피스는 린페이 북부의 대신전인 돈파이 신전에서 17세의 나이로 최연소 사제 위에 올랐다.

보통 사제들이 대개 10년간 사제 교육기관에서 교육을 받고 다시 3년간의 수련 기간을 거쳐 정식 사제에 임명되는 데에 비해서 그의 사제 임명은 확실히 너무 빠른 것이었다.

그래서일까? 그는 주위의 많은 사제들로부터 질시와 미움을 받은 것은 물론이고, 추잡한 소문의 대상까지 되어버려서 결국에는 외지인 이 로드센으로 쫓겨나듯 떠나오지 않을 수 없었던 것이다.

그 과정에서 제이피스가 입은 마음의 상처는 정말이지 큰 것이었다. 신전에 버려진 아이였지만 다른 고아들과는 달리 그는 그의 아버지나 마찬가지였던 마더 그랜드의 따뜻한 보살핌 아래에서 오직 사제가 되겠다는 마음으로 순수하게 성장해 왔다. 델마에 대한 진실한 믿음만 있으면 모든 행복을 얻을 수 있다고 믿으면서.

그런 그에게 돈파이 신전에서의 생활은 진짜 세상이란 이런 것이다라는 것을 가르쳐 준 것이나 마찬가지였다.

세상의 추악한 면을 보게 된 제이피스는 델마에 대한 믿음마저 흔들리는 가운데 인간에 대한 불신감을 갖게 되었다. 어쩌면 그에 대한 반발로써 스스로를 다잡기 위해 이 로드센에서 더욱 모범적인 사제 생활을 하고 있는 것인지도 모를 정도로.

그런데 뜻밖에 오늘 처음 만난 인간에게 호감을 갖고 있는 자신을 발견하게 되었으니 얼마나 어이가 없고 황당하겠는가?

제이피스는 관심없는 척하면서 뒤에서 따라오고 있는 준희를 슬쩍 돌아보았다.

그렇게 긴 머리가 아닌 어깨까지 내려오는 머리에 단정하게 생긴 생김새의 사내였다. 저 사내의 어디가 그렇게 마음에 들었던 것일까?

제이피스가 바라보는 것을 눈치 챈 것일까? 준희가 그를 보며 환하게 웃었다.

순간 가슴이 철렁 내려앉은 제이피스는 재빨리 고개를 돌려 다시 앞을 바라보았다. 아기의 웃음과도 같은 순수하고 깨끗한 그의 웃음에 자신도 모르게 따라 웃을 뻔했던 것이다.

어느 방 앞에 멈춰 선 제이피스는 방문을 열고 안으로 들어서며 준희에게 말했다.

"이 방입니다. 오늘 밤은 이곳이 델마의 품이라 생각하시고 편안히 쉬십시오."

준희가 안을 둘러보니 딱딱해 보이는 나무 침대와 둘 항아리가 놓인 탁자가 전부인 작고 초라한 방이었다. 하지만 그래도 밤이슬을 맞으며 자는 것보다는 나은지라 준희는 감사의 마음을 담아 제이피스에게 말했다.

"방을 내주셔서 정말 감사합니다."

그러나 돌아온 대답은 무뚝뚝한 한마디뿐이었다.

“그럼.”

그리고 재빨리 나가 버리는 제이피스의 뒷모습에 준희는 다시 어색하게 웃으며 머리의 줄을 매만졌다.

그런 준희의 모습에서 그녀가 상처받았다는 것을 눈치 챈 미향은 나직이 한숨을 쉬며 그동안 자신이 그녀에게 접근하려는 사람들을 무조건 막은 것이 어쩌면 큰 잘못이었는지도 모른다고 생각했다. 이처럼 눈에 빤히 보이는 의식적인 무시조차 눈치 채지 못하고 상처를 받는 여린 모습이라니…….

그런데 그때였다.

“으흐흐흑!”

갑자기 준희가 배를 움켜잡고 쭈그리고 앉아서 이상한 소리를 내는 것이 아닌가?

[뭐, 뭐예요, 준 씨?]

“…배고파 죽겠어!”

그러면서 울상을 짓는 준희의 모습에 미향은 여린 어쩌고 했던 생각들을 모조리 흔적도 없이 불태워 버리고 싶은 마음이 갈수록 간절해지지 않을 수 없었다. 저 둔한 준희에게서 여린 감성을 찾았다니…….

혼자서 착각해 놓고도 미향은 모든 잘못이 준희에게 있는 양 사나운 고양이 같은 눈으로 준희를 흘겨보며 단호하게 말했다.

[굶어 죽어!]

하지만 계속되는 준희의 애절한 눈빛 공격에 결국 항복한 미향은 중얼거리듯 말했다.

[흠, 조금만 참아, 준 씨. 그 마더 제이피스라는 자가 구언가 먹을 것을 가져다주겠지. 그래도 손님인데 설마 굶기기야 하겠어?]

그러나 준희는 그 제이피스 사제의 쌀쌀맞은 태도로 보아서 충분히 그러고도 남을 거라고 생각했다. 그래서 마냥 먹이를 조르는 아이 같은 눈으로 빤히 미향을 바라보고만 있자 미향은 어색한 듯 시선을 피하며 말했다.

[뭐, 가져다주지 않으면 나중에 내가 주방을 찾아서 뭐라도 갖다줄 테니까.]

그 말에 역시 자신의 이 표정은 언제나 효과가 있다고 생각한 준희는 활짝 웃으며 기뻐했다. 비록 미향은 그 어울리지 않는 준희의 표정 때문에 속이 울렁거리든 말든.

그런 다음 나무 침대에 살며시 엉덩이를 디밀어본 준희는 엉덩이에서 느껴지는 차갑고도 딱딱한 느낌에 과연 이런 침대에서 제대로 잠을 잘 수 있을지 의심스러운 나머지 저도 모르게 한숨을 내쉬고 말았다.

"휴우~"

그런데 그때 쾅쾅! 발로 문을 차는 소리가 들리더니 준희가 대답도 하기 전에 제이피스가 발로 문을 뻥! 차며 안으로 들어서는 것이 아닌가?

어이가 없어서 쳐다보니 제이피스 사제의 한 팔에는 이불이 걸쳐져 있었고, 다른 한 손에는 음식이 든 쟁반이 들려져 있었다.

　멀뚱히 서서 제이피스 사제가 이불은 침대 위에 놓고 음식 쟁반은 탁자 위에 올려놓는 모습을 지켜보고 있던 준희는 제이피스 사제가 아무 말 없이 다시 나가려고 하자 가까스로 입을 열어 말했다.

　"아, 고맙습니다. 저……."

　제이피스 사제라고 해야 할지 라이라처럼 마더 제이피스라고 해야 할지 익숙하지 않은 말이라 망설이고 있는데, 그런 준희의 생각을 눈치 챘는지 제이피스 사제가 고개를 돌려 준희를 쳐다보며 말하였다.

　"마더 제이피스입니다. 그렇게 불러주십시오. 어머니 델마의 은혜를 항상 느끼는 마음의 축복이 있기를 바라겠습니다."

　마더 제이피스가 나가고 나서도 준희는 한동안 제이피스 사제가 한 말을 입속으로 중얼거려 보았다.

　좋은 뜻인 것 같다고 머리로는 이해가 되어도 마음에는 와 닿지를 않았기 때문이다.

　잠시 생각해 보던 준희는 요정들에게 받았던 책인 '룬의 바다'를 꺼내 들고 첫 장을 열어 맨 위에서부터 적기 시작했다.

　어머니의 마음으로 모든 마음의 문을 열지어다!

　어머니 델마의 사랑 속에 그 자비의 손길이 더욱 빛나기를 바라겠습니다!

　어머니 델마의 사랑 속에 **축복이 가득하길 바라겠습니다!**

　어머니 델마의 은혜를 항상 느끼는 마음의 축복이 있기를 바라겠습니다!

　"이 미드리드 대륙에서는 하느님 아버지라는 말 대신 어머니 델마라는 말을 쓰는 것 같아. 그렇게 생각하지 않아?
　음식 쟁반에 담긴 딱딱한 빵을 입으로 뜯어 먹으며 시선은 여전히 책에 고정된 채 준희는 우물우물거리며 미향에게 물었다.
　그러자 미향은 고개를 끄덕이며 말했다.
　[그런 것 같아. 그런데 내가 여자라서일까? 하느님 아버지라는 말보다 어머니 델마라는 말이 더욱 따뜻하게 느껴져. 내가 그 어떤 무서운 죄를 저지른다고 해도 모두 용서하고 감싸줄 것만 같은 그런 느낌 말이야.]
　준희도 생각해 보더니 이내 고개를 끄덕였다.
　"그러고 보니 그런 것도 같은데."
　그러면서 다시 빵을 뜯어 먹던 준희는 너무 딱딱해 국이 있었으면 좋겠다고 생각하며 옆을 보니 뚜껑에 덮어져 있는 음식물이 눈에 들어왔다.
　'이건 뭐지?
　뚜껑을 열어본 준희는 국과 비슷한 걸쭉한 수프를 볼 수가 있었다. 옆에 있는 스푼으로 한입 떠먹어보니 따뜻하지는 않지만 그런 대로 매콤한 것이 먹을 만했다. 이것이 수프인지 소스인지 알 수가 없어서 그렇지.

“수프일까? 소스일까?”

미향도 곰곰이 생각해 보는 듯하더니 결론을 내리지 못한 듯 짜증스럽게 말하는 것이었다.

[아무려면 어때. 배고파 죽겠다며? 빨리 먹기나 해!]

미향의 핀잔에 준희는 시무룩해져서는 빵을 조각조각 뜯어 수프인지 소스인지 알 수 없는 곳에 넣고는 스푼으로 가볍게 휘저은 다음 입속에 넣었다.

허겁지겁 바닥까지 깨끗이 비운 준희는 음식 그릇을 바닥에 내려놓고 탁자 위에 책을 다시 반듯하게 펼쳐 놓았다.

그리고 한동안 펜을 만지작거리며 생각에 잠겼다가 써 내려 가기 시작했다.

1. 주제를 정하자.

2. 배경(이 세계)에 대해서 알아보자.

3. 주인공을 찾자.

“우선은 이 정도만.”

그러면서 만족스럽게 책을 덮는 준희를 보며 미향은 조심스럽게 운을 떼었다.

[집으로 돌아가자고 하더니⋯⋯. 준 씨, 오늘 밤에 돌아가지 않을 생각이야?]

“응! 아직은 아니야. 반드시 이곳에서 대작을 쓴 후에 돌아갈 생각이야. 돌아가면 나는 베스트셀러 작가가 되는 것이지.”

흐뭇한 표정으로 말하는 준희를 보며 미향이 물었다.

[…언제까지?]

"음~ 그러니까 적어도 한 일 년 정도는 걸리지 않을까?"

그러자 미향은 속으로 웃음이 나오려는 것을 애써 참으면서 생각했다.

'그렇다면 드래곤이나 대마법사를 찾아 준 씨의 성별을 바꾸기까지는 시간이 넉넉하겠군.'

그러면서 무의식적으로 밤하늘을 올려다보던 미향은 깜짝 놀라고 말았다.

지구에서와 달리 이곳의 달은 하나가 아닌 둘이었던 것이다.

황금빛의 빛을 은은하게 밝히며 세상을 축복해 주는 듯한 큰 달과 그보다 작지만 어딘지 보는 이들로 하여금 불길함을 느끼게 하고 추악한 본성을 불러일으키게 만드는 붉은 달. 이렇게 두 개가 하늘에 떠 있었던 것이다.

[…달이 두 개야.]

"와! 그렇네."

이곳은 판타지 세계이니 그럴 수도 있다고 생각한 준희는 그저 미향을 따라 두 개의 달을 바라보며 신기해할 뿐이었지만 미향은 아닌 듯했다.

창백한 얼굴이 시퍼렇게 질릴 정도로 충격을 받아서는 혼자서 뭐라고 중얼거리더니 준희에게 떨리는 목소리로 말하는 것이었다.

[잠깐 나 나갔다 올게. 준 씨는 먼저 자.]

"뭐? 잠깐, 미향! 기다……."

그러나 준희가 채 기다리라고 말하기도 전에 미향은 벌써 준희의 눈앞에서 사라져 버리고 없었다.

"도대체 왜 저런 거야?"

이유를 몰라 고개를 갸웃거리던 준희는 하루 종일 걸었던 피곤함이 갑자기 몰려드는지 온몸이 뻐근해지는 것을 느끼자 제이피스 사제가 가져다준 이불을 깔고는 침대에 누웠다.

"하아~"

가볍게 만족스런 한숨을 내쉬고 자리에 누운 준희는 가만히 오늘 있었던 일들을 떠올려 보았다.

신기한 세계로 오고, 요정들을 만나서 세 가지 소원을 이루고…….

새삼 심장이 두근두근 고동치고 입가가 저절로 벌어졌다. 그와 함께 다른 한편으로는 자고 일어나 눈을 뜨면 이 모든 것들이 꿈이었다는 것을 깨닫게 될지도 모른다는 생각에 피곤함에도 불구하고 잠을 이루지 못할 정도였다.

하지만 잠의 요정이 수면 가루라도 뿌린 것일까?

준희는 설레는 가슴을 안고 금방 깊은 잠에 빠지고 말았다.

그리고 그 순간,

두 개의 달 중 황금빛의 달인 가룬이 준희가 누운 침대 가에 달무리를 드리우며 그녀의 머리 위로 달빛 가루를 흩뿌리고 있었다. 그 광경은 마치 달의 축복이 준희에게 내려지듯 환상적인 광경이었다.

  하지만 유감스럽게도 그 모습을 본 이는 아무도 없었다. 그렇게 준희가 미드리드 대륙에 도착한 첫날이 흘러갔다.

제3장
일을 얻다

작은 기도실에서는 두 개의 달과 하나의 태양을 품에 감싸 안은 어머니 델마의 조각상이 한없는 자애로운 그 앞에 무릎 꿇은 채 기도하고 있는 한 소년 사제를 바라보고 있었다.

그 가운데 소년 사제 제이피스는 아무런 감정도 느껴지지 않는 목소리로 델마의 신상을 올려다보며 습관처럼 중얼거리고 있었다.

"당신의 드높은 지혜의 한 조각을 구하옵니다. 다시 마음의 문을 열고 믿음을 갖게 하여주시옵소서. 모든 것을 버리게 된다 하여도 당신을 향한 믿음만은 간직하게 도와주시옵고, 내게 도움을 청하는 이들에게 등을 보이지 않도록 용기를 주시옵소서. …오늘도 당신의 마음의 인도자로서 충실한 하루를 보낼 수 있도록 이 아들을 축복하여 주시옵소서. 어머니 델마의 이름으로 기도드리옵니다."

기도가 끝나자 무릎걸음으로 델마 신상에 다가간 제이피스는 내밀어진 델마 신상의 손바닥에 키스를 하고는 자리에서 일어나 기도실을 나왔다.

주방으로 걸음을 옮기던 제이피스 사제는 한 방문 앞에서 걸음을 멈추었다. 어제저녁 손님으로 온 사내가 문득 떠올랐던 것이다.

방문 앞에서 한참을 망설이던 제이피스 사제는 준희를 만난 뒤부터 늘어만 가는 한숨을 다시 내쉬며 문을 두드렸다.

똑똑!

하지만 안에서는 아무런 기척도 없었다.

몇 번이나 두드려도 아무 소리가 들리지 않자 혹시 벌써 떠나 버린 것은 아닌가 하는 생각에 심장이 덜컥 내려앉은 제이피스 사제는 황급히 문을 열고 안을 들여다보았다.

다행히 떠난 것은 아닌 듯 한 사내가 잠들어 있는 것이 보였다. 분명 사내라는 것을 알면서도 가슴 뛰게 아름답게 느껴지는 모습으로.

그 모습에 살짝 얼굴을 붉히던 제이피스 사제는 곧 자신도 모르게 안도의 한숨을 쉬면서 준희에게 다가가 살짝 흔들어 깨웠다.

"일어나십시오, 벌써 아침입니다."

그러나 준희는 꼼짝도 하지 않았다.

할 수 없이 세게 흔들어 깨우자 귀찮다는 듯 손을 내저으며 등을 돌리고 돌아눕는 것이 아닌가?

어이가 없어서 제이피스 사제는 소리쳤다.

"일어나! 일어나지 못해! 일어나!"

모기가 앵앵거리듯 귀찮은 소리가 자꾸 귓가를 간지럽히자 준희는 목이 잠긴 목소리로 참다못해 중얼거렸다.

"내가 깨우지 말라고 그렇게 말했잖아, 미향. 잠 좀 자자!"

하지만 그 귀찮은 소리는 계속해서 들려왔고, 이에 준희는 간신히 눈을 떠 앞을 바라보았다.

그러자 갈색 투명한 눈동자가 바로 눈앞에서 그녀를 노려보고 있는 것이 아닌가?

"…누구?"

"마더 제이피스입니다. 이제 그만 일어나시지요. 벌써 아침입니다."

하지만 준희는 일어날 생각도 하지 않고 그저 멍한 표정으로 마더 제이피스를 바라보며 말하는 것이었다.

"꿈이 아니었구나."

마더 제이피스는 그 말에 한심하다는 듯이 쳐다보며 말했다.

"어서 일어나시지요. 게으른 자에게는 어머니 델마의 축복도 없습니다."

억지로 자리에서 일어난 준희는 무의식적으로 미향의 모습을 찾았다. 언제나 그녀를 깨우던 것은 미향이었는데 미향의 모습이 보이지 않았던 것이다.

'어디 갔지? 설마 어젯밤에 나가서 아직 돌아오지 않은
건……'

그 설마가 맞는 듯 억지로 일어나 세수를 하고 제이피스의
눈치를 보면서 늦은 아침을 먹은 뒤에도 미향은 그 모습을 나
타내지 않았다.

때문에 초조한 표정으로 앉아 있으려니까 제이피스가 그 모
습을 보고는 퉁명스럽게 말하는 것이었다.

"왜 그렇게 앉아 있는 겁니까? 하루 묵어가겠다고 했으니
이제 떠날 때도 되지 않았습니까? 아니면…… 짐 하나 없는 것
같던데 설마 여행 경비 또한 1디로도 없는 것 아닙니까?"

순간 준희는 멍해지지 않을 수 없었다.

이 판타지 세계를 여행하면서 이곳의 일을 소설로 쓴다는
것까지는 좋은 생각이었지만 여행을 하는 데 경비가 필요할
것이라는 생각은 미처 떠올리지 못했던 것이다. 진작에 그 생
각을 떠올렸다면 요정들에게 소원 한 가지를 희생해서라도 보
석을 달라고 했을 테니까.

그런 준희의 표정에서 그녀의 사정을 알아챈 듯 제이피스는
한심하다는 듯 그녀를 바라보더니 의자를 끌어다가 그녀의 맞
은편에 앉으며 물었다.

"이름이 어떻게 되십니까?"

"준희, 서준희입니다."

마더 제이피스는 준희의 이름이 희한한 듯 가만히 준희의

이름을 입속으로 중얼거려보더니 말했다.

"준희 씨, 그러고 보니 섬에서 오셨다고 하셨지요? 그래, 섬에서는 무슨 일을 하셨습니까?"

"아, 저…… 소설가였습니다만."

관심도 없어 보이더니 갑자기 왜 그런 것들을 묻는지 의아해하면서 준희가 망설이듯 말하자 제이피스 사제가 인상을 찡그리며 다시 물었다.

"소설가요? 그러니까 작가란 말씀입니까?"

"네. 그런데 왜 그러시지요?"

설마 여기서는 작가가 가장 천시받는 직업은 아닌가 하고. 불길한 생각에 긴장한 채 제이피스 사제를 바라보는데 다행히 그건 아닌 듯 했다.

"그렇다면 이곳에서 마땅한 직업을 구해 돈을 벌기란 어렵겠군요. 이곳은 아주 작은 마을이라 작가가 할 일이 없습니다."

제이피스는 솔직히 그렇게 말하면서도 마음이 개운치는 않았다. 낙담할 준희의 모습이 좀 신경이 쓰였던 것이다.

하지만 준희는 낙담하지 않았다.

애초에 그녀는 글 쓰는 일 이외에는 그다지 관심이 없었고 힘들게 일을 하고 싶지도 않았던 것이다. 물론 일을 하지 않으면 돈을 벌 수 없고, 돈을 벌지 않으면 굶어야 된다는 것이 조금 신경 쓰이긴 했지만 그녀가 배를 곯고 있으면 미향이 어떻게든 해주겠지라는 믿음이 그녀의 마음속에 있었던 것이다.

그러나 그것을 모르는 제이피스 사제는 일을 구할 수 없다
는 데에도 태평해 보이는 준희의 모습에 그녀를 세상 물정 모
르는 철부지로 단정 지었다. 고생이라고는 전혀 해본 적이 없
는. 그렇지 않다면 저렇게 태평할 수는 없을 테니까.

속으로 혀를 차던 제이피스 사제는 잠시 생각해 보더니 물
었다.

"혹시 유스핀 어를 아십니까?"

"네? 아마… 알걸요?"

확실치도 않은 '아마 알걸요' 라는 말에 제이피스 사제는 미
심쩍은 표정으로 준희를 바라보다가 준희가 멋쩍은 듯 머리를
긁적이자 나직이 한숨을 쉬면서 말했다.

"그럼 제 신학서를 필사하는 일을 도와주시겠습니까? 많이
는 드릴 수 없고, 한 달에 10디드를 드리겠습니다."

"10디드?"

낯선 화폐 단위에 준희는 머뭇거리며 제이피스 사제에게 물
었다.

"10디드라면 얼마나 되는 거지요?"

제이피스 사제는 아무리 섬에서 왔다지만 생활에 필요한 기
초 정보조차 모르는 듯한 준희의 말에 골치가 아파 이마를 짚
으며 물었다.

"하아~ 도대체 알고 있는 것이 뭡니까?"

준희는 왠지 기가 죽어서 제이피스 사제의 눈치를 보며 말
했다.

"이곳이 미드리드 대륙이고, 이 마을 이름은 로드센이라는 것 정도?"

그렇지 않을까 하고 생각은 했지만 이 정도로까지 심각할 줄은 생각도 못했던지라 제이피스 사제는 자신도 모르게 기도하듯 중얼거렸다.

"어둠 속을 헤매는 이 어린 자식에게 부디 구원의 손길을 내려주소서!"

그러더니 잠시 생각해 보다가 굳은 얼굴로 말했다.

"어둠 속을 헤매는 어린 자식을 구하는 것도 사제의 의무입니다. 제가 이곳에 대한 기본적인 설명을 해드리도록 하지요. 우선 이곳 로드센은 린페이 공국에 속한 마을입니다."

"린페이 공국이요?"

순간 준희는 눈을 반짝 빛냈다. 드디어 소설 배경에 대한 구체적인 정보를 얻게 되었기 때문이다.

"잠깐, 잠깐만 기다려 줘요, 마더 제이피스."

황급히 어젯밤에 묵었던 방으로 돌아간 준희는 '룬의 바다'를 들고 나왔다. 그리고는 셔츠 주머니에서 금빛 깃털이 달린 펜을 꺼내 들고는 제이피스 사제에게 어서 아까 하던 얘기를 계속할 것을 독촉했다. 이에 제이피스 사제는 천천히 설명을 하기 시작했다.

"린페이 공화국은 미드리드 대륙 연대기 1402년에 건립되었습니다. 그 이전까지는 테헤 강을 중심으로 수많은 작은 왕국들이 난립해 있다가 차츰 북부는 프로테스 대공이, 남부는 오르디안 대공이 주도권을 잡고 소국들을 통합해 지금의 린페이 공화국을 탄생시킨 것입니다. 린페이 공국은 주로 테헤 강을 이용한 교역이 발달한 나라로서 상업이 성하고 농업이 약하며, 이 미드리드 대륙에서 가장 신분제가 약하게 적용되는 나라입니다. 힘과 능력이 있으면 누구라도 귀족이 되고 출세를 할 수 있는 기회가 풍부한 나라이지요. 때문에 현재 구 에르비오스와 리프티아르의 귀족들도 많이 망명해 들어와 있고, 주변국에서 노예들이 탈출해 오는 등 많은 인구의 유입이 이루어져 있는 상태입니다."

제이피스 사제의 설명을 준희는 한마디라도 놓칠 수 없다는 듯 진지한 태도로 책에 적어 나갔고, 그 모습에 제이피스 사제는 자신도 모르게 안 해도 될 설명까지 늘어놓고 말았다.

"그로 인해 지금의 공국은 많이 혼란스러워져서 다른 나라에 비해 서너 배나 많은 범죄가 발생하는 우범 지역이 되어버렸습니다. 또한 초창기와는 달리 프로테스 대공과 오르디안 대공의 사이가 갈수록 나빠져 언제 전쟁이 벌어져도 이상하지 않을 상황이지요. 그리고……."

잠깐 한숨을 돌린 제이피스 사제가 이번에는 주변국들에 대해 설명하려고 할 때였다.

탕! 탕!

신전 문을 두드리는 소리가 요란하게 울리더니 미처 제이피스 사제가 대답도 하기 전에 황급히 문이 열리며 겔슨 노인이 성큼성큼 안으로 들어서며 대뜸 소리치는 것이 아닌가?

"마더 제이피스, 손님은 아직 계신가?"

신전 안을 둘러보던 겔슨 노인은 주방 의자에 앉아 있는 준희와 제이피스를 보더니 환한 얼굴로 준희에게 다가와 말했다.

"여기 있었군. 어젠 정말 고마웠네. 자네 말대로 하니까 오늘 아침에는 정말 오랜만에 한결 통증이 가라앉더군. 어떻게 이 고마움을 표해야 할지."

좋아하는 겔슨 노인의 모습에 준희 또한 기분이 좋아져서 말했다.

"별말씀을요. 제 말이 조금이라도 어르신에게 도움이 되었다니 오히려 다행입니다."

"이럴 것이 아니라, 내 집으로 가세. 내 다른 것은 해줄 것이 없고 해서 식사 한 끼라도 대접하고 싶어서 그러네."

"네? 하지만……."

벌써 아침을 먹은 그녀가 아니던가? 그러나 막무가내로 잡아끄는 겔슨 노인으로 인해 준희는 울상을 한 채 끌려갈 수밖에 없었고, 그런 준희를 제이피스 사제는 어리둥절한 표정으로 지켜보며 앉아 있었다.

신전을 나서 겔슨 노인의 집으로 향하는 동안 준희는 로드센에 사는 마을 사람들을 모두 만날 수 있었다. 마을에 외부 사람이 오는 경우가 흔치 않은지 모두 나와서 준희를 구경했던 것이다. 때문에 마치 동물원 원숭이가 된 기분으로 겔슨 노인을 따라 걸으며 어색하게 웃고 있자 겔슨 노인이 준희에게 그들을 일일이 소개시켜 주었다.

"저쪽에서 망치 들고 있는 영감탱이가 대장간을 하는 토드 영감이고, 이쪽의 뚱뚱보 아줌마가 빵집을 하는 리타. 저기 활 들고 설치는 곰 같은 사내는 사냥꾼 테니. 아! 라이라는 이미 알지? 그리고 그 옆에 있는 처녀가 라이라의 언니이자 으리 마을 최고 미인인 레니이고, 저 청년은……."

준희가 그들에게 각기 가볍게 고개를 숙여 인사를 건네자 그들도 마주 웃어주었다. 요정들이 준 머리띠의 효과를 명확하게 보여주기라도 하듯이.

겔슨 노인의 집은 신전에서 조금밖에 떨어져 있지 않았지만 준희가 그의 집에 도착한 시각은 그로부터 상당한 시간이 흐른 뒤였다. 마을 사람들을 모아놓고 겔슨 노인이 준희가 자신의 허리 병을 낫게 해준 이야기를 한창 떠들어대느라그 시간이 걸렸던 것이다.

"로이야, 손님 오셨다."

아담한 판자 집의 문을 열자마자 겔슨 노인이 안에 대고 소리쳤다. 그러자 작은 사내 아이 하나가 구르듯 달려나왔다.

"할아버지!"

"어이쿠, 로이야. 오래 기다렸니?"

"응, 응! 나 배고파서 혼났어."

겔슨 노인이 안아 든 아이는 검은 머리에 시리도록 파란 눈을 지닌 8살쯤 되어 보이는 아이로, 할아버지 품에서 어리광을 부리다가 이윽고 준희를 본 듯 그 커다란 눈으로 그녀를 빤히 올려다보았다.

그 아이의 눈을 본 순간 준희는 당황하지 않을 수 없었다. 어리광 부리는 행동과는 달리 아이의 눈이 너무 깊고 진지한 것이 매우 어른스러워 보였기 때문이다.

"아, 안녕?"

준희가 나름대로 어색하나마 부드럽게 웃으며 인사를 건네자 소년도 가만히 고개를 숙여 인사했다.

"안녕하세요."

그런 둘을 번갈아 보던 켈슨 노인은 호탕하게 웃으며 준희의 등을 두들기더니 주방으로 안내했다.

주방으로 들어서자 구수한 음식 냄새가 풍겨져 나왔다. 아궁이 위로 높이 매어진 큰 철 냄비 속에서 야채와 고기를 넣고 삶은 듯한 스튜가 보글보글 끓고 있었던 것이다. 그리고 그 앞의 작은 나무 탁자 위에는 갓 구운 듯한 빵과 신선한 과일이 가득 담겨 있었다.

"자, 어서 어서 앉아 많이 먹게, 젊은이. 로이야, 너도 많이 먹어라."

"네, 할아버지."

냉큼 의자에 앉는 로이를 따라 준희가 앉자 켈슨 노인은 큰 국자로 나무 그릇에 스튜를 가득 담아 가장 먼저 준희의 앞에 내려놓았다.

멀뚱히 그 스튜를 바라보던 준희는 그녀를 빤히 쳐다보는 겔슨 노인과 로이의 시선에 어쩔 수 없이 스푼을 들어 스튜에 입을 댔다. 고소한 것이 맛이 있었다.

"맛있는데요?"

사실대로 말하자 겔슨 노인은 안심한 듯 허허 웃으며 말했다.

"다행이구면. 손님을 초대해 놓고 입에도 맞지 않는 음식을 먹이게 되는 것은 아닌가 하고 걱정했는데 말일세."

두 번째 아침을 꾸역꾸역 먹으면서 준희는 겔슨 노인의 집안 사정에 대해 대충 알 수 있었다. 겔슨 노인의 아들 내외, 즉 로이의 어머니는 로이를 낳자마자 돌아가셨고, 사냥꾼이었던 로이의 아버지는 작년에 미드리드 산맥에 사냥을 나갔다가 행방불명이 되었다는 것이다.

그래서 어린 나이인 로이가 저런 어른스런 눈을 하고 있는 것이구나 하고 생각하면서 준희는 잠시 안쓰러운 눈길로 로이를 바라보았다. 하지만 로이는 그런 준희의 눈길을 알아채지 못한 채 예의 어른스런 눈으로 행동은 마냥 아이같이 할아버지에게 애교를 부리고 있었다. 분명 할아버지를 생각해서 그렇게 행동하는 것 같았다.

아침을 다 먹고 나자 조금 더 있다 가라는 겔슨 노인을 뒤로 하고 준희는 서둘러 다시 신전으로 발길을 돌렸다. 한시라도 빨리 제이피스 사제에게서 소설의 배경인 미드리드 대륙의 이야기를 듣고 싶었던 것이다.

그러나 신전에 다 와서 준희는 발길을 다시 멈출 수밖에 없었다.

겔슨 노인이 대장간을 하는 토드 영감이라고 소개한 노인이 그녀를 불러 세웠기 때문이다.

"이보게, 젊은이!"

"네? 저요?"

성큼성큼 준희 앞으로 다가온 토드 영감은 그 과묵해 보이는 인상으로 입을 꾹 다물고는 한참을 그대로 서 있는 것이었다.

"저, 무슨 일이신지……."

초조한 마음에 준희가 먼저 입을 떼자 그제야 토드 영감이 입을 열어 말했다.

"자네가 겔슨의 허리를 고쳐 주었다고 해서 하는 말인데, 혹시 내 병도 고쳐 줄 수 없겠는가?"

"네? 하지만 전 치료사가 아닌데요."

준희는 당황하지 않을 수 없었다. 의사도 아닌 그녀가 무슨 병을 고친다는 말인가? 하지만 눈에 띄게 시무룩해하는 토드 노인의 표정에 준희는 다시 조심스럽게 묻지 않을 수 없었다.

"그런데 어디가 어떻게 아프신데요?"

그러자 토드 노인은 다시 무뚝뚝한 원래의 표정으로 돌아와 자신의 증세에 대해 설명했다.

"내가 대장장이 일을 한 지 벌써 사십 년이 넘었네. 그래서 인지 요즘은 가끔 망치를 잡는 손이 저려서 망치를 놓치게 되는 일도 있고, 목에 통증은 물론 경련까지 일어서……."

토드 노인의 설명을 듣고 곰곰이 생각해 보던 준희는 문뜩 요즘 자신이 글을 쓰면서 즐겨 마시곤 했던 허브차를 떠올렸다. 두뇌를 명석하게 하고 기억력을 증진시킨다고 해서 그녀는 로즈마리 차를 자주 마셨던 것이다. 그리고 그런 허브들이 예전에는 약초로서 쓰였다는 것도 떠올린 준희가 물었다.

"제가 섬에서 와서 잘 몰라서 그런데요. 혹시 이곳에서도 라벤더나 타임 같은 것으로 차를 끓여 마시나요?"

"라벤더나 타임? 그것들이야 산에 들어가면 흔히 볼 수 있는 것들 아닌가? 그런데 그걸로 차를 끓여 마신단 말인가?"

"그렇다면 정말 잘됐군요. 라벤더는 꽃을, 타임은 그 잎을 따서 한번 차로 끓여 마셔보세요. 근육통이나 기관지 경련에는 라벤더와 타임이 좋다고 들었거든요. 금방 효과를 볼 수 있을 거라고는 장담할 수 없지만 오랫동안 끓여 마시면 어느 정도 통증은 가라앉히실 수 있을 거예요."

토드 노인은 고마운지 한참동안 준희를 바라보다가 고개를 끄덕이고는 돌아갔다. 그런 노인의 뒷모습을 바라보는 준희의 마음은 복잡하기만 했다.

그녀의 처방이란 것은 그저 요즘 유행하는 허브차에 관심을 갖다가 중세 시대에는 그 허브들이 약초로써 쓰였다기에 몇몇 관심이 가는 허브의 효과에 대해 외워두었던 것을 말해준 것뿐이었다. 따라서 노인의 병에 어느 정도 효과가 있을지는 그녀 자신도 자신할 수가 없었다.

　그런데 노인이 너무 고마워하자 그녀는 민망하기도 했고 행여 나아지지 않으면 어쩌나 하는, 또 혹시 부작용이 생기는 건 아닌가 하는 등의 걱정에 사로잡히지 않을 수 없었던 것이다.
　때문에 자신도 모르게 흘러나오는 한숨을 뒤로하고 준희는 신전의 문을 두드렸다.

　"미드리드 산맥을 경계로 린페이 공국의 북쪽으로는 노르니에라는 야만국이 있습니다. 그들은 창조주인 델마를 섬기지 않고 전쟁의 여신이자 생명의 여신이라 불리는 이슈타 신을 섬기지요. 그 때문인지 그들의 국민적 성향은 전투적이고, 또한 강한 전사들이 많은 부족 국가입니다. 하지만 미드리드 산맥의 영향으로 린페이 공국은 물론 다른 나라와도 이렇다 할 교류가 없는 것으로 알려져 있습니다. 린페이 공국의 서쪽으로는 유스핀이라는 작은 왕국이 있는데, 미드리드 대륙에서 최대의 규모를 지닌 델마 신전인 마카르도 신전이 위치해 있는 곳입니다. 국민 전체가 독실한 델마 신도이기도 하고요. 하지만 나라가 워낙 작고 강대국들에 둘러싸여 있어서 언제 침략을 당할지 알 수 없는 위태로운 실정이지요. 또한 그 동쪽으로는 미드리드 대륙에서 가장 강한 라마스 제국이 있는데……."
　신전으로 돌아온 뒤에도 제이피스 사제로부터 이 세계에 대한 설명은 계속 이어졌다. 그러다 미드리드 대륙의 화폐 단위에 대해서 듣게 된 준희는 허탈해지지 않을 수 없었다.

디로, 디드, 딜로 나뉘는 이곳의 화폐 단위는 1디로가 우리나라 돈으로 십 원, 1디드는 만원, 1딜은 백만 원 정도의 값이었고, 그 이상은 대부분이 보석으로 거래가 된다고 한다. 따라서 제이피스 사제가 신학서를 필사해 주는 대가로 준다는 한 달에 10디드의 돈은 십만 원 정도가 되는 것이다.

한 달에 겨우 10만원이라니……. 하지만 어쩌겠는가? 정작 아쉬운 것은 그녀였기에 준희는 그냥 그의 제안을 받아들일 수밖에 없었다.

저녁을 먹은 뒤 방으로 돌아온 준희는 제이피스 사제가 가져다준 신학서를 유려한 글씨체로 필사해 나가기 시작했다. 요정들이 준 룬시의 잎 덕분인지 유스핀 어를 아무런 제약 없이 읽어 내려가면서.

하지만 준희의 머리 속에는 다른 생각들로 꽉 차 있어서 제대로 진행되지가 않았다. 벌써 몇 번이나 쓰다가 멈추곤 할 정도로.

그것은 하루가 다 지나가도록 미향이 돌아오지 않았기 때문이다. 다른 때 같았으면 미향의 부재로 인한 자신을 걱정했을 준희였다.

하지만 제이피스 사제로부터 하루 종일 이 미드리드 대륙에 관한 설명을 들으면서 이곳이 그녀가 살던 곳이 아닌 이세계임을 뚜렷하게 자각한 준희이기에 자신보다 미향이 더욱 걱정되었다. 이곳이 이세계인만큼 미향에게 어떤 큰 위험이 닥쳤는지도 모르는 일이기 때문이다.

미향이 위험한 상황에 놓여서 그녀를 부르고 있을지도 모르는데 그녀는 신전에서 안전하게 신학서나 필사하고 있는 것인지도 모른다는 생각이 들자 초조하고 불안할 수밖에 없었다. 그래서 펜을 놓고 멍하니 미향과 마지막으로 보았던 두 개의 달을 쳐다보고 있을 때였다.

달 속에서 하얀 빛줄기가 빠져나오는 듯하더니 미향이 그 모습을 드러내는 것이었다. 그 모습에 준희는 속으로는 안도의 한숨을 쉬면서도 겉으로는 퉁명스럽게 물었다.

"도대체 어디 갔다가 이제야 오는 거야? 기다리는 사람이 있다는 것도 잊은 거야?"

미향은 그런 준희를 잠시 바라보더니 그 작고 섬세한 얼굴을 푹 숙인 채 중얼거리듯 말하는 것이었다.

[…준 씨, 미안해!]

"에, 뭐?!"

순간 준희는 놀라서 무슨 말을 해야 좋을지 모를 정도였다. 미안하다니…… 자존심덩어리 그 자체라고 할 수 있는 미향의 입에서 사과의 말이 흘러나오다니 믿어지지가 않았던 것이다.

하지만 이어지는 미향의 말에 준희는 미안하다는 미향의 사과의 말은 들리지 않고 오직 기절하고 싶은 마음 뿐이었다.

[미안, 준 씨! 달이 두 개인 데다가 귀문이 보이지 않는 것이 이상해서 알아보려고 나갔거든. 알아보는 것은 그리 어렵지 않았어. 뜻밖에도 이곳은 귀신이 넘쳐 나도록 많았거든. 강한 귀신들 대부분이 지능이 낮아서 그렇지, 어쨌든 귀신들을 통

해 알아본 바로는 이곳에서는 귀문이 7년에 한 번밖에는 열리지 않는다는 거야. 즉, 빛의 달인 가룬과 어둠의 달인 사룬이 겹치는 죽은 자의 날에만 귀문이 열리는 거지. 그날은 우리가 이곳 미드리드 대륙에 도착한 날이기도 해.]

즉, 앞으로 7년 동안은 집으로 돌아갈 수 없다는 말이 아니겠는가?

"7년, 7년……."

망연자실해서 중얼거리는 준희에게 미향은 마치 확인 사살을 하듯 말했다.

[7년이면 준 씨의 나이 33살이지? 완전 노처녀네. 하지만 뭐, 준 씨는 애당초 남자들한테 인기가 없어서 결혼할 가능성도 없었으니까 상관없으려나?]

그 말에 상처를 받은 준희가 매섭게 미향을 노려보았으나 어느새 미안한 감정을 팔아먹은 미향은 천연덕스럽게 관청을 부리며 휘파람만 불어댈 뿐이었다.

제4장
로드센의 현자

어느새 미향과 준희가 미드리드 대륙에 온 지도 1년이라는 시간이 흘렀다.

그동안 준희는 낮에는 약초를 캐어 말리거나 허브 정유를 정제했고, 밤에는 신학서를 필사하는 등 바쁜 나날을 보냈다. 소설가로서 1년 안에 대작을 완성하고야 말겠다는 꿈도 뒤로 한 채.

그것은 놀랍게도 준희의 말대로 한 토드 노인의 증세가 상당한 호전을 보인 것에서부터 시작되었다. 오랜 지병으로 고생하던 토드 노인의 병이 좋아지자 차츰 마을 사람들은 자신의 병에 대해 준희에게 얘기하게 되었고, 이에 준희는 토드 노인에게 해준 것처럼 그들에게 약간의 허브 지식을 전해주었다.

처음에는 그저 마을 사람들의 잔병을 고쳐 주는 가벼운 일을 하는 것이 전부여서 직접 약초를 캐어 말리거나 허브 정유를 정제할 필요가 없었다.

그런데 빵집의 리타 아주머니가 아이가 생기지 않아서 고민이라는 말에 마음이라도 편하게 해주자 싶어서 언젠가 판타지 자료를 찾다가 알게 된 방법인 매월 첫 번째 금요일, 이곳에서는 고요의 날이라고 불리는 날에 전나무 가지를 하나 꺾어서 지니고 있으라고 일러준 이후로 마을 사람들의 고민 또한 들어주게 되어버렸다.

뜻밖에도 리타 아주머니가 진짜 임신을 했던 것이다. 그러다 보니 어떤 어려운 문제가 생기면 마을 사람들은 의례 준희를 찾았고, 그런 준희에 관한 소문이 가까운 근처 마을인 헤이시는 물론이고 제법 큰 항구 도시로 이름 높은 도르퓐에까지 알려져 버린 것이다.

그러자 로드센의 현자로 알려진 준희를 찾는 사람들이 늘어났고, 상처를 입은 채 찾아오는 사람들까지 있자 준희가 직접 약초를 캐어 말리는 일까지 하게 되었던 것이다.

제이피스 사제는 처음에는 마을 사람들이 사제인 자신에게 찾아와 고민을 털어놓지 않고 준희에게로 가자 마더로서의 능력 부족이 아닌가 해서 무척 고민도 하고, 처음으로 남을 시기하는 감정이 생겨서 괴로워도 했지만 나중에서 큰 도시에서까지 준희를 찾아오는 사람들이 늘어나자 준희를 보는 시선도 약간 바뀌게 되었다.

준희가 그녀를 찾아오는 사람들에게 아무런 대가도 받지 않고 고민을 해결해 주고 있다는 사실을 알고부터는 더더욱.

그저 준희는 그런 것이 돈이 될 수도 있다는 사실을 모르고 있었을 뿐이라는 사실도 모른 채.

그날도 준희는 아침을 먹자마자 리타 아주머니가 준 빵 바구니에 토드 노인이 준 호미를 들고 미향과 함께 몇 가지 약초를 뜯으러 신전 문을 나섰다.

그런데 문 앞에 라이라와 그녀의 언니인 레니를 비롯한 다수의 여인들이 바구니에 호미를 들고 서서 그녀를 기다리고 있는 것이 아닌가?

"저, 무슨 일로……."

준희가 어리둥절한 표정으로 묻자 라이라가 말했다.

"오빠 혼자는 힘들 것 같아서 도와주려고. 기쁘지?"

그러면서 라이라는 자신의 언니인 레니와 준희를 번갈아 보며 싱글싱글 웃었다. 분명 마을 최고의 미인인 레니가 준희에게 관심을 갖고 있다는 사실에 준희가 기뻐할 거라고 생각한 듯했다.

하지만 준희는 조금도 기쁘지 않았다. 옆에서 살기를 띠고 레니를 노려보는 미향과 벌써 1년이 지났는데도 마을 사람들이 그녀를 남자로 알고 있다는 사실 때문이었다. 하긴 1년이나 동거를 하고도 그녀가 여자라는 것을 짐작도 못하고 있는 제이피스 사제도 있었으니…….

속으로 한숨이 나오려는 것을 억지로 참고 준희는 희미한 미소를 가까스로 지어 보이며 말했다.

"그럼 가볼까요?"

로드센은 삼면이 산으로 이루어져 있어 어디서든 약초를 쉽게 구할 수 있었다. 하지만 좋은 약초를 많이 캐내려면 좀 더 깊숙이 미드리드 산맥 안쪽으로 들어가야 했다.

그러나 이번에는 여인들이 많이 따라왔고, 미향이 자신이 아닌 그들까지 지켜줄 리가 만무했기에 준희는 미드리드 산맥 안쪽으로는 들어갈 엄두도 못 내고 그 어귀에 이르러 발걸음을 멈추었다.

그리고 하나의 약초를 캐어 여인들에게 보여주면서 이렇게 생긴 약초를 캐어달라고 부탁하고는 자신 또한 약초를 캐는 일에 열중하기 시작했다.

그런 준희의 곁에 다가가지도 못하고 멀찍이 떨어진 채 약초를 캐면서 레니는 힐끗힐끗 쳐다보기만을 반복했다.

가까이 다가가면 이상하게도 온몸에 한기가 돌아 더 이상 접근할 수가 없었던 것이다.

레니는 처음 겔슨 노인에게 끌려가고 있는 준희를 보았을 때부터 그가 마음에 들었다.

마을의 우락부락하기만 한 남자들과는 달리 그는 지적이면서도 한눈에 잘생겼다고 생각할 만한 외모를 지니고 있어서 마을 최고의 미인인 자신과 어울릴 만한 상대라고 생각했던 것이다.

그리고 그 마음은 신비하게까지 느껴지는 그의 깊은 지식으로 인해 더욱 깊어져만 갔다.

그런데 그는 마을 최고의 미인인 자신에게 1년이 지나도록 조금의 관심도 보이지 않는 것이 아닌가?

이에 어쩔 수 없이 레니는 먼저 접근할 요량으로 이렇게 약초 캐는 일에 따라나서게 된 것이었다.

하지만 그에게 가까이 접근하려고 할 때마다 갑자기 온몸에 한기가 돌아서 가까이 가지도 못하고 쳐다보기만 하는 것이었다.

그러다가 준희가 진지하게 약초를 캐어 살펴보는 모습에 새삼 반해 멍하니 쳐다보던 레니는 이윽고 침을 꿀꺽 삼키고 용기를 내어 준희에게 천천히 다가갔다.

그럴수록 미향의 살기는 더욱 짙어졌고 그에 따라 레니의 온몸에 이는 한기도 더욱 강해졌지만, 레니는 그에 굴하지 않고 한 걸음 한 걸음 준희 쪽으로 걸음을 옮겼다.

그리고 막 입을 열어 준희를 부르려고 할 때였다.

그들의 위쪽에 있는 깎아지른 듯한 절벽의 아래에 자리한 둔덕 위에 피어 있는 레이디 멘틀 무리를 본 준희가 그쪽으로 발걸음을 옮기며 여인들에게 소리쳤다.

"여기서 약초를 캐고 있으십시오! 저는 잠깐 위쪽에 올라가 보고 오겠습니다!"

그리고는 급히 발걸음을 옮기는 준희의 모습에 레니는 허탈

한 표정을 지을 수밖에 없었고, 그런 레니의 모습에 미향은 키
득키득 웃으며 준희의 뒤를 따랐다. 이럴 때만큼은 준희 씨의
둔함도 사랑스럽다고 생각하면서.

레이디 멘틀은 그 잎이 망토를 닮은 식물로 지혈이나 소독,
생리통에 좋다고 알려져 있었다. 따라서 지난 1년 동안 모은
돈도 꽤 되어 얼마 후에는 이 로드센을 떠나 여행을 할 생각을
하고 있던 준희에게는 꼭 필요한 약초였다.

어쩌면 그녀의 생명을 구해줄지도 모르는 약초이기에 정성
을 다해 열심히 그 잎을 뜯고 있던 준희는 자신이 마을 여인들
과 너무 멀찍이 떨어져 버렸다는 사실조차 깨닫지 못하고 있
었다.

그렇게 몇 시간을 약초 뜯는 일에 열중해 있을 때였다.

문득 그녀의 귀에 희미하게 고통에 겨운 신음 소리가 들리
는 것이 아닌가?

"미향, 이상한 소리 못 들었어?"

물론 미향은 아까 전부터 듣고 있었다. 하지만 귀찮기 준희
의 곁을 떠나고 싶지도, 준희가 이상한 일에 휘말리는 것도 싫
어서 모르는 척하고 있었던 것이다. 때문에 미향은 아무것도
모르겠다는 표정으로 말했다.

[무슨 소리?]

겁이 많은 준희이기에 자신이 모른다고 하면 그 소리를 따
라가지는 않을 거라고 생각한 것이다.

"크윽!"

하지만 그때 더 큰 신음성이 들려왔고, 이에 준희는 약초 바구니를 들고 조심스럽게 그 소리가 들리는 곳으로 걸음을 옮겼다.

평소의 그녀라면 생각도 할 수 없는 일이었지만 운명의 이끌림이었을까? 준희의 몸은 생각도 하기 전에 이미 움직이고 있었던 것이다.

천천히 수풀을 헤치고 한곳에 이르렀을 때였다.

온몸이 피투성이가 되어 있는 것은 물론이고, 옆구리에 화살까지 박힌 사내가 고통스런 신음성을 흘리며 나무에 기대 앉아 있는 것이 보였다.

이에 무의식적으로 그에게 다가가려던 준희는 갑자기 고개를 번쩍 들어 쏘아보는 사내의 시선에 온몸이 굳은 듯 움직일 수가 없었다. 마치 상처 입은 검은 퓨마가 새하얀 이를 드러내며 그녀를 노려보는 듯했기 때문이다.

해쓱해진 채 굳어 있는 준희의 모습에 미향은 어깨를 토닥이며 위로랍시고 말하는 것이었다.

[준 씨, 무서워하지 마. 준 씨의 곁에는 언제나 이 사랑스런 미향이 있잖아. 그리고 괜히 저따위 싸가지를 구해줄 생각도 하지 말고. 준 씨는 의사가 아니라는 것을 명심하라고. 지금까지야 운이 좋았을 뿐이지, 준 씨가 치료해 준답시고 나섰다가 1시간 살 거 10분으로 줄여놓으면 저 사람이 얼마나 억울하겠어.]

순간 그만 울컥한 준희는 약초 바구니를 힘주어 다잡으며 천천히 사내에게로 다가갔다.

[준 씨!]

미향이 당황해서 외치든 말든.

사내, 사이파는 그런 준희를 이채를 띠고 바라보았다. 지금까지 그 어느 누구도 그의 이 살기 띤 눈빛을 똑바로 쳐다보고도 가까이에 이른 자는 없었던 것이다. 그 때문에 그는 샤이라드 족의 긍지이자 두려움의 대상이 아니겠는가? 그 공포가 너무 커서 샤이라드 족장 록산이 결국 그를 암습해 죽이려고 들 정도로.

그런데 그 눈빛을 무시하고 다가오는 자가 있었으니…….

준희가 다가오는 것을 보면서 사이파는 그대로 다가오도록 내버려 둘 것인지 아니면 막을 것인지로 갈등했다. 물론 준희에게 위협을 느껴서는 아니었다. 그러기에는 다가오고 있는 준희의 손과 눈빛이 너무나 떨리고 있었으니까.

눈앞에서 뻔히 보이는 자의 암습쯤은 상처를 입었다그는 해도 충분히 막아낼 자신이 그에게는 있었던 것이다.

문제는 노르니에 전사의 율법이었다. 율법에 의해 생명의 구함을 받은 전사는 그 대상이 남자라면 은혜를 갚을 때까지 그의 밑에 들어가 봉사해야 하고, 여자라면 그녀의 일생을 책임져야 하는 것이다. 때문에 자존심이 강한 전사들은 상대의 밑에 들어가기 싫어서 죽음을 선택하는 경우도 종종 있었다.

그런 만큼 그는 준희를 유심히 살피며 갈등하지 않을 수 없

었던 것이다. 게다가 한눈에 보기에도 준희는 호감이 가는 인
상이긴 했지만 그가 밑으로 들어갈 만큼 강한 전사로는 보이
지 않았기에 더욱 그의 갈등은 심할 수밖에 없었다.

하지만 그의 머리 속에 '록산' 이라는 이름 하나가 떠오르자
그는 준희가 편히 다가올 수 있도록 눈에서 살기를 풀었다. 비
록 그의 눈앞에 어떤 굴욕적인 삶이 기다리고 있다 해도 복수
를 포기할 수는 없었으니까.

눈앞의 사내의 눈에서 어느 정도 살기가 가시자 준희는 안
도의 한숨을 쉬면서 빠르게 다가가 그의 상처를 살펴보았다.
옆구리에 박힌 화살 이외에도 여기저기 상처가 많이 나 있었
지만 우선 피가 가장 많이 흐르고 있는 옆구리의 화살을 빼는
것이 먼저였다.

이에 준희는 인상을 찌푸리면서 조심스럽게 화살에 손을 가
져갔다. 그리고 떨리는 손으로 화살을 뽑아내려는 순간, 갑자
기 사이파가 준희의 손을 잡아떼는 것이 아닌가?

설마 화살을 뽑지 않겠다는 것인가 싶어 사이파의 얼굴을
올려다본 순간 준희는 얼굴을 붉히지 않을 수 없었다. 미처 사
내의 살기로 인해 보이지 않았던 그의 얼굴이 보였던 것이다.

허리까지 내려오는 까만 머리에 가려진 깎아 다듬은 듯한
새하얀 얼굴과 하얀 얼굴 때문인지 더욱 짙어 보이는 까만 눈
썹, 단호해 보이는 입매. 더군다나 언뜻 보기에 날카로워 보이
는 푸른 눈도 자세히 들여다보면 마치 빨려 들어갈 듯해서 한
동안 시선을 돌릴 수가 없을 정도였다.

하지만 그런 준희의 모습에 분노한 미향의 외침과 사이파가 스스로 옆구리에 박힌 화살을 뽑아내는 모습에 준희는 정신이 번쩍 들었다.

"으윽!"

화살을 뽑아낸 사이파의 옆구리에서는 피가 철철 흘러내렸다. 이에 한순간 당황한 준희였지만 그녀는 곧 자신이 생각해도 신기할 정도로 침착하게 일을 처리해 갔다.

재빨리 약초 바구니에서 레이디 멘틀을 꺼내 돌로 빻아 부여잡은 사이파의 손을 치운 뒤 옆구리에 붙였던 것이다.

"붙잡고 있어요."

그런 뒤 양 소매를 찢어 조심스럽게 사이파의 옆구리에 동여맸다. 그런데 그 모습이 마치 포옹을 하고 있는 듯해서 미향은 비명을 질러댔다.

[으악, 준 씨의 순결이! 순결이! 안 돼!]

그러거나 말거나 준희는 사내의 옆구리를 대충 치료한 후에 다른 상처에도 약초를 바르기 시작했다. 혹시 상처가 아플까 봐 조심스럽게 한다고 한 것이 마치 상대를 애무하는 듯한 느낌이라 사이파는 물론이고, 미향의 눈마저 휘둥그레지고 있다는 것도 모르는 채.

치료가 모두 끝나자 준희는 그제야 만족스러운 듯 환하게 웃으며 사이파에게 물었다.

"어때요? 좀 움직일 만해요?"

사이파는 그런 준희를 빤히 쳐다보더니 자신도 모르게 중얼거리듯 노르니에 어로 말했다.

"설마 여자인 것은 아니겠지?"

분명 그때까지는 남자라 생각하고 있었는데 가까이에서 보자 어쩌면 여자일지도 모른다는 의혹이 들었던 것이다. 남자치고는 너무 곱상한 외모와 부드러운 손길 때문이었다.

순간 흠칫한 준희는 사실대로 자신이 여자라는 것을 밝힐까 하다가 힐끗 미향을 쳐다보았다.

역시나 미향이 무서운 표정으로 노려보고 있었다.

'도대체 미향은 나처럼 룬시의 잎도 없으면서 어떻게 이곳 사람들의 말을 알아듣는 거지? 귀신이 되면 다 저렇게 만능통역사가 되는 건가?'

울며 겨자 먹기로 아니라고 대답하려던 준희는 의미심장한 사이파의 말에 의혹의 빛을 띠지 않을 수 없었다.

"차라리 여자인 것이 나은 걸까? 하긴 밑에 들어가는 것보다는 그 편이……."

"지금 그 말은 무슨 뜻이지요?"

그 말에 사이파는 식은땀이 흐르고 있는 얼굴로 놀라서 물었다.

"노르니에 어를 아는가?"

솔직히 사이파가 록산의 세력을 피해 미드리드 산맥을 내려오면서 가장 걱정했던 것은 바로 언어의 문제였다. 그런데 이렇게 뜻밖의 인연으로 노르니에 어를 아는 사람을 만나자 놀라지 않을 수 없었던 것이다.

"네, 조금. 어째서 제가 여자인 것이 낫다는 것이지요?"

필사의 탈출을 하면서 어쩌면 오랫동안 듣지 못할지드 모른다고 생각했던 노르니에 어를 들었기 때문일까? 사이파는 긴 머리를 뒤로 넘기며 지친 몸을 나무에 기댄 채 평소 같지 않게 말을 많이 했다.

"우리 노르니에 전사들의 율법 때문이다. 노르니에에서는 17세가 되면 의무적으로 전사의 시험을 보게 되는데, 그 시험에 통과하면 비로소 하나의 전사로서 인정을 받게 되는 것이다. 그와 함께 율법을 따르게 되어 있는데, 율법에 따르면 누군가에게 생명의 구함을 받으면 그가 남자일 경우 그의 밑에 들어가 은혜를 갚을 때까지 그에게 봉사해야 하고, 여자일 경우에는 그녀의 인생을 책임져야 하는 것이다."

"아하하!"

준희는 기가 막혀 웃음밖에 나오지 않았다. 그렇다면 노르니에 여자들은 함부로 누군가를 구해주지도 못한다는 갈이 아닌가? 그러다가 곧장 무엇인가를 깨달은 준희의 얼굴은 새하얗게 질리고 말았다. 그 말은 자신이 여자인 것이 밝혀질 경우 이 남자가 자신을 책임져야 한다는 말이 아니겠는가?

미향 또한 그것을 깨닫자 얼굴이 시퍼렇게 질린 채 준희에게 협박에 협박을 가했다.

[준 씨, 만약 저 잘난 상판대기에 반해서 여자인 것을 밝힐 경우에는 밤마다 잠도 못 자게 머리를 풀어헤치고 우는 소리를 들려주는 것은 물론이고, 얼굴에 피범벅을 해서는 입에 칼

을 물고 돌아다닐 줄 알아.]

하지만 그런 미향의 협박이 아니더라도 준희는 자신이 여자임을 밝힐 생각이 전혀 없었다. 분명 상대는 준희가 한눈에 시선을 빼앗길 정도로 잘생기기는 했기만 분위기라든가 눈초리가 그녀가 감당하기에는 벅찰 만큼 무서웠던 것이다. 때문에 준희는 굳어진 얼굴을 어색하게 일그러뜨리며 말했다.

"하하! 남자라서 죄송하군요."

설마 자신의 입으로 자신이 남자라고 말할 날이 올 줄이야. 준희는 속으로 피눈물을 삼키지 않을 수 없었다.

준희가 부상당한 노르니에 전사 사이파의 한 팔을 어깨에 들쳐 메고 나타나자 약초를 캐고 있던 여인들은 두려운 표정이 되었다. 그런 여인들에게 준희는 활짝 웃으며 말했다.

"제가 미드리드 산맥에서 약초 캐는 것을 도와주던 친구인데 절벽에서 굴렀지 뭐예요. 그래서……."

그러자 여인들은 약간 두려움이 가신 표정으로 각자의 약초 바구니를 들고 다가왔다. 미향의 존재를 모르는 그녀들은 준희가 미드리드 산맥으로 들어가 약초를 캐면서도 늘 무사히 돌아오는 것을 이상하게 생각하고 있었는데, 그것이 모두 저 노르니에 전사 덕분이라는 사실을 깨닫자 나라를 떠나 호감을 느끼게 되었던 것이다.

하지만 라이라는 여전히 의심스럽다는 표정으로 사이파의 옷차림—노르니에 전사 특유의 가죽 옷차림—을 살피면서 말했다.

"혹시 오빠에게 일부러 접근한 첩자일지도 모르잖아. 도르퓐에 연락하지 않아도 돼?"

로드센은 미드리드 산맥 바로 아래에 있으면서 사실상의 노르니에와 린페이의 국경 지대였다. 하지만 로드센은 군대가 집결하기에는 취약한 지역이어서 현재 국경 경비대가 주둔해 있는 곳은 도르퓐이었다. 때문에 만약 노르니에가 침략해 온다면 도르퓐에 군사를 파견해 달라고 요청해야 하는 실정이어서 로드센에서는 노르니에 인을 보면 즉시 도르퓐에 연락을 취하도록 되어 있었다. 그래서 노르니에 전사를 보자 라이라가 도르퓐에 연락을 취해야 하지 않겠냐고 묻는 것이었다.

그러자 이 일의 중대함을 깨달은 듯 여인들은 동요한 표정으로 준희를 쳐다보았다.

준희는 그런 그들의 긴장을 풀어주기 위해 활짝 웃어 보이며 말했다.

"걱정할 것 없어요. 지난 500년 동안, 아니, 린페이가 여러 작은 왕국으로 나뉘었다가 다시 공국이 되기까지의 그 혼란스러웠던 시기에도 노르니에의 침략은 단 한 번도 없었잖아요. 새삼 무슨 걱정이에요? 더군다나 사이파는 내 친구니까."

그 말에 여인들은 긴장이 풀린 표정이었고 그 가운데 레니가 가만히 사이파를 쳐다보며 준희에게 물었다.

"친구 분이 많이 다친 것 같은데 빨리 쉬게 해드려야 하지 않을까요?"

“아! 네, 그래야지요.”

그러면서 준희는 의미심장한 눈빛으로 힐끗 사이파의 잘생긴 얼굴을 쳐다보았다. 레니가 그에게 신경 쓰는 것이 첫눈에 사이파에게 반한 것이 분명하다고 생각한 것이다. 설마 사이파가 그녀의 친구이기 때문이라는 것은 생각지 못한 채.

사이파를 데리고 마을로 들어서자 마을 사람들이나 로드센의 현자를 만나기 위해 로드센으로 온 사람들은 모두 놀라고 당혹한 얼굴들이었다. 노르니에 사람이 로드센에 들어온 것은 처음 있는 일이었기 때문이다. 하지만 그들이 더욱 놀란 것은 그와 대화를 하고 있는 준희의 모습이었다. 흔치 않은 노르니에 어까지 알다니 역시 현자는 뭔가 달라도 다르다고 생각하면서.

준희가 사이파를 데리고 신전으로 향하자 미향은 그런 준희에게 생각난 듯 물었다.

[준 씨, 이자를 어디에서 재우려고? 설마 우리 방에 들이려는 것은 아니겠지? 그러다 준 씨가 여자인 것이 밝혀지면 어쩌려고? 그래, 겔슨 노인에게 부탁하자. 준 씨, 그 집에 방 하나 남잖아?]

미향의 말대로였다.

더군다나 노르니에 인을 야만인이라고 부르는 제이피스 사제가 사이파를 신전에 들여줄지도 의문이지 않은가?

준희는 즉시 발길을 돌려 겔슨 노인의 집으로 향했다.

그 집에는 일 년 전에 겔슨 노인의 아들이 미드리드 산맥에서 행방불명된 이래로 방이 하나 남아 있었고, 또한 준희를 은인으로 여기니 사이파를 묵게 해줄 것이 틀림없다고 생각한 것이다.

겔슨 노인은 준희의 생각대로 사이파를 그녀의 친구라고 소개하자 껄껄 웃으며 반갑게 맞아주었다. 호기심 많은 나이의 로이 또한 사이파를 신기한 듯 바라보며 따라다녔다.

하나 남은 침대에 사이파를 눕혀놓고 그를 겔슨 노인에게 부탁한 준희는 다음날부터 겔슨 노인의 집을 드나들며 사이파를 돌봐주기 시작했다. 매일 상처에 약초를 바르고 붕대도 바꿔주고 하면서 준희는 조심스럽게 사이파에게 물었다.

"집으로 돌아가고 싶지 않아요?"

그 말에 사이파의 눈빛이 흐려지는 듯싶더니 무뚝뚝하게 말하는 것이었다.

"내게는 집이 없다."

준희는 놀라지 않을 수 없었다. 집이 없다니……. 그래서 의아한 표정으로 쳐다보자 사이파가 어쩔 수 없다는 듯 말했다.

"어린 시절에 가족이 모두 죽은 뒤부터는 집 없이 그저 떠돌아다니기만 했다."

"그래도 친구들은 있을 것 아니에요? 노르니에로 돌아가고 싶지 않아요?"

돌아갔으면 하는 바람을 숨기지 못하고 쳐다보는 준희의 모습에 사이파는 진지하게 준희를 바라보며 단호하게 말했다.

“은혜를 갚지 못하면 그때는 이미 난 전사가 아닌 것이다. 죽는 것보다 못한 것이지. 내가 죽기를 바라나?”

그 말에 준희는 더 이상 아무 말도 할 수가 없었다. 은혜를 갚지 못하면 죽겠다는데 더 이상 무슨 말을 하겠는가?

이때부터 준희는 틈틈이 사이파에게 린페이 어를 가르쳐 주기 시작했다. 차라리 죽겠다는 사이파이니 좀처럼 떨어지지는 않을 것이고, 때문에 로드센을 떠날 때 그와 함께 갈 수밖에 없다고 생각해서 기본적인 언어만이라도 습득시켜 놓으려는 것이다.

다행히 사이파는 머리가 좋은지 쉽게 언어를 습득해 나갔고, 몸도 빨리 회복되어 갔다.

유난히 사룬의 달이 붉은 빛을 토해내는 밤이었다.

"꺄아아악!"

"으악!"

커다란 비명 소리가 갑자기 로드센의 밤하늘에 울려 퍼지자 때 아닌 비명 소리에 놀란 마을 사람들은 잠에서 깨 달려나왔다. 그리고 뜻밖의 광경을 목격한 마을 사람들은 창백하게 질린 채 그들 또한 마찬가지로 비명을 지르기 시작했다.

"으아악!"

그 가운데 정신이 든 한 사내가 급히 신전 쪽으로 달려갔다.

신전 문 앞에 도착한 사내는 정신없이 신전의 문을 두드리며 외쳤다.

쾅! 쾅! 쾅! 쾅!

"마더 제이피스! 준희님! 큰일 났습니다. 어서 좀 나와보세요!"

그 시끄러운 소리에 준희는 한참 만에 억지로 눈을 뜨고 어기적거리며 방을 나섰다.

하품을 하며 문 쪽으로 가자 사냥꾼 테니가 창백한 얼굴로 마더 제이피스에게 소리치고 있는 모습이 보였다.

"걸어다니고 있습니다! 공격을해도 전혀 반응이 없고요!"

눈을 비비며 그들에게 다가간 준희는 분명 또 몇 달 전처럼 길을 잃은 곰귀 한 마리가 마을에 들어왔다든지 아니면 낭귀(狼鬼)들이 가축들을 물어 갔다든지 하는 일일 것이라고만 생각하고 느긋하게 물었다. 미드리드 산맥이 가까이에 있어서인지 그런 위험한 일들이 종종 일어나곤 했던 것이다.

"도대체 이 한밤중에 시끄럽게 무슨 일이에요?"

준희의 어깨에 기댄 채 떠 있던 미향도 그런 준희의 말에 동의하듯 투덜거렸다.

[맞아. 예의가 없는 사람이야.]

그러자 사냥꾼 테니의 눈이 곧장 준희에게로 향해지면서 두려움이 가득한 얼굴로 말했다.

"준희님, 마을에 시, 시체가 돌아다니고 있습니다! 어떻게 해야 좋을지……."

순간 준희는 머리 속이 텅 빈 듯 아무것도 떠오르지 않았다. 시체가 돌아다니고 있다니……. 비록 준희는 귀신을 보고, 또 미향이라는 귀신이 붙어 있는 처지이기는 했지만 귀신만큼 무서워하는 것도 없었다. 때문에 공포 영화는 절대 보지 않았고, 오늘의 운세에서 불길한 날이라고 하는 날에는 바깥출입도 하지 않는 그녀였다. 그런 만큼 운수 사납게도 이런 귀신들이 우글거리는 세계에 오게 된 것만도 복장이 터질 일인데 이제는 시체까지 돌아다닌다…….

어느 정도 정신이 돌아오자 벌써 준희의 발길은 서서히 뒷걸음쳐져 그녀의 방 쪽으로 향하고 있었다. 이런 때는 그저 이불을 뒤집어쓰고 누워 있는 것이 최선이라고 생각하면서.

하지만 로드센의 현자인 준희라면 이 사태를 어떻게든 해결해 줄 거라고 생각하는 듯 애타게 바라보는 사냥꾼 테니의 눈을 보자 그녀는 더 이상 뒷걸음질칠 수가 없었다.

하지만 그렇다고 앞으로 나설 용기도 없어 그저 망연히 서 있는데 갑자기 제이퍼스 사제가 목에 걸린 사제의 목걸이인 차일락을 콰악 움켜쥐더니 신전 문을 박차고 뛰쳐나가는 것이 아닌가?

그 모습에 나이도 어린 사제가 용기가 대단하고 생각하며 감탄하고 있으려니까 사냥꾼 테니가 재촉하듯 말하는 것이었다.

"준희님도 어서 가봐야 되는 것 아닙니까?"

가다니…… 어딜?

준희는 새하얘진 얼굴로 망설였다. 그러나 곧 그녀의 어깨를 잡는 미향의 싸늘한 손길에 마음이 편안해졌다.

'그래, 나한테는 미향이 있어. 미향이 날 지켜줄 거야.'

그렇게 생각하자 여유가 좀 생긴 준희는 마음을 굳히고 사냥꾼 테니에게 말했다.

"…시체가 돌아다니는 곳이 어디지요?"

사냥꾼 테니는 금방 얼굴이 환하게 밝아지며 말했다.

"제가 안내하겠습니다."

그러면서 앞서 뛰어나가는 테니의 모습에 준희는 미향의 손을 꽉 잡고 있는 용기란 용기는 다 끌어모아 후들거리는 발걸음을 떼어놓았다. 하지만 제대로 발이 떨어지지 않아 준희가 사냥꾼 테니와 함께 마을 안으로 들어섰을 때에는 한참의 시간이 지난 뒤였다.

마을 안은 어수선한 가운데에서도 마을 사람들이 들고 서 있는 횃불로 인해 환하게 밝아 보였다. 그 사이를 시체, 즉 좀비가 천천히 썩은 살점을 떨어뜨리며 걸어 들어오고 있었다.

제이피스 사제는 그런 좀비를 향해 성수를 뿌리며 기도하고 있었다.

치이익! 치이익!

좀비의 몸에 성수가 닿자 김이 피어올랐다. 하지만 좀비는 멈추지 않았고, 계속 천천히 걸으면서 자신을 막아서는 사람들에게 팔을 휘둘러 댔다.

크윽!

그러자 사내 하나가 힘에 밀려 나가떨어졌다. 너무 강하게 휘둘렀는지 좀비의 한 팔은 떨어질 듯 덜렁거리고 있었다.

눈알마저 없는 그 퀭한 눈동자로 어딘가를 바라보면서 크르, 크르르거리며 다가오는 좀비의 모습은 준희로 하여금 오싹 소름이 돋게 만들었다. 그것은 확실히 미향이나 다른 귀신들을 볼 때와는 다른 느낌이었다.

미향이나 다른 귀신들도 두렵기는 했지만 그렇다고 죽음을 직접적으로 느끼지는 않았다. 그런데 저 좀비를 보자 마치 죽음이란 이런 것이다라고 보여주는 듯해서 말할 수 없이 두려웠던 것이다. 좀비가 아닌 죽음이.

때문에 마치 누군가 그녀의 발목이라도 붙잡고 있는 듯 굳어져서 움직이지 못하고 있는데, 그런 준희에게 테니가 외치듯 물었다.

"준희님! 어떻게 해야 합니까? 빨리 방법을 일러주십시오."

준희의 이름을 들은 마을 사람들은 마치 어둠 속에서 한줄기 빛이라도 만난 듯 일제히 준희를 돌아보았다. 그런 그들의 눈에는 반드시 준희가 저 좀비를 그들에게서 막아주리라는 믿음이 가득 차 있었다.

하지만 준희로서는 막막할 뿐이었다. 머리 속이 너무 복잡해서 좀비를 죽일 수 있는 방법이 언뜻 떠오를 듯하면서도 떠오르지 않았다. 때문에 그녀가 안절부절못하고 있는 동안 마을 사람들은 좀비를 향해 횃불을 던지기도 하고, 소금을 던지기도 하는 등 좀비를 처치하기 위해 애를 썼다.

제이피스 사제의 신을 향한 찬양의 소리가 점점 높다져 가고 있는 가운데 애타게 준희의 이름을 부르는 사람들의 목소리 또한 높아져서 준희는 더욱 초조해져 가고 있었다.

크르르! 크르르!

하지만 좀비는 썩은 살이 타고 터지며 뼈가 부서져 내려도 유부에서 흘러나오는 듯한 소리를 내며 마을 안쪽으로 점점 깊숙이 들어서고 있었다.

이에 몇 명의 사내가 온몸으로 좀비를 막으려 했으나 오히려 그들은 좀비에 의해 턱이 부서지고 다리가 부러지는 등 처참하게 나가떨어져 버리고 말았다.

그 모습에 준희는 당황해서 외쳤다.

"자, 잠깐. 제가 방법을 생각해 낼 동안 공격하지 말아주세요."

그러자 마을 사람들은 쭈욱 옆으로 비켜섰고 그 사이를 좀비가 천천히 걸어갔다.

뼈와 살이 떨어져 내리고 인간의 형체가 점점 사라져 가면서도 좀비는 걸음을 멈추지 않았다. 오직 앞을 향해서 걸어갈 뿐이었다. 그 모습이 어찌 보면 처참하면서도 일견 간절해 보이는 무언가가 있어서 마을 사람들은 자신들도 모르게 숨을 죽인 채 지켜보았다. 한순간도 좀비에게서 경계의 눈을 떼지 않은 채.

그런데 놀랍게도 좀비가 향하고 있는 곳은 바로 겔슨 노인의 집이 아닌가?

준희는 이 상황을 이해할 수가 없었다. 겔슨 노인이나 그의 손자 로이는 누군가에게 해를 끼칠 만한 사람들도, 그렇다고 탐욕의 대상이 될 만한 무엇인가를 지니지도 않은 그저 평범한 사람들이었던 것이다. 그런데 왜 저 좀비가 겔슨 노인의 집으로 향하는 것인지…….

크르르, 크르르…….
좀비가 마을로 들어서는 것을 자이칸은 처음부터 지켜보고 있었다.
이 좀비는 자이칸이 미드리드 산맥에 자리를 잡고 어둠의 주술에 대해 연구하던 중 처음으로 성공한 좀비였다. 따라서 여러 가지 실험을 해보고 있었는데 갑자기 이 좀비가 그의 명령을 무시하고 어디론가 향하기 시작하는 것이 아닌가?
순간 자이칸은 황당하지 않을 수 없었다. 분명 주술서에 따르면 좀비는 이성이 없는 시체로서 깨운 자의 명령에 절대적으로 따르게 되어 있었다. 그런데 그의 명령을 무시하고 제멋대로 행동하다니…….
하지만 그런 좀비의 행동에 호기심을 느낀 자이칸은 시체가 어디로 향하는지 조용히 지켜보고만 있었다.
뜻밖에도 좀비는 한 마을로 들어갔다. 순간 자이칸의 얼굴에는 희미한 웃음이 스쳐 지나갔다. 사람과의 만남에서 나타나는 좀비의 반응을 관찰할 수 있는 좋은 기회라고 여긴 것이다. 그리고 그 결과는 매우 만족스러웠다.
시체라 그렇게 대단하게 여기지 않았던 좀비는 뜻밖에도 상당한 공격력을 지니고 있었던 것이다. 사람들로 하여금 공포감을 불러일으키는 것은 물론이고, 장정 몇을 전투 불능으로 만들어 버릴 정도로. 하긴 아픔을 느끼지 않은 좀비의 특성 때문인지도 모르겠지만.

하지만 한 집으로 들어가려는 좀비의 모습에 자이칸의 입가에서는 웃음이 사라지고 말았다.

바로 처음 좀비를 만들 시체를 구하러 미드리드 산을 돌아다니다가 실족해 있던, 지금의 좀비를 만났을 때의 일이 떠올랐기 때문이다. 사냥꾼이었던 그는 자이칸의 단도가 그의 심장에 박히는 순간에도 자신에게는 늙은 아버지와 어린 아들이 있으니 살려달라고 애걸했었던 것이다. 그들에게로 가야 한다고.

어쩌면이라는 생각이 든 자이칸은 황급히 그 집으로 뛰어들어가다가 한 사내와 부딪치고 말았다.

그 사람은 바로 준희였다.

자신과 부딪쳐 나가떨어진 충격에 고통으로 얼굴을 찡그리고 있는 준희를 본 자이칸은 잠시 움직일 수가 없었다.

약간의 호감이 느껴지면서도 가슴 저 깊은 곳에서 치밀어 오르는 주체할 수 없는 살기 때문이었다. 지금 죽이지 않으면 반드시 후회할 것이라고 그의 본능이 속삭이고 있었다.

순간 자이칸은 무의식적으로 허리춤에서 단도를 뽑아 들었다. 그는 평생 자신의 느낌을 무시한 적도, 죽이고 싶다고 느낀 자를 살려둔 적도 없었던 것이다. 막 일어서려는 준희의 심장에 단도를 박아 넣으려는 순간이었다.

무언가 차가운 한기가 자이칸의 등줄기를 꿰뚫고 지나가는 것 같더니 한 아름다운 여인이 무서운 눈으로 그를 노려보며 단도를 든 그의 손목을 비틀어 버리는 것이 아닌가?

"크윽!"

쨍그랑!

고통으로 인해 손에 쥔 단도를 떨어뜨린 자이칸은 자신을 노려보는 여인에게로 시선을 던졌다. 그리고 그 순간 그의 눈은 더 이상 커질 수 없을 만큼 부릅떠지고 말았다.

휘날리는 긴 검은 머리의 눈앞의 여인 때문이었다. 인간 같지 않은 아름다움과 그의 피를 떨게 만드는 온몸에서 뿜어져 나오는 강한 어둠의 기운.

자이칸은 눈앞의 여인을 소유해 자신의 발밑에 무릎 꿇리고 싶은 강한 욕망을 느끼며 떨리는 목소리로 물었다.

"…마족? 저 사내가 너의 주인이더냐? 그렇다면 저 사내를 버리고 내게 와라. 나에게로 온다면 너에게 지금보다 더 큰 힘을 주마."

미향은 어이가 없어서 눈앞의 사내를 훑어 내리듯이 쳐다보았다. 준 씨를 죽이려 한 것으로도 모자라서 이제는 그녀에게 준 씨를 버리고 자신에게 오라고 하다니…….

190센티미터가 넘어 보이는 장신에 사내다움이 물씬 풍기는 그는 미향이 가슴이 두근거릴 만큼 매력적인 사내였다. 하지만 준희의 눈이 서늘한 가운데에서 따뜻함이 느껴진다면, 그의 눈은 서늘한 가운데 섬뜩할 만큼의 잔인함이 흘러넘치고 있었다.

도대체 이 사내가 왜 갑자기 나타나 준희를 죽이려 한 것인지 미향이 의아하지 않을 수 없었다.

자이칸이 말했다.

"믿지 못하겠는가? 어둠의 주술사인 나, 자이칸을. 너에게 이 세계를 지배할 수 있는 힘을 주마. 나에게로 와라!"

자신만만하게 말하며 자이칸은 미향에게 손을 내밀었다.

그 모습을 보는 준희는 혼란스러웠다.

마음 한편으로는 그럴 리가 없다고 생각하면서도 어쩌면 미향이 저 자이칸이라는 사내의 제안을 받아들일지도 모른다는 불안감이 들었던 것이다. 미향이 자신을 좋아하는 것은 어디까지나 남자 같은 그녀의 외모 때문이라고.

그런데 이제 그녀보다 사내답고 매력적인 진짜 남자가 미향에게 손을 내밀고 있었으니 그런 불안감이 드는 것은 어쩔 수 없는 일이었던 것이다.

섬뜩한 불안감에 흔들리는 눈빛으로 미향의 대답을 기다리는 준희나 자이칸에게 그 잠깐의 시간은 마치 푸른 초원이 사막이 되는 시간만큼이나 길게만 느껴졌다.

이윽고 미향이 비릿한 웃음을 지으면서 자이칸에게 말했다.

[쿡! 싫은데?]

"뭐? 어째서지?"

준희가 안도의 한숨의 쉬는 가운데 자이칸은 이해할 수 없다는 듯 소름 끼치도록 요염한 눈앞의 존재를 쳐다보았다. 이

렇게 아름다운 것을 보면 분명 정염에 관계된 마족임이 분명
하다고 생각하면서…….

미향이 말했다.

[내가 원하는 것은 힘이 아니니까.]

그러면서 속으로 차라리 원하는 것이 힘이었다면 일은 간단
했을 거라고 생각했다. 서글픈 눈빛으로 한동안 준희를 바라
보던 미향은 순식간에 자이칸의 눈앞에서 그 모습을 감추어
버렸다.

미향의 준희를 향한 눈빛에서 미향의 마음을 눈치 챈 자이
칸은 매서운 눈초리로 준희를 쏘아보며 물었다.

"넌 누구냐?"

"…서준희."

얼떨결에 준희는 대답하고 말았다.

"서준희, 기억해 두지. 다음에 만날 때는 기대해도 좋을 것
이다. 내가 원하는 것을 갖고 있는 대가는 아주 클 테니까 말
이다, 크큭!"

순간 준희는 목까지 진흙탕 속에 빠져든 느낌이었다. 도저
히 빠져나올 수 없는 덫에 걸려서 허우적거릴 자신의 앞날이
눈에 훤히 보이는 듯했다.

때문에 멍하니 자이칸을 바라보고 있는데 갑자기 겔슨 노인
의 집에서 찢어지는 듯한 비명 소리가 울려 퍼지는 것이었다.

"캬아아악!"

그 소리에 그제야 집 안으로 들어간 좀비가 생각난 준희는

눈앞에서 벌어진 일에 넋을 잃고 있는 마을 사람들을 헤치고 겔슨 노인의 집으로 뛰어 들어갔다.

그러자 좀비가 겔슨 노인에게 다가가려는 것을 다급히 나무 의자로 막고 있는 사이파의 모습이 보였다. 그리고 그 한쪽 귀퉁이에서 부들부들 두려움에 떨고 있는 로이의 모습도.

좀비가 무지막지하게 밀고 들어오자 결국 사이파는 검을 빼어 들었다.

파앗!

검에 의해 덜렁거리던 좀비의 한 팔이 떨어져 나가고 가슴부터 옆구리까지의 살들이 뭉텅 잘려 나갔다. 그러자 좀비는 스산한 기운을 뿜어내며 사이파를 공격해 들어갔다.

둔하기 그지없는 몸놀림이라 사이파로서는 충분히 피할 수 있었다. 하지만 그렇게 되면 뒤에 있는 겔슨 노인이 위험해지기 때문에 피하지 못하고 그대로 받아내야 했다.

그때였다.

"사이파!"

사이파가 걱정된 나머지 준희가 참지 못하고 그의 이름을 외쳤다.

그 목소리에 반응해 순간적으로 고개를 돌린 사이파는 놀라움에 그만 일시에 몸에서 힘이 빠져나가는 듯했다.

그것은 준희의 뒤쪽에서 음산한 웃음을 흘리고 있는 한 사내 때문이었다. 첫눈에 그자가 위험한 자라는 것을 눈치 챈 사이파는 좀처럼 눈앞의 좀비에게 집중할 수가 없었다. 어서 빨리 이 좀비를 물리치고 준희를 지켜야 한다는 생각뿐이었다. 주군을 지키지 못한 전사는 율법에 따라 죽음을 택해야 했기에.

좀비는 사이파의 몸에서 힘이 빠진 그 잠깐의 순간을 놓치지 않았다. 사이파를 밀치고 어느새 겔슨 노인의 앞으로 다가간 좀비는 아직 떨어지지 않은 한쪽 팔을 내밀며 억지로 소리를 냈다.

"크, …아, 아……."

무슨 소리인지는 정확하지 않았지만 그 소리는 듣는 사람들로 하여금 가슴을 울리게 만들었다.

그 때문인지 겔슨 노인은 그때까지의 두려운 표정이 아닌 당황한 듯한 표정을 짓고 서 있었고, 준희는 무의식중에 뒤에서 검으로 좀비의 머리를 내려치려는 사이파의 손길을 막고 말았다.

"멈춰요, 사이파!"

그 소리에 사이파는 무의식중에 검을 멈추었다.

그때 재미있다는 표정으로 지켜보던 자이칸의 눈에서 섬뜩한 빛이 번쩍이더니 단호하게 좀비를 향해 외쳤다.

"죽여라!"

누군가를 향해 하는 말인지 몰라 준희와 미향, 사이파가 의아해하는 가운데 좀비의 손이 멈칫하는 것 같더니 겔슨 노인의 가슴을 내려치는 것이 아닌가?

"커억!"

겔슨 노인은 갑작스런 충격에 가슴을 부여잡았다. 고통스러워서 눈이 허옇게 뜨여진 겔슨 노인을 보면서 준희와 미향, 사이파는 경악을 금치 못했다. 특히 준희의 안색은 하얗게 질려버리고 말았다. 만약 그녀가 사이파의 검을 멈추지만 않았어도 겔슨 노인이 저렇게 되지는 않았으리라는 생각 때문이었다.

쓰러져 있는 겔슨 노인을 멍하니 보고 있는데 그때 울먹이는 새된 목소리가 그녀의 정신을 번쩍 차리게 만들었다.

"하, 할아…… 할아버지."

로이의 목소리였다.

충격을 받았는지 로이는 두 눈 가득히 눈물이 가득해서는 바닥에 쓰러져 있는 겔슨 노인을 멍하니 바라보고 있었다. 그런 로이를 바라보는 준희의 가슴은 시퍼렇게 멍이 드는 것 같았다.

감싸주고, 울지 말라 말해주고 싶었지만 뿌리쳐질 것 같아 가까이 다가갈 수조차 없었다. 그런 준희의 귀에 또다시 자이칸의 목소리가 들려왔다.

"죽여, 크큭!"

그 말에 이제 준희는 슬픔을 넘어서 분노를 느꼈다. 그런 그녀의 눈에 좀비가 다시 겔슨 노인을 짓밟으려고 하는 모습이 보였고, 이에 준희는 순간적으로 머리 속에 떠오르는 생각을 외쳐 버렸다.

"사이파, 그 좀비를 부숴 버려요. 그래야 죽일 수 있어요."

순간 미향은 놀라서 준희를 쳐다보았다. 냉정하게 생긴 겉모습과는 달리 준희는 개미 새끼 한 마리도 죽일 만한 용기가 없는 여자였다. 그런 준희가 아무리 좀비라고는 해도 부숴 버리라고 말하니 어찌 놀라지 않을 수 있겠는가?

하지만 그 소리에 사이파는 망설이지도 않고 좀비의 한쪽 다리를 시작으로 온몸을 조각 내어 버렸다.

순식간에 몸이 분리된 좀비의 머리가 방 안을 굴러다니다가 로이의 발치에서 멈추었다.

그 모습에 자이칸은 키득거리며 말했다.

"크큭, 이런, 이런. 좀비가 된 상태에서도 제 아비와 자식을 찾기에 좀비에게도 이성이 있는가 싶었더니, 내 명령 한마디에 아비를 죽이는 것을 보아 그렇지도 않은 모양이군."

순간 방 안에 있던 그 누구도 움직일 수가 없었다. 마치 자이칸의 말이 천둥 소리라도 되는 듯 그들의 머리 속에 울려 퍼졌기 때문이다. 저 좀비가 겔슨 노인의 행방불명된 아들이었다니…….

겔슨 노인은 제대도 뜨지도 못하는 눈으로 이리저리 좀비를 모습을 좇았다. 자신을 죽이려던 그 무서운 좀비가 그의 아들이라는 말에 죽기 전에 한 번이라도 더 보려는 듯.

로이 또한 발치에 굴러 떨어져 있는 눈조차 없는 좀티의 머리를 빤히 바라보다가 눈물을 뚝뚝 흘리면서 서서히 무릎을 끓었다. 그리고 좀비의 머리를 소중히 손 안에 보듬어 안았다.

“아, 아버지…… 아버지…….”

벌써 행방불명이 된 지 이 년이 넘었기에 살아서 돌아오리라고는 기대하지 않았던 아버지였다. 하지만 떠날 때 무사히 돌아오겠노라고 약속하시던 아버지의 웃는 얼굴이 떠올라 늘 저녁이면 한 번 더 미드리드 산 쪽을 바라보던 그였다. 그런데 이런 모습으로 돌아오시다니…….

“…아버지!”

어린 나이의 로이가 조금의 두려움도 없이 좀비의 머리를 하염없이 쓰다듬으며 울고 있는 모습에 준희와 미향, 사이파는 가슴이 미어지는 듯했다.

그리고 그들은 이들에게 이런 불행을 안겨준 자이칸을 향한 분노를 주체할 수가 없었다.

사이파의 매서운 눈초리가 자이칸에게로 향해지자 그 시선이 뜻하는 의미를 알아챈 자이칸은 피식 웃더니 말했다.

“훗! 나와 싸우기라도 하려는 표정이군. 하지만 난 그런 무식한 방법은 선호하지 않아서 말이다. 오늘은 이만 물러나지만 다음에 또 보지.”

마지막 말은 자이칸이 준희를 보면서 한 말이었다. 유감스럽다는 듯 입맛을 다시며 고개를 돌린 자이칸은 사이파의 검이 두렵지도 않은 듯 등을 돌린 채 유유히 겔슨 노인의 집을 나가 버렸다.

그런 자이칸을 보면서 사이파는 검을 잡은 손을 부들부들 떨 뿐 공격하지는 못했다. 전사로서 율법을 숭상하는 사이파로서는 등을 돌린 상대에게 공격을 가할 수가 없었기 때문이다.

미향이 중얼거렸다.

[위험한 자야. 준 씨, 조심해. 자나 깨나 조심하라고. 그렇지 않으면 눈치 채지도 못하는 사이에 준 씨도 나 같은 귀신이 될 지도 모르겠어.]

그 말에 준희는 동의하듯 자신도 모르게 고개를 끄덕이고 있었다.

마을 사람들의 도움으로 좀비의 몸을 수습해 불에 태운 후 겔슨 노인의 집으로 돌아간 준희와 미향은 제이피스 사제의 기도 소리가 들리는 겔슨 노인의 방으로 들어갔다.

방 안에는 겔슨 노인이 어린 손자인 로이의 손을 잡은 채 창백한 안색으로 죽어가고 있었다. 그리고 그 옆에서는 사이파 가 굉장히 무서운 얼굴로 조용히 검을 손질하고 있었다.

자이칸은 다시 돌아오겠다고 선언했다. 그렇다면 그 목적이 누구이겠는가? 그가 목숨을 버려서라도 지켜야만 하는 준희가 아니겠는가? 때문에 그는 검을 손질하며 한시라도 긴장을 늦추지 않으려는 것이었다. 언제 어느 때라도 검을 뽑을 수 있도록.

준희는 겔슨 노인이 죽어가는 것이 자신의 탓인 것만 같아서 우울한 얼굴로 바라보기만 한 채 차마 방 안으로 들어가지 못하고 서 있었다.

그때 겔슨 노인이 감기려는 눈을 억지로 들어 준희를 쳐다보며 말하는 것이 아닌가?

"이리…… 이리로……."

힘겹게 뱉어내는 겔슨 노인의 말에 준희는 서서히 겔슨 노인에게로 다가갔다.

"로이, 로이를……."

겔슨 노인이 무슨 말인가를 하는 것 같았는데 잘 들리지 않았다. 이에 준희는 다급한 표정으로 고개를 숙여 귀를 겔슨 노인의 입가로 가져갔고, 노인의 마지막 유언을 들은 준희의 얼굴에는 황당한 감정이 떠올라 있었다.

그렇게 준희가 넋을 잃고 있는 사이에 겔슨 노인은 절명해버렸고, 다음 순간 방 안에는 로이의 제대로 흘러나오지도 않는 울음소리와 제이피스 사제의 기도 소리만이 가득했다.

울다 지쳐 잠이 든 로이를 사이파에게 맡기고 제이피스 사제와 함께 신전으로 돌아오면서 준희는 줄곧 멍한 표정이었다.

제이피스 사제는 가만히 한숨을 쉬다가 그런 준희를 위로하듯 머뭇거리는 손길로 조심스럽게 등을 두드려 주었다.

툭툭!

사제에게 죽음이란 생명이 태어나는 일만큼이나 익숙한 일이었지만 준희에게는 아니었을 테니까.

자신의 방으로 돌아온 준희는 버릇처럼 맨 먼저 필사할 신학서와 펜을 꺼내 들었지만 다른 날과는 달리 한 글자도 쓰지 못하고 한참 동안이나 책상에 앉아만 있었다.

그런 준희가 걱정되어 미향이 슬며시 물었다.

[준 씨, 괜찮아?]

"응."

준희는 가만히 창백한 얼굴로 고개를 끄덕였다. 하지만 미향이 보기에 전혀 괜찮아 보이지 않았기에 미향은 계속 걱정스런 시선으로 준희를 바라볼 수밖에 없었다.

한참 후에야 그런 미향의 시선을 느낀 준희는 고개를 들어 어색한 미소를 지으며 말했다.

"잠시 생각했어, 내 자신에 대해서."

미향은 아무 말 없이 준희의 말이 계속되기를 기다렸다.

"난 현자가 아닌데 모두들 현자라고 부르니까 나 자신조차도 내 직업에 대해 잊고 있었던 것 같아. 난 평범한 소설가일 뿐인데 말이야."

[왜 그런 생각을 하게 되었는데?]

지난 일 년 동안 준희는 무모할 정도로 태연하게 위태로운 현자 노릇을 잘해냈다. 오히려 현자가 아니라고 일깨워 주는 것은 언제나 미향의 몫이었다. 그런데 지금 그녀가 그런 말을 하니 미향으로서는 묻지 않을 수 없었다.

"후우~ 겔슨 노인이 유언으로 무엇을 부탁했는지 알아? 로이를 제자로 받아서 현자로 만들어 달래."

순간 미향은 웃어야 할지 울어야 할지 알 수가 없었다. 준희보고 로이를 현자로 만들어 달라니⋯⋯.

준희는 투덜거리듯 말했다.

“젠장, 난 소설가인데 말이야. 무슨 수로 로이를 현자로 만들어? 그냥 학교에나 보내 버리지. …이곳에도 학교가 있을까?”

궁시렁거리는 준희의 모습에 결국 웃어버린 미향은 천천히 자신의 생각을 털어놓았다.

[내 생각에는 말이야, 준 씨. 겔슨 노인이 정말로 부탁하고 싶었던 것은 로이를 현자로 만들어달라는 것이 아니라고 생각해.]

두 귀로 겔슨 노인에게서 똑똑히 들은 말인데 무슨 소리인가 싶어 준희는 미향을 쳐다보지 않을 수 없었다.

[혼자 남을 손자인 로이를 현자인 준 씨에게 부탁하고 싶었던 거겠지. 준 씨라면 로이를 훌륭하게 키워줄 거라고 생각했을 테니까. 그런데 그러자니 무조건 키워달라고 할 수가 없어서 제자로 받아달라고 말한 거고.]

“그런가?”

고개를 갸웃거리는 준희를 귀엽다는 듯 쳐다보던 미향이 말했다.

[우선 로이에게 앞으로 무엇이 되고 싶은지부터 물어보는 것이 어떨까? 로이에게도 꿈은 있을 테니까 말이야. 무엇보다도 자신이 하고 싶은 일을 하는 것이 최고로 좋은 일이잖아.]

“그렇겠지?”

유순하게 미향의 의견을 받아들이면서도 로이와 얘기를 할 생각에 저절로 안색이 굳어지는 준희였다.

그런 준희의 모습에 미향은 그녀의 걱정을 잠시라도 잊게 해주기 위해 장난을 쳤다.

[아! 이런 게 자식 키우는 부모의 마음일까? 꼭 내가 엄마, 준 씨가 아빠가 된 것 같지 않아?]

"컥!"

기겁하는 준희의 표정에 미향은 더욱더 큰 소리로 까르르 웃으며 말했다.

[여보~! 우리 로이는 커서 무엇이 될까요? 기대가 되지 않아요?]

순간 준희는 소름이 돋아서 미향에게서 도망치듯 떨어져 나왔고 미향은 그런 준희를 쫓아다니며 간드러진 목소리르 애교를 떨었다.

한참 만에야 간신히 그런 미향의 소름 끼치는 애교로부터 벗어난 준희는 '룬의 바다' 를 꺼내 펼쳤다.

[어? 어쩐 일이야, 준 씨? 거의 1년 만에 그 책을 다시 꺼내는 것 아니야?]

그 말에 준희는 겸연쩍은 듯 헛기침을 하면서 말했다.

"흠! 이제부터 소설가로서의 본분에 충실해 볼까 하고."

[그래?]

미향은 살며시 미소 지으며 준희를 방해하지 않으려고 그녀에게서 물러났다. 침대 위에 가만히 앉아서 준희가 글 쓰는 모습을 보려는 것이었다.

비록 미향이 생각하기에 준희가 글을 잘 쓴다고 말할 수는 없었지만 그녀가 글쓰기에 열중해 있는 모습은 그 어떤 모습보다도 보기가 좋았으니까.

그런 미향을 눈치 채지 못한 채 준희는 중얼거리듯 말했다.

"배경에 대해서는 그동안 많이 알아봤고. 이왕 로이를 부탁 받은 마당이니까 로이를 주인공으로 한 성장소설을 써볼까? 하아~ 내가 로이를 잘 키울 수 있을지."

'준 씨는 멋진 아빠가 될 거야. 이 미향 엄마가 열심히 도와 줄게. 힘내, 준 씨!'

소리 내어 말했다가는 또다시 발작을 일으키는 준희를 볼 것 같아 속으로만 그렇게 중얼거리는 미향이었다.

준희는 초조한 표정으로 미향이 자신이 쓴 글을 읽어 내려 가는 것을 지켜보았다. 언제나 이 순간이 제일 긴장되었다. 피 가 마르는 듯한 시간이 얼마나 지났을까?

이윽고 미향이 글을 다 읽은 듯하자 준희는 조심스럽게 물 었다.

"…저, 어때?"

실제의 로이는 아직 8살 소년이었다. 그런 소년이 좀비를 향해 겁도 없이 단검을 빼 들고 싸우다니……. 아무리 소설이 라지만 정말 말이 안 되는 이야기였다. 게다가 결국 이 소설의 내용이란 것도 그야말로 뻔히 보이는 복수에 불타는 소년이 성장하여 나중에 복수를 한다는 너무나 식상한 스토리가 아니 겠는가?

정말이지 마음 같아서는 사실 그대로 말하고 다른 이야기를 쓰라고 하고 싶었지만 다른 이야기를 쓴다고 해도 이것보다

나으리라는 보장이 없었고, 또한 그 둔한 준희가 자신의 글에 대해서만큼은 매우 민감하게 굴기에 준희의 영원한 팬클럽 회장을 자처하고 있던 미향으로서 그녀에게 싫은 소리를 할 수가 없었다.

때문에 미향은 그저 웃으면서 준희가 듣기에 기분 좋을 만한 말만 하고야 말았다.

[어어? 지금까지 쓴 글들 중에 제일 나은 것 같은데? 역시 직접적인 경험이 들어가서 그런가?]

그러자 준희는 어울리지도 않게 얼굴을 발그레하게 붉히며 말하는 것이었다.

"그래? 다행이다. 나, 이제부터라도 정말 열심히 해서 훌륭한 작가가 될 생각이야, 미향."

[그래, 준 씨는 할 수 있을 거야.]

미향의 격려에 준희는 정말 기쁜 듯 환하게 웃었다. 그 격려 뒤에 숨은 미향의 한숨은 눈치 채지 못한 채.

제6장

여행의 시작

시원한 바닷바람이 불어오는 로드센의 아침은 서늘했다.

그 가운데 준희는 졸린 듯 멍한 눈으로 여느 때와 다름없이 제이피스 사제와 마주 앉아 아침을 먹었다. 그러면서 지나가는 말처럼 제이피스 사제에게 말했다.

"마더 제이피스, 이제 떠날 때가 된 것 같습니다."

그 말에 제이피스 사제는 가만히 준희를 쳐다보더니 수저를 내려놓으며 말했다.

"하긴 이제 그럴 때가 되긴 하였지요. 그래, 언제 떠날 겁니까?"

제이피스 사제가 많이 놀랄 거라고 생각했던 준희는 그의 무덤덤한 반응에 속으로 실망하지 않을 수 없었다. 하지만 애써 그런 내색을 하지 않고 담담하게 말했다.

"내일 떠날까 합니다."

그 말에는 제이피스 사제도 놀란 듯 준희를 쳐다보더니 뜻밖에 희미한 미소를 지으며 말하는 것이었다.

"그럼, 지금 미리 인사를 드려야겠군요. 델마님의 축복이 준희님이 가시는 걸음걸음마다 늘 함께하시길 기원하겠습니다. 그리고 이곳을 잊지 말아주십시오. 언제나 준희님에게 이곳의 문이 열려 있음을 말입니다."

"마더 제이피스……."

늘 퉁명스럽기만 하던 제이피스 사제의 부드러운 축복의 말에 준희는 가슴이 뭉클해지는 것을 느낄 수 있었다. 그리고 이 낯선 이세계에서 로드센이야말로 그녀의 새로운 고향기라고 준희는 생각했다.

준희가 신전을 나서는 모습을 한참 동안이나 지켜보고 있던 제이피스 사제의 얼굴에는 좀 전의 밝은 표정은 사라지고 어두운 그늘이 져 있었다.

답답한 마음에 자연 발걸음이 기도실로 향한 제이피스 사제는 델마의 석상에 입을 맞추고 그 앞에 무릎을 꿇고 앉았다.

그리고 버릇처럼 기도문을 입으로 중얼중얼거렸다. 하지만 그의 머리 속은 준희에 대한 생각으로 가득 차 있었다. 그가 떠난다는 생각으로.

준희에게도 말했듯이 그가 떠날 사람이라는 것은 이미 알고 있었다. 그가 이곳 로드센에서 자신과 함께 살아주길 바라는 것은 자신의 욕심일 것이다.

하지만 솔직한 심정으로는 그를 놓아주기가 싫었다. 그것은 단지 준희가 유일하게 그가 안심하고 마음을 열 수 있는 사람이기 때문만은 아니었다.

어느덧 그를 이성으로서 사랑하게 된 자신 때문이었다.

차츰 줄어들던 기도문 소리도 아예 사라지고 제이피스 사제는 망연한 표정으로 델마의 신상을 바라보고만 있었다.

얼마나 그렇게 있었을까?

소리없이 눈물을 주르륵 흘리던 제이피스 사제는 피를 토하듯 그의 신인 델마에게 물었다.

"어찌하면 좋을까요, 어머니? 마더라는 이름을 받으면서 어머니의 아들로서 부끄러움이 없는 사제가 되겠다고 약속했었는데…… 이런 더러운 감정을 가지게 되다니……. 그를 보내야 옳겠지요? 그런데 너무 가슴이 아픕니다, 어머니. 그를 보내놓고는 제가 살 수가 없을 것 같습니다. 이런 제 감정을 어찌하면 좋을까요?"

하지만 델마 신은 그의 말에 대답해 주지 않았고 제이피스 사제의 말은 그저 공허한 메아리가 되어 기도실에 울려 퍼질 뿐이었다.

겔슨 노인의 집 앞에 이른 준희는 한참을 망설였다. 로이의 얼굴을 볼 자신이 없어서 들어가기가 망설여졌기 때문이다.

그런 준희의 마음을 알기에 미향은 나직이 한숨을 쉬다가 준희의 등을 확 밀어버렸다.

"허억! 미향!"

얼떨결에 밀려서 집 안으로 들어서게 된 준희는 황당하다는 표정의 사이파와 공허한 눈으로 인형처럼 앉아 있는 르이를 볼 수 있었다.

멋쩍은 듯 머리를 긁적이던 준희는 로이의 모습에 얼굴이 굳어지며 어색하게 서 있을 수밖에 없었다.

그때였다, 로이의 시선이 준희에게로 향한 것은.

순간 준희는 온몸이 굳어지는 것 같았다. 그리고 속으로 생각했다. 어떤 원망의 소리를 듣는다고 해도 받아들이겠다고. 증오하는 눈빛으로 본다 해도 감수해야 할 자신의 죄라고.

하지만 로이의 눈빛에 나타난 것은 원망도 증오도 아니었다. 그것은 안도의 눈빛이었다.

준희를 보자 안심한 로이는 그제야 그때까지 참았던 눈물을 다시 뚝뚝 떨어뜨리며 말하는 것이었다.

"준희님, 할아버지가……."

준희는 그런 로이의 모습에 더욱 미안하고 가슴이 아팠다. 도대체 이런 때에는 뭐라고 위로의 말을 해야 좋을지. 그래서 그저 말없이 로이를 안아줄 수밖에 없었다.

그런 준희의 눈에서도 어느새 로이와 마찬가지로 눈물이 흘러내리고 있었다.

사이파는 그들의 모습에 나직이 한숨을 쉬더니 등을 돌린 채 검을 손질하기 시작했다.

얼마나 그렇게 서로 부둥켜안고 있었을까?

눈물을 그친 로이가 말없이 준희의 얼굴을 빤히 올려다보고 있는 것이 아니겠는가? 무언가 대답을 바라는 간절한 눈빛으로.

"…왜?"

쉰 목소리로 준희가 묻자 로이가 말했다.

"…이제 전 어떻게 해야 하지요?"

그 말에 준희는 로이가 어느 정도 할아버지와 아버지의 죽음의 충격에서 회복했다는 것을 깨달았다. 앞으로의 일을 걱정한다는 것은 할아버지와 아버지의 죽음을 인정했다는 것과 다름이 없었으니까.

그러면서 준희는 로이가 강하다고 생각했다. 그녀는 좀처럼 자신을 사랑해 주시던 할아버지와 할머니의 죽음을 인정할 수가 없었으니까.

겔슨 노인의 유언과 어제 한 미향과의 대화를 떠올리며 준희는 로이에게 물었다.

"무엇이 되고 싶니, 로이?"

"모르겠어요. 아무것도 모르겠어요."

혼란스러운 눈빛으로 로이는 대답했다. 아직 어린 나이인 그였다. 앞으로 무엇이 되고 싶은지 같은 일은 생각해 본 적이 없었던 것이다.

"그럼, 우선 무엇이 되고 싶은지 그것부터 찾아볼까?"

준희는 로이의 머리를 부드럽게 쓰다듬으며 말했다. 그 말에 로이는 어리둥절한 표정이었지만 이어지는 준희의 말에 그만 다시 눈물을 떨어뜨리고 말았다.

"나와 함께 가자. 넓은 세상으로 나가서 로이가 무엇이 되고 싶은지 우리 함께 찾아보자."

함께 찾아보자고 말해주었다. 그것은 즉, 준희에게 기대어도 된다는 말이 아니겠는가? 이제 세상에 홀로 남겨졌다고 생각해서 냉기가 돌고 있던 로이의 마음은 그 한마디 말에 따뜻한 물속에 잠긴 듯한 기분을 맛볼 수 있었다.

준희가 내일 로이와 함께 마을을 떠난다는 소문이 로드센에 퍼지자 마을 사람들은 모두 황망한 표정이었다. 비록 준희가 로드센에 머문 지는 1년밖에 되지 않았지만 그들은 어느새 준희를 한 마을 사람으로 여기고 있었기 때문이다.

특히 가장 놀란 사람은 레니였는데, 그녀는 라이라에게서 그 소식을 듣자마자 창백한 안색이 되어 방 안으로 들어가더니 집이 떠나갈 듯 울어댔다. 라이라가 결국 참지 못하고 소리를 지를 때까지.

"그렇게 울 거면 진작 좀 고백하지? 아니면 지금이라도 가서 고백하던가?"

그러자 레니는 결심한 듯 얼굴에서 눈물을 훔치고 집을 뛰쳐나가 신전으로 달려갔다.

쾅! 쾅!

“마더 제이피스! 마더 제이피스!”

잠시 뒤, 신전 문이 열리고 어딘지 초췌해 보이는 얼굴의 마더 제이피스가 그 모습을 드러냈다. 제이피스 신관은 울었던 흔적이 영역한 레니의 얼굴을 보더니 약간 잠긴 목소리로 물었다.

“무슨 일이시지요?”

“준희님을 잠깐 좀 뵐 수 있을까요?”

제이피스 사제는 레니의 얼굴에서 그녀가 무엇 때문에 왔는지 깨달을 수 있었다. 그동안 마을에 돌았던 소문도 있었고, 같은 상대를 좋아하기 때문에 더욱 상대의 마음을 금방 알아챌 수 있었던 것이다. 그래서 레니의 얼굴을 본 순간 불쾌한 기분도 들었지만 그녀가 로드센에 머물러 달라고 준희에게 말한다면 들어줄지도 모른다는 기대에 제이피스 사제는 어눌한 목소리로 준희의 행방을 말해주었다.

“그는 지금 겔슨 노인의 집에 있습니다. 그곳으로 가보시지요.”

그 말에 레니는 황급히 고맙다는 말도 하는 둥 마는 둥하면서 겔슨 노인의 집으로 달려갔다.

겔슨 노인의 집에 이르자 레니는 가쁜 호흡을 가다듬으며 문을 두드렸다.

똑똑!

그러자 그녀가 만나려고 했던 준희가 직접 문을 열어주는 것이 아닌가?

“…무슨 일이지요?”

의아하다는 듯 묻지만 자신을 보고도 담담해 보이는 준희의 눈빛에 레니는 일순 기가 꺾이는 느낌이었다. 하지만 이내 그녀는 용기를 내어 말했다.

“잠깐 시간 좀 내어주시겠어요?”

[안 돼!]

하지만 그것은 미향의 외침이었고, 준희는 그저 가볍게 고개를 끄덕이는 것으로 대답을 대신하고는 레니의 뒤를 따라나갔다.

겔슨 노인의 집 뒤쪽으로는 해변이 펼쳐져 있었다. 해변은 고운 모래와 짙푸른 색의 바다가 어우러져 경치가 장관이었지만, 거센 파도로 인해 인적이 드문 곳이기도 했다.

그 해변에서 파도 소리가 요란한 가운데 준희와 레니는 마주 보고 섰다.

“무슨…… 혹시 어디가 아프십니까?”

준희는 레니가 자신에게 한 긴히 할 말이 있다는 것과 창백해 보이는 안색에 그것밖에는 짐작이 가지 않아서 좀처럼 입을 떼지 못하고 서 있기만 한 레니에게 먼저 물었던 것이다.

하지만 레니는 서운한 표정을 짓지 않을 수 없었다.

젊은 여자가 남자와 이렇게 마주 섰는데 생각나는 것이 그것밖에 없다니……. 그것은 결국 그가 자신을 이성으로서 의식하지 않고 있다는 말과 다름이 없지 않은가?

이제는 레니도 그것을 깨달을 수 있었다. 때문에 속으로 틀린 일이라고 생각하면서도 이대로는 포기가 되지 않아서 레니는 가까스로 입을 열어 말했다.

"준희님이 내일 떠나신다는 말을 들었어요. …사실인가요?"

준희는 고개를 끄덕였다.

"네, 그렇게 되었습니다. 이곳 로드센에 정이 참 많이 들었는데 저로서도 무척 아쉬운 일입니다."

그러면서 웃는 준희의 모습에 레니는 침을 꿀꺽 삼키며 말했다.

"그렇다면 여기 있어요. 준희님도 이제 결혼해 정착할 나이잖아요. 저와 결혼해서 이곳에 정착하세요. 저, 준희님께 정말 잘해 드릴게요, 네?"

순간 준희는 황당한 표정이 되어서 멍하니 레니를 쳐다보았다. 아무런 생각도 나지 않고 오직 미향의 킥킥대는 비웃음 소리만이 머리 속에 크게 울려 퍼졌다.

한참이 지나서야 겨우 제정신으로 돌아온 준희는 초조한 표정으로 두 손을 맞잡고 그녀를 빤히 올려다보고 있는 레니의 모습에 자신이 아직 레니의 제의에 대답을 하지 않았다는 것을 깨닫곤 생각을 정리한 끝에 입을 열어 말했다.

"미안합니다, 레니. 저는 결혼에 대해 생각해 본 적이 없어서요."

"그럼 지금부터 생각해 보시면 안 될까요?"

당돌하게 요구하는 레니의 말에 준희는 단호하게 거절하지

않으면 큰일 나겠다고 생각했다. 그렇다고 사실대로 여자라고
는 밝히지 못하고 자신이 남자라면 했을 법한 통상적인 거절
의 말을 입에 담고야 말았다.

"죄송합니다. 레니 양은 멋진 여성이지만 저는 레니 양과
결혼할 수 없습니다. 레니 양을 사랑하고 있지 않으니까요."

거절당할 것은 알았지만 막상 거절의 말을 들으니 레니는
마음이 무너지는 듯했다. 참으려고 해도 자꾸만 눈물이 흘러
내렸다.

"레니?"

갑자기 우는 레니로 인해 준희는 당황해서 그녀의 이름을
불렀다. 그러자 레니는 눈물이 흐르는 눈을 들어 준희를 바라
보더니 조용히 자신의 마음을 토로하기 시작했다.

"1년이에요. 준희님만을 바라본 것이요. 그동안 참 행복했
습니다. 준희님, 기억해 주실래요? 이 로드센에 준희님을 사랑
했던 한 여인이 있었음을, 그 여인의 이름이 레니였다는 것을
요."

준희는 말없이 고개를 끄덕였다.

그러자 레니는 억지로 밝게 웃으려고 노력하다가 끝내는 울
면서 마을 쪽으로 달려가 버렸다.

그렇게 멋지게 퇴장해 버리는 레니의 뒷모습을 준희가 한참
이나 멍청하게 서서 보고 있으려니까 미향이 이죽거리며 말하
는 것이었다.

[아쉽지 않아, 준 씨? 준 씨가 남자였다면 준 씨의 인생에 정

말 멋진 로맨스로 남았을지도 모르는 일이었는데 여자이기 때문에 한순간에 악몽으로 남게 생겼으니 말이야. 그래서 말인데? 남자가 되었으면 좋겠다고 생각되지 않아? 이 멋진 로맨스를 자서전에 남기기 위해서라도 말이야.]

살살 유혹하듯 말하는 미향의 말에 준희는 웃어야 할지 울어야 할지 알 수가 없었다.

다음날.

준희는 미리 챙겨둔 가방을 어깨에 메고 제이피스 사제와 함께 신전 문을 나섰다. 마을 어귀에 도착하니 그곳에는 그녀와 함께 떠나게 된 사이파와 로이는 물론이고 마을 사람들 대부분이 모여 있었다. 하지만 다행히 그들 중 레니의 모습은 보이지 않았다.

마을 사람들은 모두 서운한 표정으로 준희에게 작별의 인사를 건넸다. 그들에게 일일이 악수를 청하며 작별의 인사를 하는 준희의 모습에 제이피스 사제는 울고 싶은 것을 억지로 참는 표정으로 시종 눈을 떼지 못했다.

그런 제이피스 사제의 모습에 미향의 눈은 자연 매서워졌다. 그때까지는 퉁명스런 모습으로 내색을 하지 않아서 몰랐는데, 이제 보니 제이피스 사제가 준희를 좋아하고 있는 듯하지 않은가?

만약 떠나기 전에 그 사실을 알았다면 절대로 그냥 두지 않았을 거라고 미향이 이를 갈고 있을 때, 마지막으로 제이피스

사제에게 시선을 돌린 준희는 제이피스 사제의 그 슬퍼하는
표정에서 역시 정이란 무서운 거구나 하고 새삼 생각했다. 자
신을 그렇게 싫어하더니 막상 헤어지려니까 서운한 모양이라
고.

그녀 또한 그놈의 정 때문에 미향이 무서운 귀신임에도 불
구하고 아직도 옆에 두고 있는 것이 아니겠는가?

그때였다.

제이피스 사제가 갑자기 무슨 생각에서인지 사제의 목걸이
인 차일락을 벗어서 준희의 목에 걸어주는 것이었다.

"이거."

순간 마을 사람들은 놀란 표정으로 그런 제이피스 사제와
준희를 번갈아 보았다. 황금의 둥근 고리 모양을 한 차일락의
의미는 당신은 나의 신앙만큼이나 소중한 존재라는 뜻이었기
때문이다. 하지만 그 의미를 알지 못하는 준희는 그저 이별의
선물이라고만 생각했다.

"고맙습니다, 제이피스 사제."

밝게 웃으며 마을 사람들을 향해 마지막 인사를 하고 사이
파와 로이를 데리고 떠나는 준희의 뒷모습을 보며 제이피스
사제는 자신의 심장을 움켜쥐었다. 심장이 부서져 내리는 듯
했기 때문이다.

그러자 그 모습을 본 마을 사람들이 제이피스 사제를 위로
하듯 말했다.

"너무 슬퍼하지 마십시오, 마더 제이피스. 또 만나게 되겠

지요."

"차일락을 주시다니 그동안 정말 친한 친구로 지내셨던 모양이군요."

하지만 제이피스 사제에게 그들의 말은 전혀 위로가 되지 않았다.

준희가 그가 차일락을 주는 의미를 알지 못하는 것도 서글픈데 마을 사람들이 그들이 서로 남자라는 이유만으로 그 의미를 우정의 증표로 생각하자 제이피스 사제는 심장이 몸에서 빠져나간 듯 공허한 눈으로 신전으로 발길을 돌렸다. 더 이상 눈물도 흘러내리지 않았다.

헤이시의 모습은 로드센에 비하면 시골의 장날과 같이 활기찬 모습이었다. 사람들도 많았고, 여관으로 보이는 집들도 서너 개나 있었다.

그중 제일 커 보이는 여관 '로위나의 바다' 로 들어간 준희 일행은 큰 방 하나와 작은 방 하나를 잡았다. 큰 방은 사이파와 로이에게 주고 작은 방은 준희가 쓰려는 것이었다. 그리고 그것에 사이파와 로이는 별 이의를 제기하지 않았다. 다만, 로이가 낭비라고 잠시 생각했을 뿐.

방을 잡아놓고 짐을 푼 그들은 아래층 식당으로 내려왔다. 여관은 식당까지 겸하고 있어서 손님들로 북적이고 있었다. 빈 테이블이 몇 개밖에 보이지 않을 정도로.

　그들이 그중 빈 테이블에 앉자 풍만한 몸매에 상당한 미모의 중년 여인이 눈웃음을 치며 다가왔다.
　"어서 오세요, 손님들. 처음 뵙는 분들 같은데 어디에서 오셨어요? 얼마나 계실 예정이지요?"
　로위나는 준희와 사이파를 삼켜 버릴 듯 탐욕스럽게 쳐다보며 물었다. 로위나는 이 헤이시로 오기 전에 한 늙은 귀족의 애첩으로 있었다. 그러다가 그 늙은 귀족이 죽자 그 아들들에 의해 집에서 쫓겨나 이곳 헤이시로 와, 여관을 차린 것이었다. '로위나의 바다' 라는 이름으로.
　그러면서 많은 사내들을 유혹해 보았지만 준희나 사이파처럼 잘생긴 사내들은 처음이기에 어떻게든 이들 중 한 명을 유혹해 보려고 자신이 직접 나와 주문을 받는 것이었다.
　몸이 달아오르는 것을 느끼며 사이파에게 손을 뻗으려던 로위나는 그 매서운 눈초리에 쉽지 않겠다고 여겼는지 슬며시 준희에게로 방향을 돌렸다. 준희의 쇄골을 부드럽게 손가락으로 쓰다듬으며 여인이 물었다.
　"무얼 드시고 싶으세요, 손님? …저는 어때요?"
　순간 준희는 몸이 경직되어 버리고 말았다. 지금 자신이 무슨 말을 들은 것인지…… 이렇게 직접적인 유혹은 미향 이후에 처음이었다.
　왁자지껄하던 식당 안이 순식간에 조용해지면서 손님들은 이런 광경에 익숙한 듯 흥미로운 표정으로 준희의 대답을 기다렸다.

[저 계집이 지금 무슨 헛소리를? 준 씨의 몸에 손을 던 것만으로 용서할 수 없거늘······.]

분노에 찬 미향의 말에 정신을 차린 준희는 미향이 폭주하기 전에 막아야겠다는 생각으로 얼른 빠르게 말했다.

"저, 여기 보통으로 3인분 부탁합니다. 빨리 좀 갖다주세요."

그 말만이라면 여인은 준희에게서 물러나지 않았겠지만 갑자기 준희에게서 느껴지는 차가운 한기에 로위나는 자신도 모르게 뒤로 물러서고 말았다.

"아? 네… 그러지요, 손님."

그러면서 로위나는 그런 자신이 의아하다는 듯 고개를 갸웃거렸다. 이렇게 쉽게 포기할 마음이 드는 게 이상했던 것이다.

의외로 싱겁게 끝이 난 상황에 식당에 있던 손님들은 피식웃으며 다시 음식을 먹거나 술을 마시면서 떠들어댔다

그러자 준희는 안도의 한숨을 쉬면서 일행과 함께 음식이나오기를 기다릴 수 있었다.

잠시 후 , 여관의 주방장이 직접 음식을 들고 나왔다.

주방장이 손수 들고 온 이곳의 고기는 보통 손바닥의 반도되지 않았고, 대부분이 소스를 넣고 버무린 야채들이었다. 때문에 이걸 먹고 배가 부를까 싶었지만 점심때 토끼 고기를 먹었고, 또한 이 미드리드 대륙의 야채들은 거의 과일을 먹는 것과 같이 영양이 풍부해서 다 먹고 나니 포만감이 느껴졌다.

느긋하게 차를 마시는 것으로 식사를 끝내고 위층으로 올라

가면서 준희는 여관의 종업원에게 목욕물을 부탁했다. 방으로
올라온 준희는 목욕물이 올라올 때까지 내내 미향의 투덜거리
는 소리를 들어야 했다.

[젠장, 준 씨는 도대체 왜 그렇게 경계심이 없는 거예요? 어
떻게 그따위 여자가 준 씨의 몸에 손을 대도록 내버려 둘 수가
있느냐 말이에요? 내가 그렇게 얘기를 했잖아요? 자나 깨나 남
녀 구분 없이 사람이라면 우선 경계부터 해야…….]

커다란 욕통이 들어오고 이어서 일하는 사람들이 뜨거운 물
을 욕통에 채웠다. 욕통에 물이 적당히 채워지자 준희는 사람
들을 물리고 물의 온도를 확인해 보았다. 적당한 온도였다.

옷을 벗고 피곤한 몸을 욕통에 뉘이자 나른하게 몸이 풀리
는 듯해 준희는 만족스런 한숨을 내쉬었다.

"하아~"

그런 준희의 모습에 미향이 중얼거리듯 말했다.

[하여간 준 씨는 영감이라니까.]

그 말에 준희는 눈을 감은 채 대꾸했다.

"차라리 할망구라고 불러줘, 미향."

그때였다.

"준희님!"

벌컥 문이 열리며 로이가 들어오는 것이 아닌가?

순간 준희는 온몸이 굳어지고 말았다. 하필이면 이런 때에
들어오다니…….

미향은 문도 잠그지 않고 목욕을 한 준희에게 어이가 없어

서 매섭게 노려보며 쏘아붙였다.

[준 씨, 솔직히 털어놔 봐! 여자 아니지? 원래는 남자였는데 이상한 약을 먹었거나 아니면 저주에 걸려서 몸만 여자로 바뀐 거지, 그렇지? 왜 그렇게 조심성이 없어? 문이 잠겼는지 아닌지 확인도 하지 않고 아무렇게나 옷을 벗고 목욕을 하다니, 제정신이야?]

하지만 준희는 너무 당황해서 미향에게 뭐라고 대꾸를 해야 할지 알 수가 없었다. 그저 멍하니 무의식중에 가슴을 가린 채 로이를 쳐다볼 뿐이었다.

그와 마찬가지로 로이 또한 목욕통 속에 있는 사람의 정체가 의심스러운 듯 두 눈이 휘둥그레져서 쳐다보고 있었다. 분명 얼굴은 그가 아는 준희님이 분명한데 어째서 그 아래의 몸은 여자에게서나 보여야 할 몸이란 말인가?

서로 쳐다만 본 채 어쩔 줄을 몰라 하는 준희와 로이의 모습에 미향은 혀를 쯧쯧 차더니 말했다.

[준 씨, 다른 여자들처럼 비명을 지르라는 말은 하지 않을게. 하지만 최소한 로이에게 나가라는 말은 해야 하는 것 아니야? 언제까지 그러고 있을 거야?]

어린아이이긴 하지만 준희의 알몸을 보고 있다는 것이 미향의 마음에 들지 않았던 것이다.

그 말에 준희는 떨리는 음성으로 로이에게 말했다.

"그, 그래. 로이, 잠깐 나갔다가 내가 들어오라고 하면 들어올래?"

　그제야 자신이 준희님이라고 생각되는 여인의 알몸을 빤히 쳐다보고 있었다는 것을 깨달은 듯 로이는 순식간에 얼굴이 새빨개져서 황급히 몸을 돌려 나가려고 했다. 그런 로이에게 준희는 재빨리 외쳤다.

　"멀리 가지 말고 꼭 문밖에서 기다려, 알았지?"

　"네."

　웅얼거리듯 작게 대답한 로이가 문을 닫고 나가자 준희는 재빨리 목욕통 속에서 일어나 옷을 걸치기 시작했다. 하지만 손이 떨려서 좀처럼 옷을 걸칠 수가 없었다. 한참이 지난 후에야 간신히 옷을 입은 준희는 심호흡을 몇 번 한 뒤 문을 열었다.

　문밖에서 로이는 달아오른 얼굴을 식히느라 정신이 없다가 문이 열리고 다시 준희의 얼굴을 보게 되자 얼굴이 도로 새빨갛게 달아올라 버렸다. 좀 전의 일이 다시 떠올랐기 때문이다. 그런 로이의 모습에 준희는 한숨을 쉬면서 말했다.

　"우선 안으로 들어와, 로이."

　문밖을 조심스럽게 살펴보고 아무도 없는 것을, 아니, 정확히 말해서 사이파의 모습이 보이지 않는다는 것을 확인한 준희는 문을 걸어 잠그고 안으로 들어섰다.

　하지만 막상 로이의 얼굴을 보니 어떻게 사정을 설명해야 좋을지 몰라 당혹스럽기만 했다.

　그런 준희의 모습에 미향이 말했다.

　[사실대로 그냥 얘기해. 솔직한 게 제일이잖아.]

그 말에 마음을 정한 듯 준희는 로이의 손을 잡아 침대에 앉히고는 사정을 설명해 나갔다.

로이는 마을 사람들 모두가 그녀가 남자라고 하지 않았는데도 남자라고 생각했다는 말을 이해할 수 있었다. 그가 보기에도 준희가 여자로는 보이지 않았으니까.

하지만 그렇다고 해도 사이파에게 그녀가 여자임을 밝히지 말아달라는 부탁은 아무래도 이해하기가 힘들었다.

그래서 의아한 표정으로 말없이 준희를 바라보자 준희는 난처한 듯 머리를 긁적이며 어떻게 말해야 할지 고민하다가 로이가 이해하기 쉽도록 말했다.

"그러니까 만약 사이파가 내가 여자임을 알게 된다면, 너와 나는 노르니에로 가야 할지 몰라. 그 험악한 미드리드 산맥을 넘어서 말도 통하지 않는 노르니에에서 맨 처음 사이프를 만났을 때 보았던 그런 가죽 옷을 걸치고 말이야."

노르니에로 가야 한다는 말에는 약간 호기심이 동한 로이였지만, 말도 통하지 않고 맨 처음 사이파를 만났을 때 보았던 그런 가죽 옷을 입어야 한다는 말에 이윽고 안색이 어디 다른 것처럼 나빠지더니 결연하게 말했다.

"비밀은 꼭 지킬게요, 준희님."

그제야 준희는 밝게 웃으며 이마의 땀을 훔쳤다. 혹시나 로이가 이 심각한 상황을 이해하지 못하고 있는 것은 아닐까 하고 걱정했는데 의외로 쉽게 이해를 해주었기 때문이다.

로이를 설득하는 데 성공한 준희는 안도의 한숨을 쉬다가 문뜩 떠오르는 생각이 있어서 물었다.

"그런데 무슨 일로 나를 찾아왔었던 거지, 로이?"

로이는 자신이 왜 그렇게 급히 준희를 찾았는지를 떠올리고는 고개를 푹 숙였다.

눈앞에서 준희님이 보이지 않자 불안해져서 급히 찾았던 거라고 말하자니 갑자기 부끄러워졌던 것이다. 그리고 애초에 준희님과 함께 자고 싶다고 하려던 말도 그녀가 여자임을 알게 된 이상 꺼낼 수 없는 말이 되어버린 것이다.

"로이?"

말을 못하고 있는 로이의 모습을 보자 더욱 궁금해진 준희가 다그치려고 하자 미향이 말렸다.

[준 씨, 누구에게나 말하고 싶지 않는 일이 있는 법이야. 아무것도 묻지 말고 그냥 사이파에게 데려다 줘. 갑자기 로이가 없어져서 지금쯤 걱정하고 있을지도 모르니까.]

그것이 좋겠다고 생각한 준희는 로이에게 말했다.

"방에 데려다 줄게, 로이. 자, 갈까?"

그러면서 준희가 로이에게 손을 내밀자 로이는 그런 준희의 손을 빤히 쳐다보다가 조심스럽게 준희의 손에 자신의 손을 올려놓았다.

그러자 준희는 로이의 손을 꽉 움켜쥐고는 로이를 일으켜 세웠다. 그제야 비로소 로이는 희미하게나마 진심으로 웃을 수 있었다. 준희의 손은 따뜻했고, 강하게 잡아 쥐는 그 손이 결코 자신의 손을 놓는 일은 없을 거라고 약속하는 것 같아 저절로 안도감이 들었던 것이다.

로이와 사이파가 묵는 방으로 간 준희는 그냥 문을 열었다. 노크를 해야 한다는 생각은 조금도 하지 않은 채. 그도 그럴 것이, 어차피 이곳은 로이가 머무는 방이니 예의를 차릴 필요가 어디에 있겠는가?

하지만 방문을 연 순간 준희는 노크를 하지 않은 것을 후회했다. 여관 주인인 로위나가 침대에 반쯤 기댄 채 누워 있는 사이파의 몸 위에 올라타고 있었던 것이다. 한 손은 사이파의 옷 속을 더듬고 있었고.

"헉!"

놀란 와중에도 준희는 재빨리 로이의 눈을 양손으로 황급히 가렸다. 어린아이의 교육상 좋지 않은 광경이었으니까. 그런 채로 슬금슬금 로이와 함께 방에서 물러나며 중얼거렸다.

"저, 그러니까⋯⋯."

사과를 해야 한다는 것은 알고 있었다. 하지만 사과의 말이 좀처럼 입 밖으로 나오지 않았다. 아직 어린 로이와 함께 방을 쓰면서 방에 여자를 끌어들이다니⋯⋯.

자신도 모르게 준희는 침대에 반쯤 누워 있는 사이파에게 원망의 눈길을 던지며 방을 나와 버리고 말았다.

사이파의 당혹스런 표정은 눈치 채지 못한 채.

사이파는 지금 이 상황을 스스로도 이해할 수가 없었다.

로이가 나가자마자 갑자기 자신의 방으로 이 여자가 쳐들어

온 것도 그렇고, 자신의 무서운 눈초리에도 불구하고 겁없이 달려드는 것도 그렇고. 오직 황당하기만 했다.

그때까지 사이파는 그 자신이 준희를 만난 뒤부터 상당히 부드러워졌다는 것을 인식하지 못하고 있었던 것이다. 준희가 자신을 무서워하고 있다는 것을 눈치 채고 의식적이든 무의식적이든 사람들에게 부드럽게 대하려 노력하고 있다는 것을. 그 때문에 로위나가 어렵게 용기를 내어 덮치는 사태까지 발생했던 것이다.

하지만 원망하는 듯한 눈초리의 준희의 모습을 본 사이파의 눈에는 다시 그 살기가 피어나기 시작했고, 이에 겁을 먹은 로위나는 파랗게 질린 얼굴로 굳어진 채 움직이지도 못했다.

심장이 멎은 듯 움직이지 못하는 로위나를 침대 밑으로 내던져 버린 사이파는 황급히 준희를 따라 나갔다. 무언가 자신이 해서는 안 될 짓을 저지른 듯한 느낌에 가슴이 지끈거렸던 것이다.

침대 밑으로 던져진 로위나는 살기가 사라지자 입술을 잘근잘근 씹으며 표독스러운 눈빛으로 방문을 나간 사이파의 뒷모습을 바라보았다. 이런 취급을 당하고도 준희 때와는 달리 쉽게 포기가 되지 않았기 때문이다. 본능적으로 준희가 여자임을 알아차렸던 것일까?

준희는 로이를 자신의 방 침대에 눕혔다.

"로이, 오늘은 내 방에서 자야겠다."

로이는 그 말에 이불 속에서 얼굴만 내민 채 해맑게 웃었다.

어찌 되었든 준희와 함께 자게 되었다는 사실이 기뻤던 것이다.

태어날 때부터 엄마 얼굴조차 보지 못하고 살았던 로이는 준희가 여자라는 사실에 가슴이 설레었다. 그것은 어쩌면 준희에게서 엄마의 그림자를 찾고 있는 것인지도 몰랐다. 잠시만이라도 로이는 엄마를 가진 아이가 되어보고 싶었던 것이다.

"잘 자라, 로이."

"네."

토닥여 주는 준희의 손길에 로이는 살짝 볼을 붉혔다.

하루 종일 걸어서인지 피곤했던 로이는 금방 잠이 들었다.

로이가 잠든 것을 확인한 준희는 일어나 방을 나왔다. 답답해서 시원한 밤공기라도 마시려는 생각이었다.

밖으로 나오자 헤이시의 밤은 아직 깨어 있다는 것을 알 수 있었다. 술주정뱅이들의 고함 소리와 경비병들의 순찰 도는 소리로 거리가 시끄러웠던 것이다.

함부로 밖으로 나갔다가는 길을 잃을 것 같아 두려운 준희는 여관에 있는 마구간 쪽으로 향했다.

마구간에는 아름다운 적색의 말 한 마리가 있었는데 준희가 다가가자 그 커다란 눈으로 빤히 쳐다보는 것이었다. 그런 말을 준희는 넋을 잃은듯 멍하니 바라보았다.

적토마라든가 명마라는 말이 마치 저 말을 위해 생겨난 듯 너무 아름다운 말이던 것이다.

"와, 아름답구나!"

감탄사를 절로 내뱉으며 반해서 계속 쳐다보고 있자 말은 그런 준희의 마음을 알아챈 듯 오만하게 푸르렁거리는 것이었다.

―당연하지. 난 위대한 명마 오린 가의 혈통을 이어받은 말이라고.

순간 병찐 준희는 멍하니 말을 쳐다보지 않을 수 없었다. 말이 하는 말이 들렸기 때문이다.

"어떻게 말의 말이……."

입을 쩍 벌린 채 다물지 못하는 준희의 모습에 말은 그녀가 자신의 말을 알아들었기 때문이라고는 생각하지 못하고 어딘가 머리가 정상이 아닌 인간이라고 생각한 듯 혀를 차며 중얼거렸다.

―쯧쯧! 오랜만에 나를 알아보는 인간을 만났는가 싶었는데 알고 보니 미친 인간이었군.

그제야 정신이 든 준희가 중얼거리듯 말했다.

"나 안 미쳤어. 어떻게 내가 말이 하는 말을 알아들을 수 있는 거지?"

그때서야 준희가 왜 그런 상태를 보였는지 알게 된 말은 놀라서 물었다.

―뭐야? 인간, 네가 지금 내가 하는 말을 알아듣는다는 거야? 인간 주제에?

"너무 잘 알아들어서 탈이다."

그러다 문득 요정들에게 부탁했던 세 가지 소원이 떠올랐다. 그중 첫 번째 소원인 모든 언어를 이해할 수 있게 해달라고 했던

‘하? 그것이 짐승들의 언어까지도 포함되는 것이었단 말인가?’

놀라움이 서서히 사라지자 준희는 짜릿할 정도의 기쁨에 감싸였다. 짐승들의 말을 알아들을 수 있다니. 그야말로 진짜 환상적인 일이 아닐 수 없었던 것이다.

그런 준희의 모습을 보며 말이 급히 무슨 말인가를 꺼내려고 할 때였다. 거치른 음성의 사이파의 목소리가 들려왔다.

“준희!”

갑작스런 사이파의 음성에 놀란 준희가 당황한 표정으로 고개를 돌려보니 마치 운동이라도 하고 온 듯 땀으로 범벅이 된 사이파의 모습이 눈에 들어왔다. 그도 그럴 것이, 준희가 나가자 사이파는 그녀가 자신의 방으로 돌아갔으리라고는 생각지 못하고 마을을 온통 뒤지며 그녀를 찾아다녔던 것이다.

사이파는 놀란 준희의 얼굴을 보더니 거친 호흡을 진정시키며 물었다. 자신도 모르게 노르니에 어로.

“왜 그렇게 나가 버린 거지?”

준희는 그 말에 금방까지 말의 말을 알아들었다는 환상적인 일조차 잊어버린 채 화를 냈다. 화를 낼 만한 일이 아님을 이성적으로는 알고 있었지만, 가슴속이 부글거리는 것이 화를 내지 않고는 견딜 수 없었던 것이다.

“왜 그렇게 나갔냐고요? 그럼 어떻게 해야 했지요? 여자와 뒹굴고 있는데 거기서 지켜보기라도 해야 한다는 거예요?”

“아니, 그건 아니지만…….”

자신도 모르게 변명의 말을 주워 삼키던 사이파는 그런 자신에게 놀란 듯 인상을 찌푸리다가 퉁명스럽게 준희에게 말했다.

"난 뒹굴지 않았다. 그 여자가 제멋대로 나를 덮쳤을 뿐. 너 또한 그 여자가 네 몸을 함부로 더듬는 것을 내버려 두었지 않았는가?"

"하!"

적반하장도 유분수지, 지금 누가 누구에게 화를 낸단 말인가?

준희가 어이가 없어서 입만 벌린 채 말을 못하고 있자 사이파는 더욱 뻔뻔하게 나가기 시작했다.

"그 계집이 마음에 들었던 것이냐? 그런데 그 계집이 너보다 날 선택해 화가 난 것인가? 그따위 창녀 계집을 마음에 두었느냔 말이다."

짐승 같은 짙푸른 사이파의 눈이 쏘아보자 준희는 마치 마음이 속속들이 파헤쳐지는 것 같은 두려움에 주춤 물러섰다.

"무슨 그런 말도 안 되는……."

"그럼? 나는 그따위 창녀 계집이 마음에 들어서 뒹굴었다는 말인가? 내가 그 정도로밖에는 되어 보이지 않았나?"

순간 준희는 자신이 무척 큰 잘못을 저지른 듯한 기분에 휩싸여 사과하고 말았다.

"미, 미안합니다."

미향은 그런 준희와 사이파의 모습을 보면서 눈에 시퍼런 귀기를 피워 올렸다. 이건 무슨 사랑싸움하는 연인도 아니고.

더군다나 준희의 모습이 마치 질투를 하는 듯 보여 미향의 마음이 편치 않았다. 그렇지 않아도 은연중 사이파를 신경 쓰는 것이 거슬렸었는데 준희가 점점 그에게 끌려 들어가고 있는 듯 보이니 어찌 그렇지 않겠는가?

그때 준희의 변명하는 말이 들려왔다.

"그저, 난 그러니까…… 로이, 로이 때문에요. 그런 광경은 교육상 좋지 않은 것이라서 로이에게 그런 모습을 보였다는 것이 난처해서 그만."

그 말에 사이파는 짙은 눈썹 한쪽을 치켜뜨더니 약간 누그러진 어투로 말했다.

"나라고 그런 광경을 보여주고 싶었겠나? 그 계집이 막무가내로 덮쳐 오는 바람에……."

그렇게 말하던 둘은 서로를 바라보다가 이런 말들을 하고 있는 자신들의 상황이 웃기다는 것을 깨닫고는 어색하게 웃어버리고 말았다.

그 모습에 순간 미향의 눈이 붉은 사룬의 달빛과 겹치듯 적광을 토해내더니 속삭이듯 중얼거렸다.

[더 이상은 나도 참을 수 없어, 사이파. 이대로 지켜보다가는 폭발할 것만 같거든. 그러니 네가 준희의 곁에서 떠나주어야겠어.]

꿈속에서 로이는 행복했다.

할아버지가 돌아가신 일이 마치 꿈이기라도 한 듯이 여느 날의 평범했던 저녁처럼 할아버지는 콧노래를 흥얼거리며 요리를 하고 있었다. 그러면서 가끔 그를 내려다보며 다정하게 웃어줄 때는 눈물이 날 만큼이나 그의 어린 가슴은 벅차올랐던 것이다.

그런데 그때 누군가 문을 두드리는 소리가 들렸다.

이 저녁에 누군가 싶어 빠르게 달려가 문을 여니 뜻밖에 놀랍게도 문밖에는 그의 아버지가 서 계신 것이 아닌가?

"로이야!"

활과 화살을 등에 멘 로이의 아버지는 호탕한 웃음을 입가에 머금은 채 그를 향해 양팔을 활짝 펼쳤다.

"아버지!"

로이는 기쁨에 아버지의 품으로 뛰어들었다.

"허헛! 로이야."

아버지의 품은 크고 아늑했다. 로이는 순간 자신의 작은 손에 모든 행복을 움켜쥔 듯한 느낌이었다.

그런데 갑자기 이상한 소리가 들렸다.

크르르! 크르르!

이상해서 고개를 들어보니 그의 다정하게 웃던 아버지의 얼굴이 어느새 좀비의 형상으로 변해 있는 것이 아닌가?

"으악!"

놀란 로이는 아버지의 품에서 벗어나기 위해 발버둥을 쳤다. 하지만 좀비의 형상은 좀처럼 그에게서 떨어지지 않았고 마침내 좀비의 품에서 벗어나는가 싶어 안도하고 있을 때였다. 좀비가 할아버지 앞에 서 있는 것이 아닌가?

순간 로이의 심장은 차디차게 가라앉는 느낌이었다. 그리고 그의 머리 속에 섬뜩한 울림이 울려 퍼졌다.

"죽여라! 죽여라! 죽여라!"

로이는 온몸에서 퍼져 나가는 절망감을 가눌 수가 없었다. 할아버지의 신형이 좀비에 의해 서서히 쓰러져 가고 있었던 것이다.

"안 돼… 안 돼!"

벌떡 일어난 로이는 헉헉거리며 주위를 둘러보았다. 할아버지와 좀비의 모습은 보이지 않고 낯선 방과 그의 옆에서 잠들어 있는 준희의 모습만이 눈에 들어왔다.

그제야 할아버지가 돌아가신 일과 자신과 할아버지를 죽이려던 좀비가 아버지였다는 사실을 떠올린 로이는 저도 모르게 떨어지는 눈물을 멈출 수가 없었다.

"흐흑!"

잠결에도 로이의 울음소리를 들었던 것일까?

잠들어 있던 준희가 손을 더듬어 로이를 끌어안으며 중얼거렸다.

"착하지, 울지 마. …괜찮아, 울지 마."

그러자 서서히 로이의 울음소리가 가라앉더니 로이는 다시 준희의 품속에서 편안히 잠들었다.

제8장

로이, 검을 들다

다음날, 준희 일행은 헤이시를 돌아다니며 여행에 필요한 여러 가지 물품을 사들였다. 그러면서 준희는 그녀가 사는 물품마다 얼굴을 붉히며 이것저것 더 많이 얹어주는 사람들을 눈치 채지 못한 채 이곳의 물가가 정말 싸다고 생각하며 많이 사들이고 있었다. 끼니때마다 사냥을 다닐 수도 없는 일이고 해서 건량도 충분히 마련했다. 자꾸만 늘어가는 짐들 속에서 일그러지는 사이파의 얼굴을 무시한 채.

그런데 그때 로이가 한곳을 뚫어지게 쳐다보는 것이 보였다. 뭔가 싶어 로이의 시선을 따라가 보니 대장간이었다. 곡괭이와 호미, 끌 등의 연장들과 단검, 장검, 화살 등의 무기들이 늘어서 있는.

준희는 로이의 어깨에 손을 올려놓으며 물었다.

"뭐 사고 싶은 것이 있니?"

로이는 흠칫 놀란 듯 준희를 돌아보더니 황급히 고개를 가로저었다.

"아니에요."

괜히 이것저것 갖고 싶다고 말했다가는 귀찮게 한다고 자신을 버릴지도 모른다고 생각한 것이다. 준희는 그런 로이의 손을 잡아끌고 대장간 앞으로 가서 연장들과 무기들을 가리키며 물었다.

"어떤 것이 갖고 싶니? 사줄 테니까 어서 골라봐."

로이는 정말로 갖고 싶었던 것이라 환하게 웃으며 작은 단검을 가리켰다. 가슴 두근거리며 로이가 어떤 것을 고를지 지켜보고 있던 준희는 로이가 작은 단검을 고르자 속으로 약간 실망하지 않을 수 없었다. 그것은 자신이 쓴 소설의 주인공인 로이가 장검도 아닌 고작 단검을 골랐다는 것 때문이다. 장검을 골랐다면 어린 나이에 벌써 검을 들고 기사의 꿈을 키웠다고 소설에 쓸 수 있었기에.

그런 준희의 마음을 모른 채 로이는 준희가 사준 단검을 들고 마냥 기뻐했다. 왜 자신이 이 단검을 갖고 싶었던 것인지 그 이유도 모른 채. 두려워서 무엇인가 자신을 지킬 수 있는 것이 필요했고, 그 때문에 이 단검을 갖고 싶었던 것이라는 사실을.

로이도 준희도 그런 사실을 몰랐지만 사이파는 민감하게 아직 어린 로이의 마음을 알아챌 수 있었다. 노르니에에서는 부모들이 아이가 걸음을 떼기 전부터 그 자식이 여아이든 남아이든 검을 손에 쥐어준다. 그리고 아이들에게 말한다. 그 검만이 유일하게 이 땅에서 너를 지켜줄 수 있는 것이라고. 부모님도 친척도 스스로조차 믿지 말아라. 오직 검만을 믿고 살아라. 그렇게 어려서부터 검만을 믿고 자란 노르니에의 아이들은 강한 전사가 될 수밖에 없었던 것이다.

사이파 또한 일찍이 돌아가신 그의 부모로부터 그렇게 교육받았다. 때문에 지금의 로이의 마음을 이해할 수 있었던 것이다. 이제 이 세상에 혼자 남은 로이에겐 그 단검만이 그를 지켜줄 수 있는 유일한 물건으로 보이리라.

로이의 단검을 산 것을 끝으로 준희 일행은 짐을 바리바리 챙겨 들고 길을 떠나기로 마음먹었다. 하지만 문제는 그들이 길을 잘 모른다는 것이었다. 물론 여행의 묘미란 것이 낯선 곳을 헤매면서 고생도 하고, 뜻밖의 인연을 만나기도 하는 것이겠지만 준희로서는 고생은 딱 질색이었다.

지금도 이렇듯 낯선 세계에 와서 고생 아닌 고생을 하고 있는데 이 이상 무슨 고생을 더 찾아 헤맨다는 말인가? 더군다나 그녀에게는 아직 어린 로이가 동행하고 있지 않은가.

그렇게 스스로를 변호하며 준희는 어떻게 하면 좀 더 쉽고 편하게 길을 갈 수 있을까 고민하고 있었는데, 그런 준희를 하늘이 도운 걸까?

간판에 브리즈 상회라고 써 있는 상점에서 일꾼들이 짐을 짐수레 두 대에 가득 실어 나르고 있는 광경이 보였던 것이다. 이것이야말로 기회라고 생각한 준희는 일행을 이끌고 브리즈 상회로 갔다.

그리고 일꾼들에게 지시를 내리고 있는 사십대의 건장한 체구를 지닌 사내에게 다가갔다.

"저, 실례합니다. 이 상단, 오늘 출발합니까? 어디까지 가시는지요?"

사내는 준희와 일행을 미심쩍은 시선으로 쳐다보았으나 어린아이까지 데리고 다니는 이들이 상단의 물품을 훔치려는 도적으로는 보이지 않자 안심하고 말했다.

"오늘 출발해서 도르퀸으로 가는 길이라네. 무슨 일인가?"

준희는 반색을 해서는 말했다.

"정말 잘되었군요. 실은 저희는 로드센에서 도르퀸으로 가는 길인데 길을 잘 몰라서요. 도르퀸까지 함께 동행할 스 없을까요?"

그 말에 사내는 다시 준희 일행을 쳐다보더니 무슨 생각이 떠올랐는지 머뭇거리며 준희에게 물었다.

"혹시 로드센의 현자님이십니까?"

준희는 당황해서 물었다.

"에? 제가 그렇게 불리고 있긴 합니다만, 어떻게 아셨지요?"

그러자 사내는 호탕하게 웃으면서 말했다.

"허허! 며칠 전에 로드센에서 소식을 전해 받은 적이 있었습니다. 곧 현자님이 로드센을 떠나 여행을 가시게 되었다고요. 그런데 이렇게 로드센에 오셨다고 하니 짐작이 되어서 물었던 것입니다.”

“아, 그렇군요.”

순하고 호감이 가는 얼굴로 고개를 끄덕이며 감탄했다는 듯 쳐다보는 준희의 얼굴에 브리즈 상회의 이번 상단 인솔자인 맥은 준희의 소문이 상당히 과장되어 있는 것이 분명하다고 생각했다. 현자라는 사람의 나이가 너무 젊은 것도 그렇고 저렇듯 순진한 눈빛을 빛내는 것도 그렇고 해서 말이다.

속으로 설레설레 고개를 저으며 맥은 준희 일행에게 편안한 어조로 말했다.

“어차피 가는 길이니 그럼 함께 가도록 합시다. 잠시만 기다리시오.”

말투가 바뀌었다는 것도 눈치 채지 못한 채 준희는 반갑게 고개를 끄덕이며 상단이 출발하기를 일행과 함께 기다렸다.

그동안 로이는 새로 산 단검을 만지작거리고 있었고, 사이파는 주변을 신기한 듯 둘러보고 있었다.

보이는 모든 것들이 신기했다. 노르니에서는 이렇듯 건물이 발달해 있지 않았던 것이다. 타고난 전사인 노르니에 인들은 사냥을 위해 자주 떠돌아다녔기 때문에 비와 바람을 피할 수 있는 작은 천막만 있으면 족하다는 주의였던 것이다.

잠시 후 , 맥이 대여섯 명의 무기를 든 건달 같은 사내들과 함께 나오는 모습이 보였다. 척 보기에도 용병으로 보이는 그들은 건들거리며 맥에게 준희 일행에 대해서 물었다.

"누구요, 맥?"

"이번에 함께 동행하기로 한 사람들이오."

그러자 용병들 중 대장으로 보이는 털보사내가 새삼 준희의 일행들을 살펴보더니 퉁명스럽게 말했다.

"이들 또한 지켜주어야 한다면 돈을 더 내야 할 거요."

그 말에 맥은 좀 난처한 듯한 표정으로 준희 일행을 돌아보았다. 이에 준희가 얼른 대답했다.

"저희를 지켜주실 필요는 없습니다. 그저 길 안내만 부탁드릴 뿐입니다."

그러자 털보사내는 사이파를 의미심장하게 쳐다보더니 대충 고개를 끄덕이고는 일행과 함께 짐수레 쪽으로 갔다. 그 모습에 맥은 희미하게 웃으며 준희들에게 말했다.

"당신들이 마음에 든 모양이군요."

사이파는 그들이 자신들을 마음에 들어 하든 안 하든 상관없는 얼굴이었지만 준희와 로이의 표정은 그야말로 어처구니가 없다는 표정이었다. 마음에 든다면서 그런 식으로 말을 했단 말인가?

그렇지만 미향은 이해할 수 있다는 듯 고개를 끄덕였다. 제이피스 사제 또한 겉으로는 준희를 싫어하는 척하긴 했지만 속으로는 그녀를 사랑하고 있었지 않은가?

맥이 출발 신호를 보내자 일꾼들은 각기 두 개의 짐수레를 나누어 끌며 출발하기 시작했고, 그 주위를 용병들이 포진한 채 따라 걸었다.

그런 상단의 뒤를 따르며 준희 일행은 새로운 길에 대한 막연한 기대감으로 설레지 않을 수 없었다.

상단과 출발한 지 얼마 지나지 않았을 때였다. 미향이 준희에게 고개를 갸웃거리며 이상하다는 듯 물었다.

[어제 여관에서 봤던 말이 우리를 따라오는데? 어떻게 된 거야?]

무슨 말인가 싶어 뒤를 돌아본 준희는 어제 본 그 아름다운 말이 뒤따라오고 있는 모습에 놀라지 않을 수 없었다. 혹시 말의 주인이 근처에 있는 건가 싶어 둘러보았지만 말은 분명 혼자였다.

이상하게 생각한 준희가 말에게 소리쳤다.

"어이, 이리 좀 와볼래?"

그러자 말은 기다렸다는 듯이 준희에게 달려와 섰다. 그 모습에 미향, 사이파, 로이가 놀라서 쳐다보았지만 준희는 못 본 척 외면했다. 일일이 설명하자니 귀찮다는 생각이 들었던 것이다.

준희는 말에게 물었다.

"왜 우리를 따라오는 거야? 네 주인은 어쩌고?"

그러자 말이 히이잉! 하고 울며 바닥을 타닥타닥 굴렀다.

—좀 전에 내 전 주인은 경비대에 붙들려 갔다. 아침부터 술 먹고 취해서 여관을 부쉈거든.

"하~ 명마라면서 주인을 구하러 가야 하는 것 아니야?"

마치 말하고 대화하는 듯 보이는 준희의 모습에 모두 의혹이 깃든 표정으로 준희를 바라보았지만 준희는 미처 그들을 의식하지 못한 채 말하고 있었다.

―내가 인정한 주인이라면 그랬겠지. 그는 그저 우연히 날 손에 넣은 주인에 불과했다. 하지만 너라면 내 주인으로 인정해 줄 수도 있다.

그런 말의 모습에 잠시 생각해 보던 준희는 로이를 타우면 좋겠다는 생각에 일행에게 말했다.

"주인이 없는 말 같은데 우리가 데리고 가면 안 될까? 로이를 태우고 가면 좋잖아."

사이파는 별 생각이 없는 듯 고개를 끄덕였고, 미향은 중얼거리듯 말했다.

[굴러 들어온 호박을 걷어찰 필요는 없겠지.]

그러자 로이는 자신이 말을 탄다는 생각에 흥분을 감추지 못하는 기색이 역력했다.

로드센에 있을 때 가끔 도르퓐에서 온 기사들이 국경을 정찰하기 위해 말을 타고 돌아다니는 것을 본 적이 있었는데 로이는 그들이 참 부러웠다. 그런데 이제 자신이 그 기사들처럼 말을 타게 된 것이다.

로이가 기대에 찬 눈빛으로 말과 준희를 번갈아 보는 모습에 준희는 희미한 웃음을 지으며 말에게 로이를 가리키며 말했다.

"이 아이를 태워줘. 그럼 데려가 주마."

말은 자신이 태워야 할 사람이 준희가 아닌 작은 인간이라
는 사실이 다소 불쾌하긴 했지만, 어찌 되었든 준희를 따르자
면 작은 인간을 태울 수밖에 없다는 사실을 느끼고는 허리를
굽혀 로이가 쉽게 올라타도록 도와주었다.

준희는 당연한 듯 그런 말에 로이를 올려 태웠다. 그리고 자
신과는 달리 처음 말에 올라타는 것임에도 불구하고 무서워하
지 않고 밝게 웃는 로이의 모습에 흐뭇한 미소를 지었다. 기사
로 만드는 것도 괜찮겠다고 생각하면서.

말은 마치 처음부터 함께 있었던 것처럼 로이를 태운 채 준
희와 사이파와 함께 상단의 뒤를 따르기 시작했다. 그런 일행
의 모습을 보며 미향은 고개를 갸웃거리며 의아해했다.

준희가 확실히 이상하게 느껴졌기 때문이다. 말의 말을 알
아듣는 듯이 행동하다니……. 이세계로 온 탓일까? 아니면 로
드센에서 현자로서 대접을 받았기 때문일까?

이번 일이 아니더라도 지난 1년간을 떠올려 볼 때 어딘지 준
희가 세상사에 초탈한 진짜 현자 같다는 생각이 문득 들었던
것이다.

오랫동안 준희를 알아왔던 미향 또한 이럴진대 사이파와 로
이는 어떻겠는가? 그야말로 그들은 준희를 진짜 현자로, 말과
도 대화가 통하는 그런 사람이라고 확신하기에 이르렀다. 후
에 그것이 준희를 어떠한 위험 속으로 밀어 넣을지 알지도 못
한 채.

상단 사람들과 함께 움직이면서도 준희 일행은 애초에 용병들에게 했던 말처럼 길 안내 역으로서만 상단을 대했다. 점심도 그들과 따로 떨어져 해결할 정도였다. 하지만 밤이 되자 그들은 더 이상 상단에 의지하지 않을 수가 없었다.

그것은 그만큼 이곳 미드리드 대륙의 밤이 아주 위험했기 때문이다. 귀문이 7년에 한 번밖에 열리지 않기 때문에 이곳 미드리드 대륙에서는 많은 영혼들이 죽은 자들의 세계로 가지 못하고 떠돌아다니기 마련이었다. 그러다가 그중 약한 영혼들은 음기가 가득한 사룬의 빛을 받아 동물들의 몸속으로 스며들어 마귀로 화하는 경우가 많았다. 그 마귀들이 밤이면 인간들을 습격해 자신들의 먹이로 삼았으니 아무리 힘이 센 장정이라 해도 한밤중에는 밖에 나갈 엄두를 내지 못하는 것이 바로 이 미드리드 대륙의 밤이었다. 그러니 그들 또한 밤을 경계하지 않을 수가 없었던 것이다.

상단을 중심으로 몇 개의 모닥불이 빙 둘러서 있고 세 명의 일꾼이 보초를 서고 있는 가운데 준희 일행은 잠에 빠져 있었다.

그렇게 얼마나 지났을까?

준희의 등에 기대어 잠들어 있다고 생각되었던 미향의 눈이 갑자기 번쩍 뜨이더니 붉은 안광을 토해내며 서서히 허공으로 떠올랐다. 그리고 숲 속을 향해 눈빛을 번쩍이자 점점 붉은 기운이 숲을 물들이기 시작했다. 그 가운데 미향의 속삭임이 널리 숲 속에 울려 퍼졌다.

[늑대귀들이여! 무기를 든 인간 남자를 죽여라! 죽여라!]

그러자 먹이를 찾아 숲을 돌아다니고 있던 늑대귀들이 스산한 붉은 눈에 빛을 발하더니 이를 드러내며 일제히 상단이 있는 쪽으로 뛰어가기 시작했다.

크르르릉!

그 모습에 미향은 만족한 듯 달콤한 웃음을 짓더니 준희의 곁으로 돌아와 잠든 척하기 시작했다.

잠시 후 늑대귀들은 상단을 포위하기 시작했고, 보초를 서고 있던 일꾼들 중 한 명이 어둠 속에서 번쩍이는 붉은 눈들을 목격하고는 공포에 질린 얼굴로 자고 있는 상단 사람들에게 외쳤다.

"늑대귀다! 일어나!"

그러자 깊이 잠들었다고 생각했던 용병들과 사이파가 소리 없이 몸을 일으키더니 조심스럽게 무기를 빼어 들며 일행을 깨워 한곳으로 모이게 만들었다.

준희는 잠이 덜 깬 눈을 비비며 로이와 함께 사이파가 이끄는 곳으로 가 섰다. 그곳에는 이미 여러 일꾼들이 모여 있었는데 그들은 잔뜩 긴장한 표정으로 주위를 둘러보고 있었다.

"여기서 움직이지 마라."

사이파가 낮고 빠르게 중얼거리며 준희와 로이를 등진 채 섰다.

크앙!

늑대귀 한 마리를 선두로 한 늑대귀들이 일제히 상단을 향해 공격해 들어왔다.

이에 용병들과 사이파, 상단의 책임자인 맥까지 검을 빼어 들고 늑대귀들의 공격에 대항에 나갔다.

카앙!

날카로운 늑대귀의 발톱과 검이 부딪치는 요란한 소리가 숲을 울렸다. 용병들은 2급이기는 하지만 늑대귀들을 상대함에 있어 매우 능숙하게 처리해 나가고 있었고, 상단의 책임자인 맥 또한 용병들 정도의 실력은 되는 듯 송골송골 흘러내리는 땀을 채 닦아내지도 못한 채 늑대귀들을 하나씩 차분히 베어 나가고 있었다.

그런 와중에 사이파는 대체로 여유있게 준희와 로이를 비롯한 일꾼들을 보호하며 늑대귀들의 공격을 막아내고 있었다. 마치 검이 부드럽게 바람을 가르듯 느리면서도 빛을 가르듯 빠르게 베어 나갔다. 그러다 보니 한줄기 검광만이 허공에 가득하고 늑대귀들은 이미 죽어 나가떨어져 있는 경우가 대부분이었다.

그런 사이파를 보는 상단의 일꾼들과 로이의 표정은 한마디도 넋이 나간 듯한 표정이었다. 날렵하고 유연해 보이는 사이파의 체격에 어느 정도 싸울 수 있을 거라고는 생각했지만 저 정도일 줄은 생각도 못했던 것이다.

로이 또한 사이파가 좀비와 싸울 때는 하도 정신이 없어서 그저 잘 싸운다는 생각만 했을 뿐이었는데, 지금 사이파가 싸우는 모습을 보니 그것이 아니었다. 그야말로 그의 이상을 발견한 기분이었다. 저렇게 강하고 남들을 지켜줄 수 있는 그런 사내가 되고 싶었다. 그 때문인지 사이파의 움직임을 바라보는 로이의 눈에는 열기가 가득했다.

그렇지만 준희로서는 그런 사이파의 모습에 단순히 감탄만 할 수는 없었다. 늑대귀들을 베어 나갈 때마다 뿜어져 나오는 피들과 그 피로 인해 붉게 물들어가는 땅, 죽어가며 비통하게 울부짖는 늑대귀들의 울음이 보지 않고 듣지 않으려 해도 보이고 들렸기 때문이다.

끝도 없이 밀려드는 늑대귀들로 인해 용병들의 몸은 지치고 어느새 만신창이가 되어 있었다.

잔뜩 어두운 얼굴로 그 모습을 바라보던 준희는 미향에게 중얼거리듯 말했다.

"많은 소설들을 읽고 쓰면서 난 마물들을 베어 나가는 주인공의 장면이 나올 때마다 통쾌했었어. 마치 내가 그 마물들을 베어 나가는 것처럼. 그렇게 흥분하면서 내게도 그런 강한 힘이 있기를 바랐었지. 하지만 직접 보는 것은 이렇게 다르구나. 서로가 살기 위해 싸우고 있었던 거야. 오직 살아남기 위해서."

하지만 미향은 준희의 말을 듣고 있지 않았다. 초조하게 몰려드는 늑대귀들과 하늘을 바라보고 있었던 것이다. 거의 날이 밝아올 때가 되어가고 있었기 때문이다. 날이 밝으면 늑대귀들에 대한 미향의 지배의 끈이 끊어지고 늑대귀들은 정신을 차리고 다시 숲으로 들어가 버릴 것이다. 그전에 사이파를 죽여야 하는데 그녀의 생각보다 사이파는 강했던 것이다.

'쳇!'

안타까운 마음에 속으로 미향이 불평을 토하고 있을 때 어느덧 새벽은 밝았고, 늑대귀들은 썰물이 빠지듯 물러갔다.

그것을 보면서 용병들과 상단의 사람들은 안도의 한숨을 쉬면서 각기 자리에 주저앉았다. 늑대귀의 시체들이 여기저기 수북이 쌓여 있는 것에도 아랑곳 않고. 하지만 준희는 그들처럼 그냥 앉을 수가 없었다. 피와 죽은 늑대귀의 시체로 덮여 있는 땅을 보기만 해도 속이 울렁거리는 것이 토할 것만 같았던 것이다.

역시 이 미드리드 대륙으로 오는 것이 아니었다고 준희는 원망 어린 시선을 미향에게 던졌다. 미향은 그런 준희의 어깨를 툭툭 치며 위로하듯 말했다.

[좋게 생각해, 준 씨. 운이 나빴으면 지금쯤 준 씨가 저 늑대귀들 대신에 시체가 되어 있겠지, 이렇게 살아 있겠어?]

그 살벌한 말에 순간 오싹해진 준희는 미향을 향한 원망의 눈을 재빨리 거둘 수밖에 없었다.

잠시 그 자리에서 휴식을 취한 용병들은 그제야 주변의 늑대귀 시체들이 눈에 들어오는지 맥에게 말했다.

"이봐, 맥. 그만 자리를 뜨지?"

그 말에 맥은 서둘러 일꾼들을 독촉해 자리를 뜨기 시작했다. 준희 일행도 그런 상단의 뒤를 따랐다.

늑대귀들의 시체가 있던 곳에서 한 시간 정도 걷자 넓은 공터가 보였다. 그곳에서 짐마차를 세운 상단은 아침을 준비하기 시작했고, 어제와는 다르게 맥과 용병들은 준희 일행에게 같이 식사할 것을 권했다.

사이파가 아니었으면 늑대귀들의 공격에서 살아남지 못했을 것이라는 사실을 잘 알고 있었기 때문이다.

상단의 사람들과 함께 식사하면서 로이는 말없이 사이파만을 뚫어지게 바라보았다. 하고 싶은 말이 있는데 차마 입 밖으로 나오지 않았기 때문이다. 그런 로이의 기색을 알아챈 준희는 로이의 머리를 쓰다듬으며 충고해 주었다.

"로이, 이런 말이 있단다. 해도 후회하고 안 해도 후회할 말이 있다면 차라리 하고 후회하라는."

그 말뜻을 알아듣기라도 한 것일까? 로이는 힘겹게 사이파에게 외쳤다.

"저에게 검을 가르쳐 주세요.!"

순간 그 자리에 있던 모두가 로이를 쳐다보았다.

그러자 로이의 얼굴은 새빨갛게 달아올랐다. 그런 로이의 얼굴을 보며 사이파가 당황을 감추고 물었다.

"…왜?"

그 질문에는 로이도 똑바로 사이파의 눈을 바라보며 대답할 수 있었다.

"강해지고 싶어요. 나는 물론이고 다른 사람도 지킬 수 있을 정도로요. 다시는 할아버지처럼 누군가를 잃어버리고 싶지 않아요."

어린아이답지 않은 강인한 눈동자를 본 사이파는 준희를 바라보았다. 로이는 어디까지나 준희의 제자이기에 그녀의 의견을 묻는 것이었다.

준희는 망설이지 않고 곧바로 대답했다.

"잘 부탁합니다, 사이파."

사이파의 능력이 어느 정도인지는 모르지만 로이가 기사나 용병이 될 수 있는 기초 정도는 충분히 다듬어줄 수 있으리라고 생각했던 것이다.

준희까지 부탁하자 사이파는 로이를 바라보며 약간 난처한 표정이 스치더니 다시 표정을 굳히며 알겠다는 듯 고개를 끄덕였다. 로이는 기쁨을 감추지 못하고 활짝 웃으며 크게 외쳤다.

"고맙습니다."

아침 식사가 끝나고 상단이 다시 출발하기 시작했다. 그 모습에 로이가 이제는 능숙하게 말에 올라타려고 하자 사이파가 그런 로이를 제지하며 말했다.

"검을 잡기 위해서는 우선 체력이 강해야 한다. 편안하게 말을 타고 가는 것은 체력을 기르는 데 도움이 되지 않지. 그러니 오늘부터는 되도록 많이 걷는 연습을 해라."

잠시 생각해 보던 로이는 고개를 끄덕이고는 말을 준희에게 넘기고 사이파의 곁에 섰다. 걸어가려는 것이었다. 그런 로이의 모습에 준희는 아직 어린 나이에 고생을 시키는 것 같아 안쓰럽긴 했지만 영웅이 되기 위해서는 어쩔 수 없는 시련이라

고 생각을 고쳐먹었다. 지금의 시련이 후에 그의 목숨을 지켜
주리라.

로이 대신 말에 올라탄 준희는 말의 부드러운 적갈색 갈기
를 쓰다듬으면서 생각난 듯 중얼거렸다.

"그러고 보니 아직 말의 이름이 없네. 뭐라고 부르면 좋을
까?"

미향이 말했다.

[붉은색이니까 주홍이 어때?]

"주홍이? 이 말, 암말이었나?"

푸릉!

—난 수컷이다.

말이 항의하듯 준희에게 말했다.

[숫말이면 어때? 어울리기만 하면 되지.]

미향도 그런 말의 항의를 느낀 듯 말했다.

"하긴. 이제부터 네 이름은 주홍이다, 말아."

—쳇! 주홍이라고? 주홍! 홍, 홍!

투덜거리기는 했지만 말의 눈은 부드럽게 휘어지고 있었다.
태어나서 처음으로 받은 이름이었던 것이다.

준희 또한 주홍이라는 이름이 마음에 들었던 것이다. 말은
붉은 구슬처럼 아름다웠으니까.

"자, 출발하자, 주홍아!"

그러면서 출발하는 준희를 사이파와 로이는 이상하다는 듯
쳐다보다가 따라 걷기 시작했다. 그들에게는 미향의 말이 들

리지 않기에 그저 준희가 혼잣말을 하는 것으로 들렸기 때문
이다.

　그 무렵, 자이칸은 헤이시에 도착해 있었다.
　준희가 로드센을 떠났다는 사실을 알고는 그녀의 뒤를 쫓아
서 미드리드 산을 내려온 것이다. 오랫동안 미드리드 산에만
있다가 처음 세상에 나온지라 약간 어리둥절한 것도 사실이었
으나 냉정한 이지의 소유자인 그는 곧 제일 먼저 눈에 띄는 여
관으로 들어가 술을 시켰다. 북적대는 여관만큼 정보를 얻기
좋은 곳이 없기 때문이었다.
　우연히도 그 여관은 준희 일행이 머물렀던 '로위나의 바다'
였다.
　로위나와 한바탕 뒹군 침대에서 느긋이 알몸을 일으킨 자이
칸은 손만 뻗으면 잡히는 침대 옆의 테이블 위에 놓여 있는 과
실주를 한 모금 음미하며 머리 속으로 로위나에게서 들은 말
을 정리하고 있었다.
　로위나의 말에 따르면 준희는 그 노르니에 전사와 좀비의
아들과 함께 이 여관에서 하루 동안 머물다가 여행에 필요한
여러 가지 물품들을 사 가지고는 브리즈 상단과 함께 떠났다
고 했다. 그가 생각하기에도 로위나는 그들이 헤이시에 머물
렀을 때 있었던 일들을 비교적 자세히 설명해 주었지만, 자이
칸에게 필요한 것은 그런 사소한 일들이 아니었다.
　이에 과실주를 한번에 들이키고 탁자에 내려놓은 자이칸은

침대에서 일어나 바닥에 떨어진 옷을 주워 입고는 여관을 나섰다.

그리고 어느 마을에나 존재하는 브리즈 상단을 찾아 들어갔다.

비교적 큰 가게 안에는 여러 가지 곡물과 소금, 향신료, 그리고 사치품이라고 할 수 있는 물품들이 거래되고 있었다. 그래서인지 가게를 찾는 손님은 그 하나뿐이었고, 가게 주인으로 보이는 노인은 하는 일 없이 먼지를 털어내는 일로 소일하고 있었다. 자이칸은 그런 노인에게 다가가 비딱한 자세로 쳐다보며 말했다.

"바람을 잡고 싶소."

그러자 순간 먼지를 털어내던 노인의 손길이 멈칫하는가 싶더니 다시 아무렇지도 않은 듯 먼지를 털어내며 물었다.

"어떤 바람을 원하오?"

"로드센의 현자."

"금액은?"

자이칸은 허리춤에서 1딜을 꺼내 노인에게 내밀었다.

노인은 아무 말 없이 1딜을 챙기더니 건조하게 말을 늘어놓기 시작했다.

"이름 준희, 성별 남, 섬에서 왔다고 함. 그 이전의 일들은 전혀 알려지지 않았지만 로드센에 온 이후 치료사의 일을 했음. 현재 로드센의 현자라고 불리며, 며칠 전 로이라는 꼬마와 노르니에 전사인 사이파라는 자와 함께 로드센을 떠나 헤이시에서 하루 묵고 어제 떠났음. 현재 목적지는 도르퓐."

순간 자이칸은 허탈한 표정이었다.

"그게 다요?"

1딜이나 주었는데 정보가 겨우 그것밖에 없다니…….

그러자 노인도 순간 미안한 감정이 들었는지 덧붙여 말했다.

"그런데 뭔가 이상하지 않나?"

"뭐가?"

그렇게 묻는 자이칸의 표정은 사나웠다. 쓸데없는 이야기라면 가만두지 않겠다는 눈빛이었다.

"섬에서 왔다는 것 이외에 그의 과거에 대해 알려진 것이 너무 없다는 것이지. 그동안 미드리드 대륙에 온 섬사람들은 꽤 많았지만 그들 중 누구 하나 그처럼 현자라 불릴 정도의 지식을 가진 이가 있었던가? 오히려 언어 문제로 고생하는 이들이 대다수였지. 그러나 그는 아니었어. 처음부터 유창하게 린페이 어를 말했고 유스핀 어까지 읽고 썼다고 들었네. 그렇다고 다른 나라 사람이라는 것도 말이 안 되는 일이지. 그 정도의 지식을 지닌 이가 이 대륙에 있었다면 아직까지 알려지지 않았을 리가 없었으니까. 그의 과거는 마치 신비의 섬 디오니아처럼 안개 속에 가려져 있다고 해도 과언이 아니지. 안 그런가?"

순간 자이칸의 눈빛이 번쩍 빛을 발했다.

신비의 섬 디오니아.

헤이즈만 해역 저 너머의 안개 속에 가려져 있다는 그 섬은 누군가의 입에서부터 전해져 왔는지는 모르지만 그곳에는 수많은 전설들이 깃들어 있었다. 황금의 모래사장과 갖가지 진귀한 보석들로 산을 이루고 있으며, 현자의 물이 있어 그 물을 마시면 세상에 존재하는 모든 지식을 얻을 수 있다고도 하고 많은 신기들이 존재해 그 무기를 얻으면 아무리 어린아이라 해도 한 나라를 바꿀 수 있는 힘을 소유할 수 있다는 등. 그런 여러 전설들 때문에 야망을 품은 대륙인들이 너도나도 신비의 섬 디오니아를 찾아 나섰지만, 아직까지 그 디오니아 섬을 찾았다는 사람은 없었다.

물론 자이칸은 노인처럼 로드센의 현자라는 준희가 그 디오니아 섬에서 왔을지도 모른다고 생각한 것은 아니었다. 지식에 대한 그의 과도한 욕망으로 한때 디오니아 섬에 대해 조사한 결과 그것은 인간들의 상상의 산물일 뿐이라고 결론지은 지가 오래전의 일이었기 때문이다.

단지 미향이라는 마족을 손에 넣기에 방해가 되는 준희를 손쉽게 제거할 수 있는 좋은 방법이 떠올랐던 것이다.

"후! 고맙소, 노인."

노인에게 비릿한 웃음을 지어 보인 자이칸은 브리즈 상점을 나와 가벼운 발걸음으로 여관으로 돌아갔다.

다음날 대륙에는 하나의 소문이 은밀히 퍼져 나가기 시작했다.

상단의 일꾼들이 모두 잠든 시각, 준희의 관심 속에서 사이파와 로이의 첫 수업이 시작되었다. 보초를 서는 용병들은 은근히 그런 그들에게 관심이 갔지만 남의 검술을 함부로 훔쳐 배우는 것은 용병들의 세계에서도 금기시되는 일이라 애써 외면하고 있었다.

사이파는 우선 로이에게 명상하는 자세를 가르쳤다.

설마 하면서 그 모습을 지켜보고 있던 준희는 로이가 어렵게 정좌해 앉는 모습을 보면서 놀라움을 감추지 못했다. 제이피스 사제에게 이 세계의 기사에 대해서 대충 들었지만 그들이 명상을 한다는 얘기는 듣지 못했었기 때문이다.

무협지에서 본 것처럼 무슨 내공심법이라도 가르치는 것인가 싶어 가슴을 두근거리며, 준희는 그렇다면 무슨 수를 써서라도 자신 또한 그 방법을 배우고 싶다고 생각했다. 몸으로 하는 고된 훈련은 싫지만 내공심법이라면 가만히 앉아서 하는 훈련이라 흥미가 동했던 것이다.

하지만 그런 것은 아닌 듯 사이파의 말이 이어졌다.

"눈을 감아라! 바람을 느끼고 미세한 공기의 흐름을 느껴보아라. 그리고 그 흐름 속에 자신을 맡겨라."

그냥 명상일 뿐이라는 것을 안 준희는 허탈감을 감추지 못했고, 미향은 그런 준희를 보면서 킥킥 웃어댔다.

로이는 사이파가 시키는 대로 눈을 감고 바람을 느껴보려고 했지만 아직 나이가 어려서인지 가만히 있지를 못하고 자세가 불편한 듯 온몸을 비비 꼬았다.

준희는 그런 로이를 보다가 사이파에게 물었다.

“사이파, 그런데 검을 가르친다면서 왜 검술은 안 가르치고 명상을 시키는 것이지?”

“명상?”

사이파는 무슨 말인지 모르겠다는 듯 준희를 돌아보았다.

“로이에게 가르친 그 방법 말이야.”

“여기서는 이 방법을 명상이라고 부르는가?”

로이의 자세가 삐뚤어지자 자세를 바로잡아 주며 사이파가 물었다.

준희는 품속에서’ 룬의 바다’ 와 금빛 깃털이 달린 펜을 꺼내 들며 대충 대답해 주었다.

“아니, 난 이곳 사람이 아니라서 이곳에서는 뭐라고 부르는지 모르겠고, 내가 살던 곳에서는 그렇게 불렀어.”

그 말은 준희를 린페이 사람이라고만 생각하고 있던 사이파로서는 뜻밖의 말이 아닐 수 없었다. 그와 함께 준희가 살던 곳이 어디인지 어떤 곳이었는지 어떻게 살았는지 등 호기심이 많은 성격이 아님에도 불구하고 수많은 궁금증이 일어나는 것을 느꼈다. 그렇지만 막상 물어보려니 무엇부터 물어야 좋을지 알 수가 없어서 사이파는 그저 가만히 준희를 쳐다보기만 했다. 그가 궁금해한다는 것을 알아차려 주기를 바라면서.

하지만 준희는 그런 사이파의 눈치를 알아채지 못했고, 오히려 눈을 감고 있던 로이가 알아차리고 번쩍 눈을 뜨며 말하는 것이었다.

“준희님은 섬에서 오셨어요.”

사이파는 로이의 머리를 살짝 쥐어박으며 말했다.

"딴생각 말고 집중해!"

그러자 로이는 재빨리 눈을 감으며 주위의 흐름을 느껴보려고 애를 썼다. 하지만 좀처럼 집중을 하지 못했다. 잡성각에 이어 졸리기까지 했던 것이다.

그런 로이의 기색을 느낀 사이파는 어쩔 수 없다는 듯 말했다.

"그만. 내일부터 매일 아침 한 시간씩 일찍 일어나 이 연습을 하도록 해라. 주위와 동화되어 완전히 자신을 잊어야 한다. 그런 다음, 검을 느끼고 검과 하나가 되어야 한다."

그러고 나서 사이파는 로이에게 검을 쥐는 방법에 대해서 가르쳤다. 현재 로이가 가진 검은 단검뿐이었기에 단검을 쥐는 방법이었다.

"검을 언제나 손에서 떼어놓지 말아라. 검을 네 손의 일부라고 생각해라."

준희는 옆에서 사이파가 말한 것을 일일이 '룬의 바다'에 적어 넣었다. 로이가 그의 스승을 만나 검술을 배우는 과정을 쓸 때 써먹으려는 것이었다.

로이가 대체로 정확하게 검을 쥐자 사이파가 말했다.

"검을 쥐고 있다는 생각 자체를 잊어야 비로소 너는 검을 배울 자격을 갖게 되는 것이다."

그러면서 사이파는 주변의 나무들을 둘러보더니 그중 곧게 자란 나무의 몸통을 검으로 잘라냈다. 그것은 로이의 작은 팔

길이의 두 배나 되는 길이에 로이의 허리보다 두꺼운 통나무였다. 사이파는 그 통나무를 로이의 앞에 내려놓으며 말했다.

"이것을 깎아 장검을 만들어보도록 해라."

로이는 놀란 표정으로 사이파가 내려놓은 통나무를 보더니 마지못한 듯 고개를 끄덕였다. 하지만 속으로는 막막하기 이를 데 없었다. 한 번도 무엇인가를 만들어본 적이 없었기 때문에 이 통나무로 자신이 제대로 된 검을 만들 수 있을지 자신이 없었던 것이다. 그렇지만 검 모양 비슷한 것이라도 만들어내지 않으면 사이파가 검술을 가르쳐 주지 않을 것 같기에 로이는 한숨 비슷한 것을 내쉬며 통나무를 잡고 단검을 쥔 손으로 깎아 내려가기 시작했다.

하지만 로이의 통나무 깎는 솜씨가 서툴기 그지없어서 곧 단검에 손가락을 베이고 말았다. 그런 로이를 보며 사이파가 무뚝뚝하게 말했다.

"모든 것에는 틈이 있기 마련이다. 나무에도 마찬가지지. 그 틈을 찾아서 잘라라. 모든 것은 그 사물이 원하는 방향으로 잘라야 쉽고 빠르게 잘리는 법이니까."

그러나 막 시작한 로이에게 그런 사이파의 충고가 이해될 리가 없었다. 로이는 계속 어설픈 손짓으로 이리저리 통나무를 깎아 나갔다. 어느덧 열심히 땀을 흘리며 로이가 통나무 깎는 일에 열중해 있자 사이파와 준희는 나란히 앉아서 조용히 구경하기 시작했다. 미향의 빨리 떨어지라는 시끄러운 잔소리를 흘려들으면서.

서로 무슨 다정한 대화를 나누는 것도 아니고 그저 아무 말 없이 나란히 앉아서 같은 곳을 바라보고 있을 뿐 인데도 그 분위기가 심상치 않게 느껴지는 것은 분명 미향의 착각만은 아니었다. 그 증거로 표정이 없던 사이파의 얼굴에 드물게 희미한 미소가 떠올라 있었던 것이다.

미향은 금방이라도 폭발할 것 같은 화를 억누르기 위해 무진장 애를 쓰고 있었다. 바로 로이 때문이었다. 로이가 사이파의 검을 배우고 싶다고 한 이상 아직은 그를 죽이거나 떠나보낼 수가 없었던 것이다. 그것은 나름대로 미향 또한 로이에게 정을 느끼고 있었기 때문이다. 하지만 그로 인해 사이파를 그냥 내버려 두자니 너무 신경에 거슬리고 속에서 울화가 치밀어 견딜 수 없는 지경에 이른 미향은 마침내 그 화살을 즌희에게로 돌렸다.

사이한 기운을 일으켜 주변에 뿌린 것이다.

그러자 곧 갓 죽은 영혼들이 두 눈에 귀광을 번뜩이며 즌희 일행들의 주위로 몰려들기 시작했다. 물론 영혼의 존재들이라 다른 사람들의 눈에는 보이지 않았지만 즌희의 눈에는 너무도 선명하게 보였다. 그에 따라 즌희의 얼굴은 새하얗게 질렸다가는 다시 시퍼렇게 변해 버리고 말았다.

온몸에서 식은땀이 주르륵 흘러내렸고, 경직된 그녀의 몸은 풀릴 줄을 몰랐다. 그런 즌희의 머리 속은 그 어느 때보다도 빠르게 회전하고 있었다. 그러나 도대체 자신이 미향에게 무슨 죄를 지었기에 이런 사태를 맞이해야 하는지 아무 생각도 떠오르지 않았다.

미향이 곁에 있은 뒤로 준희는 귀신을 거의 보지 못했다. 미향이 준희에게 다가오는 귀신을 막아주었기 때문이다. 그래서 요즘은 귀신을 보는 일에 대한 스트레스와 무서움을 거의 잊고 살았는데, 뜻밖에 이렇듯 귀신들에게 둘러싸이자 그 충격과 무서움은 배가되어 다가왔다.

점차 다가오는 밤공기와는 다른 서른한 기운과 갖가지 다르게 죽은 귀신들의 끔찍한 모습에 준희의 머리 속은 어느덧 텅 비어가고 있었다.

그대로 준희가 정신을 잃고 기절해 버리자 미향은 기분이 좋아진 듯 휘파람을 불었다.

제9장
대륙을 뒤흔드는 소문

린페이 북부를 점령하고 있는 프로테스 대공의 성은 넓은 호수를 끼고 있는 높은 고지대에 자리해 있기에 항시 아래에는 자욱한 안개가 깔려 있고, 위에서는 거친 비바람이 불어댔다. 그로 인해 프로테스 대공의 성은 삭막하기 이를 데 없어 폭풍의 성이라고도 불렸다.

그렇지만 그 어떤 성보다 견고하고 방어가 용이한 성이라 프로테스 대공이 린페이 북부를 점령하며 이 성을 자신의 거처로 삼은 것이었다.

"그게 말이 돼?! 그 얍삽한 오르디안의 개들이 감히 우리 쪽의 경계인 파론 항을 수시로 드나들고 있었는 데도 지금까지 눈치 채지 못하고 있었단 말이냐?!"

대공 집무실에서 프로테스 대공이 버럭버럭 질러대는 고함소리가 문밖까지 울려 퍼지자 안쪽의 눈치를 살피고 있던 베드로윈 백작의 보좌관인 허르쉬는 그때마다 긴장해서 몸을 움찔거렸다. 그렇지만 집무실 안에서 프로테스 대공의 분노를 고스란히 받고 있던 베드로윈 백작은 눈도 깜짝하지 않았다. 익히 프로테스 대공의 불같은 성미를 알고 있었고, 다년간 받아왔기 때문에 이제는 그저 그러려니 하는 경지에 이르렀기 때문이다.

무표정하게 자신을 바라보는 베드로윈 백작의 태도에 대공은 더 이상 화를 내는 것도 의미가 없다고 판단했는지 식식거리며 베드로윈 백작에게 명했다.

"파론 항의 경계를 강화하고, 그동안 드나들었던 오르디안의 개들을 모조리 색출해 죽이게. 나가봐."

"네, 그럼."

기다리고 있었다는 듯 대답하며 나가는 베드로윈 백작의 태도에 한동안 대공은 기가 막히다는 듯 멍하니 바라보다가 책상 위에 있던 것들을 마구잡이로 집어 문에다 던졌다.

퍽! 쨍그랑! 와르르르!

집무실에서 들려오는 소리에 허르쉬는 두려운 표정으로 백작을 바라보았으나 백작은 은테 안경을 고쳐 쓰며 그런 허르쉬를 향해 한마디 할 뿐이었다.

"화를 잘 내시지만 그만큼 또 금방 식고 뒤끝도 없는 분이니 걱정하지 않아도 되네."

“아? 네.”

다른 사람들 같았으면 그렇게 말해도 상대가 대공이다 보니 우려의 표정을 지우지 못했을 터인데 허르쉬는 금방 걱정을 떨치고 백작을 바라보았다. 그런 허르쉬의 모습에 베드로윈 백작은 이채를 띠며 생각했다.

'이렇게 금방 감정을 수습하다니 이번 보좌관은 생각보다 쓸 만한걸. 가만, 이번 보좌관을 누가 추천했지? 가이온 남작이었던가? 한번 그에 대해 자세히 알아보아야겠군.'

머리 속에서 이런저런 생각을 하며 자신의 집무실로 향하는 베드로윈 백작에게 허르쉬가 물었다.

“그런데 혹시 그 소문에 대해서 들으셨습니까?”

“소문? 무슨 소문?”

베드로윈 백작은 드물게 이마를 찡그리며 물었다. 그는 소문을 그다지 좋아하지 않았던 것이다. 오직 정확하게 원인과 결과를 알 수 있는 정보만을 신봉할 뿐.

“로드센의 현자에 대한 소문은 들으신 적이 있으시지요?”

“물론. 한 반년 전부터 들려오는 그에 대한 소문이라면 나도 듣고 있었네. 그런데?”

거기다 로드센은 이곳 대공저인 폭풍의 성이 있는 토르테와 보름밖에는 떨어져 있지 않은 거리이기에 베드로윈 백작은 다른 어떤 나라의 총군사보다도 그에 대한 확실한 정보를 갖고 있다고 자신했다. 따라서 그를 성으로 초빙할 생각이었으나 아직까지 그의 출신에 대해 밝혀진 바가 없기에 그 일을 미루고 있었던 것이다.

그런데 새삼 자신도 모르는 그에 대한 어떤 소문이 돈다는 사실에 의아하지 않을 수 없었던 것이다.

허르쉬가 말했다.

"사실인지 어떤지는 모르지만, 그 로드센의 현자가 디오니아 섬 출신이라는 소문입니다. 그런데 문제는 그 소문이 상당히 신빙성이 있다는 사실입니다. 로드센에 오기 이전의 그의 행적에 대해선 전혀 알려지지 않았으니까요. 그 정도의 현자가 갑자기 이렇듯 알려질 수는 없는 일이 아니겠습니까?"

베드로윈 백작의 안색은 순간 창백해졌다. 그를 일찍이 토르테로 초청하지 않은 것이 중대한 실수로 여겨졌기 때문이다. 하지만 그는 되도록 이성적으로 생각하려 노력했고 단지 소문일 뿐이라며 자신을 위안했다. 그러나 그의 입은 벌써 그와는 반대의 말을 하고 있었다.

"허르쉬, 지금 즉시 소문의 진상을 파악하는 한편, 로드센 현자의 신원을 확보해 오도록 하게."

"네, 즉시 시행하겠습니다. 그런데 이 일을 대공께 보고해야 하는 것 아닙니까?"

그 말에 베드로윈 백작은 눈살을 찌푸리며 생각해 보다가 대답했다.

"아니, 성정이 급한 분이시니 그 사실을 알면 가만히 계시지 않을 거다. 지금은 대공 저하께서 몸을 움직일 만한 상황이 아니야. 오르디안 대공 측의 움직임이 심상치 않거든. 그러니 되도록 이 소문이 그분의 귀에 들어가지 않도록 보안을 철저히 하도록 하게."

"네, 명심하겠습니다."

허르쉬가 바쁘게 움직이는 모습을 잠시 지켜보며 베즈로윈 백작은 이 소문으로 인해 변화해 갈 대륙의 정세에 대해 머릿속으로 빠르게 그려보았다. 그렇지만 그 어떤 것도 확신할 수 있는 것은 없었다. 분명한 것이 있다면 그것은 대륙이 난세로 치닫고 있다는 것이었다.

"방금 저희 첩보부로부터 특급 정보가 들어왔습니다."

"특급 정보?"

한쪽 벽면이 모두 기이한 동물들의 박제로 이루어진 그곳은 오르디안 대공의 서재였다.

오르디안 대공은 빠르게 서류를 처리해 나가다가 언제나 침착하던 그의 부관 셜리언 타이드마가 당황해서 어쩔 줄 몰라 하는 모습에 의외라는 듯 들여다보고 있던 서류를 옆으로 밀치며 그를 바라보았다.

"네. 로드센의 현자, 준희라는 자의 출신이 밝혀졌습니다."

그 말에 오르디안 대공은 쭉 찢어진 눈을 더욱 날카롭게 하며 셜리언에게 물었다.

"그래? 어디 출신이라던가? 제국인가! 유스핀인가? 아니면 뜻밖에도 노르니에라도 되던가?"

물론 노르니에냐고 물은 것은 오르디안 대공의 농담이었다.

전쟁의 여신이자 생명의 여신인 이슈타를 받드는 노르니에에서 가장 중요시하는 것은 바로 힘이었다. 그런 곳에서 현자가 배출된다는 것은 사막에서 모래알 찾기가 아니겠는가? 따라서 그는 내심 제국이나 유스핀을 염두에 두고 있었지만, 아무래도 셜리언의 당황스런 표정으로 볼 때 제국일 가능성이 높다고 생각했다. 셜리언이 가장 경계하고 있는 곳은 제국이었으니까.

하지만 뜻밖에도 셜리언의 입에서 나온 곳은 제국도 유스핀도 아니었다.

"…로드센 현자의 출신지는 디오니아 섬이라고 합니다."

순간 오르디안 대공은 언뜻 자신이 무슨 소리를 들은 것인지 이해할 수 없어 어리둥절한 표정으로 되물었다.

"어디라고?"

"신비의 섬 디오니아라고 합니다."

셜리언은 강조하듯 말했다.

이제는 너무도 선명하게 들리는 디오니아 섬이라는 이름은 오르디안 대공의 가슴에 거대한 야망의 불을 붙이기에 충분했다. 냉혹하고 이성적이라고 알려진 오르디안 대공에게도 어린 시절은 있었고, 그 어린 시절 그가 무엇보다도 꿈꾸었던 것은 바로 디오니아 섬을 찾아가는 것이었다. 디오니아 섬의 그 무수한 전설의 주인공이 되는 것이었다. 그리고 디오니아에서 온 현자가 있다는 소리를 듣자 무엇보다도 먼저 그의 뇌리에 떠오른 것은 절대자의 왕관이었다. 그 왕관을 쓴 자는 모든 이의 복종을 얻을 수 있다는.

그 때문일까? 다른 때와는 달리 오르디안 대공은 그 소문의 진상 여부를 파악할 만큼 이성적이지 못했다. 그리고 셜리언에게 명했다.

"당장 그자를 생포해 오도록. 지금 북쪽에 있는 모든 첩보원들을 이용해서라도 그자를 내 곁에 데리고 와라."

"네."

셜리언은 오르디안 대공이 너무 흥분하고 있다는 것은 알고 있었지만, 그 또한 흥분을 감추지 못하고 있었기에 빠르게 대답하고는 서재를 나섰다.

셜리언이 나가자 오르디안 대공은 손을 꽉 마주 잡으며 입 속으로 중얼거렸다.

"대륙의 패자 자리는 반드시 내가 차지하고 말 것이다!"

가웨스 숲은 옛 에르비오스의 동북쪽에 위치한 숲으로, 누구의 입에서부터 전해진 소문인지는 모르지만 사악한 요정이 있어 사람들의 생명을 빼앗아간다고 한다. 때문에 수많은 사람들이 숲으로 들어갔으나 아무도 살아 돌아온 사람이 없었다. 그래서 가웨스 숲을 지나는 것이 린페이로 가는 가장 빠른 길임에도 불구하고 어느 누구도 가웨스 숲으로 들어가려 하지 않았다.

그런데 지금 세 개의 검끝이 모아져 있는 라마스 제국을 상징하는 그림이 새겨진 갑옷을 입은 일곱 명의 기사와 갑옷의 먼지를 막기 위한 피풍 대신에 긴 로브를 입은 중년인이 가웨스 숲으로 들어가려 하고 있었다.

한 기사가 긴장한 표정으로 말했다.

"황자 전하! 다시 생각해 보시지요. 이 길은 위험합니다."

황자 전하라고 불리운 사람은 먼지를 뒤집어쓰기는 했지만 그 화사한 은빛 머리와 수려한 미모를 가리지는 못한 10대 후반에서 20대 초반쯤의 나이로 보이는 청년으로, 흉부와 팔목에만 갑옷을 대고 입고 있었다. 그는 여러 사람의 말류에도 불구하고 꿈쩍도 하지 않고 가웨스 숲을 바라보았다. 그런 청년의 시선을 돌린 것은 단아한 인상의 40대 후반으로 보이는 로브를 입은 중년인이었다. 그는 청년을 보며 부드러운 목소리로 말했다.

"전하! 전하는 지금 자신의 목숨을 가볍게 여기고 있습니다. 자신의 목숨이 가볍게 보이니 다른 사람들의 목숨 또한 가볍게 여기시는 것입니까?"

중년인의 말에 청년은 얼굴을 찌푸리면서 외쳤다.

"그렇지만 고모부, 한시라도 빨리 린페이로 가 로드센의 현자를 만나 우리 쪽으로 끌어들여야지요. 다른 나라가 먼저 손을 쓴다면 이후 대륙의 주도권은 그 나라가 쥐게 될 것이 틀림없습니다. 우리 제국이 이 대륙의 주도권을 다른 나라에 넘길 수는 없지 않습니까?"

제국의 초대 황제이시자 지금의 황제이신 라칸 리프티아르 라마스께서 어찌 제국을 세우셨는데 이제 와 대륙의 주도권을 다른 나라에 넘긴단 말인가? 라노 리프티아르 라마스는 입술을 지그시 깨물며 가웨스 숲을 노려보았다. 그런 청년의 모습에 중년인은 나직이 한숨을 쉬었다. 이제 와 청년을 말리기에는 늦었다고 판단한 것이었다.

"자, 들어가자!"

기사들에게 명령한 라노는 검을 빼어 들고 뛰어들다시피 가웨스 숲으로 들어갔고, 그 뒤를 중년인과 기사들이 따랐다. 그런 기사들의 표정에는 긴장감이 역력했고, 검을 잡은 손에도 땀이 질퍽하게 배어 있었다. 아무도 돌아온 적이 없는 숲이니만큼 그들의 얼굴에는 비장감이 감돌았다.

얼마쯤 들어갔을까? 갑자기 주위에 안개가 자욱하게 깔리는 것이 아닌가? 한 치 앞도 보이지 않게 되자 기사들과 라노, 그리고 중년인은 당황해서 서로의 이름을 불렀다.

"황자 전하!"

"공작 각하!"

"고모부!"

어떻게 된 일일까? 그렇게 서로를 부르던 그들이 어느 순간 갑자기 하나둘씩 사라지기 시작하더니 가웨스 숲은 마치 처음처럼 그렇게 조용하게 변해 버렸다. 마치 그들이 들어왔던 일조차 없었던 것처럼.

[일어나, 준 씨. 아침이야. 벌써 사이파와 로이는 아침 훈련까지 끝낸 상태라고. 어서 출발해야지.]

시끄러운 미향의 잔소리에 억지로 눈을 뜬 준희는 겅한 표정이었다. 어제 분명 무언가 끔찍한 일이 있었던 것 같은데 생각이 나지 않았던 것이다.

그런 준희의 상태를 눈치 챈 미향은 그녀의 생각을 돌리듯 말했다.

[그런데 이제 군식구가 2명이나 되잖아? 그러니 뭔가 먹고 살 궁리를 해야 하는 것 아니야?]

그 말에 자리에서 일어난 준희를 머리를 긁적이며 주위를 둘러보았다. 이미 사이파와 로이는 상단을 따를 준비를 마친 상태로 준희의 곁에 서 있었고, 상단은 어느덧 출발을 하고 있었다.

"좋은 아침, 사이파, 로이."

준희의 인사에 사이파와 로이는 걱정스런 표정으로 준희를 바라보았다. 저혈압이라 아침에 일어날 때면 늘 고통스러워하기 때문이었다.

"일어나기 어려우면 그냥 더 자요, 준희님. 새벽에 상인들로부터 들으니 여기서 도르퀸까지 가는 길은 이 길뿐이라 길을 잃을 염려도 없고, 또 반나절밖에는 걸리지 않는다고 하니……."

"맞다."

그렇지만 준희는 대충 옷차림을 정돈하고 주홍을 불렀다. 풀을 뜯어 먹고 있던 주홍은 준희의 말에 급히 달려와 몸을 낮추어주었다. 운동 신경이 둔한 준희로서는 혼자서는 말 위에 올라타지 못했던 것이다.

준희가 말 위에 오르자 사이파와 로이는 더 이상 아무 말 없이 그녀의 뒤를 따랐다. 도르퀸으로 가는 길에 준희는 문득 로이에게 말했다.

"그런데 로이, 언제까지 날 준희님이라고 부를 거지?"

"그럼 뭐라고 불러요?"

로이는 어리둥절하다는 표정으로 물었다.

그런 로이에게 준희는 희미하게 웃으며 말했다.

"음~ 이를 테면 형이나 아저씨……."

[아빠!]

미향이 곁에서 소리치자 준희는 자신도 모르게 미향의 말을 따라 하고 말았다.

"…아빠나."

그 순간 말을 한 준희와 로이, 사이파까지 놀라서 굳어지고 말았다. 아빠라니…….

한참 만에 로이는 붉어진 얼굴을 감추지 못하고 말했다.

"저, 형이라고 부를게요. 아저씨나 아빠는 좀……."

무의식중에 사이파 또한 고개를 끄덕이고 있었다. 그런 그들을 보며 준희는 속으로 피눈물을 훔친 채 미향에게 소리쳤다.

'미향! 도대체 왜 그딴 소리를 한 거야? 날 이 나이에 유부녀도 아닌 유부남으로 만들어야 속이 시원하겠어?

하지만 그런 준희와는 달리 미향은 아쉬움을 감추지 못했다. 로이가 준희를 아빠라고 부른다면 사이파와 준희의 거리도 좀 더 떨어뜨려 놓을 수 있을 것 같고, 준희에게 다가가려는 사람들도 상당수 막을 수 있을 것이라 생각했는데 모두가 헛수고가 되어버렸던 것이다.

　입맛을 다시는 미향을 뒤로하고 준희 일행은 상단의 뒤를 따라갔다.

　로이에게는 훈련의 연속인 강행군이 계속되면서 그들은 예상보다도 더 일찍 도르뭔에 도착할 수 있었다.

　저녁 무렵이었는 데도 한눈에 보이는 도르뭔의 정경은 그때까지의 시골 마을과는 비교가 되지 않을 정도로 번성해 있었다. 마치 시골에 살다가 도시에 온 기분이랄까?

　준희와 로이는 멍하니 그 모습을 바라보았고, 사이파 또한 당황스런 표정이었다. 로드센이나 헤이시와 같은 마을이 전부라 생각하고 있다가 이렇듯 큰 도시를 처음 보았기 때문이었다.

　그런 준희 일행을 일깨운 것은 상단의 총책임자인 맥이었다. 맥은 앞쪽을 가리키며 준희 일행에게 말했다.

　"저 앞쪽에 있는 문이 도르뭔으로 들어가는 성문이오. 안으로 들어가면 작별 인사를 할 겨를이 없을 것 같으니 여기서 미리 작별 인사를 하도록 하지. 좋은 여행이 되기를 바라겠네."

　준희 일행이 대륙을 여행할 것이라는 사실을 이미 들었기 때문이다. 이에 준희가 일행을 대표하여 인사했다.

　"항상 델마의 사랑이 함께하시기를 바라겠습니다."

　순간 맥은 약간 놀란 표정으로 준희를 바라보았다. 사제들이나 하는 인사를 준희가 하기에 놀란 것이었다. 일 년 동안이나 제이피스 사제와 함께 살았던 준희로서는 그저 무의식중에 한 인사였지만.

　맥은 사이파에게 1딜이라는 커다란 돈을 건넸다.

"고마웠네. 자네 덕분에 살았어. 약소하나마 감사의 표시일세."

사이파는 그 돈을 받아도 좋을지 어떨지 몰라 준희의 동의를 구하듯 그녀를 쳐다보았다. 이에 준희는 고개를 끄덕이며 받아도 좋다는 뜻을 보였다. 사이파에게도 돈은 필요했으니까.

브리즈 상단이 성문으로 들어서자 그들이 올 것을 미리 알고 기다리고 있던 성문의 경비병들이 인사를 건넸다.

"여? 지금 오십니까, 맥? 아침부터 기다렸습니다."

"이번에는 짐이 좀 많군요."

짐수레 두 개 분의 물건이 오기는 처음이었던 것이다. 맥은 다른 사람들 모르게 은밀히 경비병들에게 약간의 돈을 쥐어주며 말했다.

"네, 대부분 약초들이지요. 이번에도 잘 좀 부탁드립니다."

그러자 경비병들은 흔쾌히 웃으며 짐수레를 검사하지도 않고 상단을 성문 안으로 통과시켜 주었다. 그런 상단을 따라 들어가면서 준희는 약간 눈살을 찌푸렸다. 물론 준희가 정의감이 투철하여 뇌물을 받는 모습이 불쾌하게 보였다거나 해서는 아니었다. 단지 사람 사는 모습은 어디든지 마찬가지이구나 하는 씁쓸함이라고나 할까? 이 세계에 와서 요정의 소원 때문인지는 모르지만 인간들의 호의만을 받아와서인지 인간에게 선한 면만 있는 것이 아니라 악한 면도 있다는 것은 잊고 있는 듯한 느낌이었던 것이다. 물론 어둠의 주술사인 자이칸이라는 사악한 자를 보기는 했지만, 그는 도무지 인간으로 보이지를 않고 마족으로 여겨졌기에 그런 인식을 하지는 못했던 것이다.

성문 안으로 들어선 준희 일행은 미리 맥과 작별의 인사를 했기 때문에 그들과 따로 떨어져 우선 여관을 잡을 생각이었다. 그런 그들에게 용병들이 다가왔다. 털보사내가 준희 일행에게 물었다.

"따로 정해둔 여관이 있는가? 없다면 우리와 함께 가지?"

도르뮌이 생전 처음인 그들에게 정해둔 여관이 어디 있겠는가? 그들과 함께 가는 것이 여러모로 편안할 것 같아 준희가 고개를 끄덕이려는 순간이었다.

성문 쪽을 향해 한 무리의 사람들이 헐레벌떡 달려오며 소리치는 것이 아닌가?

"이보시오! 잠깐만 기다리시오!"

"저 사람들, 우리에게 소리치는 건가?"

준희가 어리둥절해서 누구에게라고 할 것 없이 묻자 미향이 말했다.

[그런 것 같은데? 여기에 준 씨밖에는 인물이 없잖아?]

매우 주관적인 미향의 평을 흘려들으며 준희는 그들이 다가오기를 기다렸다.

이윽고 다가온 그들은 세 명의 기사와 그들의 호위를 받는 듯한 중년의 사내였는데, 그들 중 세 명의 기사와는 달리 급하게 뛰어오느라 거친 숨을 돌리던 중년의 사내가 준희의 일행을 둘러보다가 정확히 준희를 보며 물었다.

"로드센에서 오신 현자님이 맞으신지요?"

"제가 그렇게 불리기는 한답니다만……."

그러자 중년의 사내는 다행이라는 듯 안도의 한숨을 쉬며 말했다.

"늦지 않아 정말 다행입니다. 저는 파레스 남작님 저택의 집사로 있는 토만이라고 합니다. 저희 남작님께서 현자님을 초청하고자 하시니 부디 허락하여 주십시오. 저희가 안내하겠습니다."

준희는 당황했다. 파레스 남작이 그를 초청하다니……. 그가 자신이 오는 것을 어떻게 알고 무슨 일로 왜 초청을 했단 말인가? 준희는 당혹감에 눈살을 찌푸렸고, 로이도 그런 즌희를 근심스런 표정으로 지켜보았다. 아직 어리기는 했지만 주위의 어른들이 하는 말을 듣고 귀족에 대해 좋지 않은 시각을 지니고 있었기 때문이다.

용병들이 망설이고 있는 준희를 보면서 말했다.

"우리들은 먼저 가겠네. 혹시 생각이 있으면 '운명의 이끌림'이라는 여관에 있으니 그리로 오게. 꼭 다시 만났으면 좋겠군."

그러면서 가는 용병들을 보던 준희는 어찌 되었든 파레스 남작의 초대를 받아들이기로 했다. 이 세계로 와서 벌써 1년이 넘었지만 귀족의 저택을 본 적은 없었기 때문에 이 기회에 구경이나 해보려는 단순한 생각으로.

그것은 아직까지 그녀가 대륙에 퍼져 있는 소문을 듣지 못했기 때문이기도 했다.

제10장

파레스 남작가에서

준희 일행은 벌써 며칠째 파레스 남작의 저택에서 머물고 있었다. 한가롭게 글을 쓰거나 정원에서 책을 읽으면서. 그런 그녀를 보면서 미향은 한숨이 나오는 것을 막을 수가 없었다.

[하아~]

그들이 남작의 집사라는 토만이라는 자와 기사들을 따라 파레스 남작의 저택에 도착하자 이미 남작이 직접 그들을 마중 나와 있었다. 150이 조금 넘어 보이는 키에 뚱뚱한 체구를 지닌 흰 얼굴의 남작이 온몸에 사치스러운 보석을 주렁주렁 달고는 히죽 그들을 향해, 아니, 정확히 준희를 향해 웃는데 순간 미향은 저절로 소리 내어 외치고 말았다.

[요괴 저팔계다!]

그의 모습에 표정의 변화를 보이지 않던 사이파마저 얼굴을 찡그릴 정도였으나 정작 준희는 약간 놀라기만 할 뿐 담담하게 인사를 받아들이는 것이었다. 상대에 대한 조금의 경계심도 없이.

미향은 물론 준희가 꽤 무관심한 인간이라는 사실을 알고 있었다. 직접적으로 자신과 관계되지 않는다면 누가 죽어나간다 해도 감정의 동요를 보이지 않을 정도로. 그렇지만 그것이 파레스 남작 같은 자의 간사한 웃음이나 의도를 알 수 없는 친절 등에도 주의를 기울이지 않을 만큼이니 답답하지 않을 수가 없었다. 실컷 이용만 당하다가 죽게 될 것이 뻔하지 않은가?

그런데 그런 위험을 알지도 못한 듯 태평하게 남작의 저택에서 휴가를 즐기는 모양새라니…….

그래도 위안이 되는 것이 있다면 준희의 곁에 있게 될 로이가 사이파에게 열심히 검을 배우고 있다는 것이랄까.

미향의 한숨 소리에 책에 집중해 있는 듯 보이는 준희의 어깨가 순간 움찔했지만 미향은 보지 못하고 있었다.

시종일관 자신에게 꼭 붙어서 긴장을 풀지 않은 채 간혹 한숨을 흘리는 미향을 아무리 둔한 준희라지만 어찌 모르고 지나칠 수가 있겠는가? 그것은 준희가 민감해서라기보다는 미향에게서 느껴지는 기가 너무 날카로웠기 때문이다. 하지만 도대체 무엇 때문에 그녀가 긴장하고 있는지 알 수가 없었기에 준희는 아무 말도 해줄 수가 없었다. 직접 대놓고 물어보자니 그것도 모르냐고 타박받을 것은 분명했기에 준희는 책 읽기에 열중한 척하고 있었던 것이다.

그러다 문득 준희는 아래를 내려다보았다. 파레스 남작의 저택은 도르퓐 항구가 한눈에 내려다보이는 언덕 위에 자리해 있어서 수십 척의 거대한 배들이 정박해 있는 항구의 모습이 눈에 잘 들어왔다. 듣기로는 도르퓐은 꽤 큰 항구로, 린페이에서도 세 손가락 안에 드는 커다란 항구라고 한다. 그래서인지 각양각색의 많은 사람들이 분주히 돌아다니고 있었다. 그런 활발하게 움직이는 사람들의 모습을 보자 준희는 자신 또한 그들 속에 끼어 움직여 보고 싶어졌다. 평소 움직이기 싫어하는 준희로서는 꽤 충동적인 결정이었지만, 그 결정이 준희는 마음에 들었다. 그래서 준희는 책을 덮고는 한창 검술 수련에 열중해 있던 사이파와 로이를 불렀다.

"사이파! 로이!"

"무슨 일이세요?"

이제는 제법 매끄럽게 잘라 나가고 있던 로이가 검을 멈추고 뛰어왔고, 곧 명상에 몰두해 있던 사이파 또한 뒤를 따라 묵묵히 로이의 곁에 와 섰다.

"우리 산책 겸 항구 쪽으로 내려가 보자."

"네, 좋아요!"

기쁜지 로이는 환한 얼굴로 곧 대답했고, 사이파 또한 고개를 끄덕이는 것으로 대답을 대신했다. 다만 미향만이 조소를 띤 채 그런 준희와 일행을 보고 있었다.

파레스 남작은 분명 어떤 목적을 가지고 준희를 잡아두고 있는 것이 분명했다. 비록 귀한 손님 대접을 해주고는 있지만. 그런데 그런 준희가 남작의 저택에서 나가려고 하면 어찌 되겠는가? 파레스 남작은 분명 준희 일행이 나가지 못하도록 막아설 것이다. 그리고 그때서야 준희는 자신에게 두려움에 찬 눈길로 도움을 청하겠지? 하지만 이번만은 쉽게 준희에게 도움의 손길을 건네주지 않으리라고 미향은 다짐했다. 이 기회에 단단히 준희의 버릇을 고쳐 자신의 말에 귀 기울이도록 만들겠다는 생각이었다.

하지만 운명은 준희의 편이었던 것일까? 그들은 아무런 제지도 받지 않고 저택을 빠져나갈 수 있었다.

그도 그럴 것이, 그 시각에 파레스 남작은 유스핀 왕국의 글로라이드 학원을 졸업하고 돌아오는 하나뿐인 외동딸 마리엔느의 마중을 나가 있었던 것이다.

글로라이드 학원은 대륙 전역에서 천재로 소문난 아이들을 가르치는 학원으로, 그 인원이 소수인 것은 물론이고 여러 분야에 걸쳐 전문적으로 가르치기 때문에 많은 재원들이 배출되어 온 유서 깊은 학원이었다. 글로라이드 학원 출신이라는 것만으로도 출세가 보장될 정도로. 때문에 많은 귀족의 자제들이 들어가기를 원했지만 워낙 입학시험이 엄격하여 왕실의 자제들마저도 떨어지기가 예사였다. 그런 학원을 자신의 딸이 졸업하고 돌아오는 길이었으니 파레스 남작의 기쁨은 이루 말할 수가 없는 것이었다. 때문에 딸이 돌아온다는 소식에 준희의 일에 대해 잠깐 잊고는 허둥지둥 마리엔느를 맞이하러 병사들을 이끌고 성문 밖으로 나가 있던 탓에 저택의 경비가 허술할 수밖에 없었던 것이다. 또한 로드센의 현자가 자신의 저택에 있다는 사실이 알려지면 행여 누군가 그를 납치라도 해갈까 봐 쉬쉬하던 터라 경비병들도 준희 일행을 그저 남작의 귀한 손님 정도로만 알고 있었기 때문에 그들이 나가도 아무런 제지를 하지 않았던 것이다.

준희 일행이 무사히 저택을 빠져나가게 되자 미향은 허탈한 시선으로 저택을 올려다보았다. 준희가 운이 좋은 것인지 아니면 자신이 너무 과민한 반응을 보였던 것인지 알 수가 없어졌던 것이다.

항구로 내려온 준희 일행은 마치 낯선 세계에 발을 디딘 사람들처럼 어색한 표정으로 사람들을 구경하기에 바빴다. 바쁘게 움직이는 사람들 속에서 그들은 마치 이방인이 된 듯한 느낌이었다. 그러나 얼마 지나지 않아 그들은 자연스럽게 사람들 속에 섞여 들어갔다. 그들 또한 같은 인간들이었으니까.

여기저기 항구의 구석구석을 구경하던 준희 일행은 지나가던 한 덩치가 크고 몸에 칼자국이 여럿 나 있는 선원에게 '운명의 이끌림' 이라는 여관이 어디에 있는지 물었다. 도르퓐으로 함께 왔던 용병들이 아직 있다면 그들과 만나 인사라도 하려는 것이었다.

선원은 잠시 준희 일행을 이리저리 훑어보더니 가소롭다는 듯 껄렁껄렁한 태도로 말했다.

"훗! 따라들 오시우."

그런 선원의 태도가 이상하다는 듯 고개를 갸웃거리던 준희 일행은 선원을 따라 항구의 골목길로 들어섰다.

그러자 겉에서 보던 깨끗한 항구의 모습은 사라지고 지저분한 내부의 모습이 드러났다. 여기저기 거적때기를 깔고 누운 술주정뱅이의 모습이라든지 어린아이가 한 낡은 처마 밑에서 구걸을 하고 있는 모습 등 어둠과 빛의 모습이 극렬하게 대비되어 나타나고 있는 것이었다.

준희는 의식적으로 그런 그들에게 시선을 주지 않기 위해서 애를 썼다. 지저분해서라기보다는 그들의 슬픔이 너무도 잘 가슴속에 스며들었기 때문이다. 보지 않고도 못 본 척하는 것은 이제 이력이 났기 때문인지 무심히 지나칠 수 있었다. 사이파 또한 준희 이외의 일에는 관심이 없었기에 그저 준희만을 바라보고 있었고, 가장 어린 로이만이 그런 그들을 다픔 가득한 시선으로 바라보며 시선을 떼지 못하고 있었다. 그러자 그들을 안내하던 선원은 이상한 표정으로 그들을 주시했다.

처음 준희 일행을 보았을 때 선원은 그들의 고급스런 옷차림으로 보아 어느 하릴없는 귀족가의 사람들이 '운명의 이끌림'에 대한 소문을 듣고는 호기심에서 찾는 것이라고 생각했었다. 그리고 '운명의 이끌림'의 그 초라하고 지저분한 하층민들의 치열한 삶의 광경에 놀라 눈살을 찌푸리고 도망치듯이 뛰쳐나가고 말 것이라고 예상했다. 다른 귀족들이 그랬던 것처럼.

그래서 차라리 미리 도망치라고 시위하듯 어두운 모습을 쉽게 찾아볼 수 있는 뒷골목으로 가고 있었던 것이다. 그런데 뜻밖에도 어린 소년을 제외하고는 그런 지저분한 광경을 매일 보는 사람들처럼 무관심하게 그를 따라오고 있는 것이 아닌가?

선원은 맨 처음 생각했던 평범한 귀족가의 사람들이라는 그들에 대한 평가를 수정하지 않을 수가 없었다. 분명 이들은 세상의 어두운 일면을 잘 알고 있는 사람들로 여겨졌던 것이다.

이에 눈빛을 빛내며 선원은 생각했다.

'도대체 이들은 무슨 이유로 '운명의 이끌림'을 찾는 것일까?

이런 귀족들이 하는 일이라면 결코 평범한 일은 아닐 것이다. 어쩌면 이들로 인해 세상이 깜짝 놀란 만한 큰일이 벌어질지도 모른다는 생각이 들자 선원은 가슴이 뛰기 시작해 저절로 발걸음이 빨라지고 있었다.

서너 개의 골목길을 더 돌아 그들은 마침내 '운명의 이끌림'이라는 여관 앞에 이를 수 있었다.

금방이라도 무너질 듯한 초라한 여관으로 간판의 글씨 또한 삭아서 잘 보이지 않을 정도였다. 선원은 그 안으로 들어서며 크게 외쳤다.

"여! 기스톤, 자네 있나? 손님이 찾아오셨어!"

그러자 어두운 창고 같은 안쪽에서 음울한 목소리가 들려왔다.

"거스, 네놈은 항해를 간다더니 벌써 돌아왔냐? 자네가 손님을 다 데려오고 웬일인가?"

준희 일행은 선원 거스의 뒤를 따라 안으로 들어갔다. 그런데 낡은 것은 둘째 치고 그 지저분함이라니…….

천장 곳곳에 쳐져 있는 거미줄은 장식이요, 바닥 곳곳을 제 집처럼 돌아다니고 있는 쥐들하며 벽에는 바퀴벌레들이 벽화까지 그려놓고 있었다.

그 모습에 늘어놓기를 좋아해서 치우는 것과는 인연이 없던 준희조차도 인상을 찡그릴 정도였으니 유난히 청결을 따지는 미향이야 오죽했겠는가? 순간적으로 소름이 돋아 온몸의 기를 폭주시키고 말았던 것이다.

파앗!

갑자기 준희의 옆쪽에서부터 시작된 소용돌이는 여관 안을 휩쓸어갔다. 그러자 여관 안에 가득 차 있던 먼지가 즈-욱하게 뒤덮어 준희 일행은 물론이고 여관 안에 있던 몇몇 험상궂은 인상의 용병들 또한 일제히 기침을 해대기 시작했다.

"콜록! 콜록!"

"으으! 갑자기 이게 무슨 일이지?"

"불길한 징조야!"

"재앙이다."

그 더러운 먼지들을 한껏 들이킨 것은 물론이고 온몸으로 뒤집어쓴 여관 안의 사람들이 부산스럽게 외쳐 댔다. 오직 그

원인을 아는 준희만이 창백한 안색으로 이를 갈며 외쳤다.

"으으…… 미향!"

사이파와 로이가 자신을 이상하게 쳐다보고 있다는 것도 모른 채.

준희의 외침에 겨우 정신이 든 미향은 급히 폭주하던 기를 안으로 갈무리했지만 이미 여관 안은 초토화된 후였다.

먼지를 잔뜩 뒤집어써 회색의 인간들이 되어버린 여관 안의 용병들은 미향의 정체를 몰랐기에 문이 열리자 돌풍이 불어닥쳐서 이런 일이 일어난 것이라고 생각한 듯 모든 분노를 여관 주인인 기스톤을 향해 뿜어냈다.

"기스톤, 그러기에 내가 진작 청소 좀 하라고 했었지?"

"오크 소굴도 이보다는 깨끗하겠다, 이 빌어먹을 자식아!"

"우리가 쓰레기다, 그거냐? 쓰레기를 씌워 죽이려 들게."

기스톤은 그 음침한 얼굴에 미안한 감정을 잔뜩 담아 딱 한 마디 했다.

"우리 여관의 전통이다."

그러자 용병들은 발악하듯 외쳤다.

"그게 전통이냐? 단순히 게으른 것뿐이지?!

"대대로 어떻게 저런 게으른 자식들만 태어나서 여관이 이게 뭐야? 그러니 오던 손님들도 안을 들여다보고는 나 살려라 하고 도망치지."

그들의 얘기로 이 여관의 지저분함이 전통처럼 굳어진 지저분함이라는 것을 깨달은 준희는 뭐라고 말할 수 없는 오묘한 표정을 지어 보였다. 웃어야 할지 울어야 할지 알 수가 없었던 것이다. 하지만 그렇게 불평하는 용병들의 어조에서 친근함이 느껴지는 것은 왜일까?

준희는 도대체 이런 여관이 어떻게 아직까지 존재하고 있으며, 또한 그 용병들이 왜 시간이 있다면 이 여관에서 만나기로 한 것인지 의아하지 않을 수 없었다. 그것은 미향도 마찬가지인지 토하고 싶은 듯 기진맥진한 표정으로 준희의 어깨에 내려앉아 중얼거렸다.

"도대체 그 용병들은 왜 이곳에서 만나자고 한 거야? 여관이 그렇게 없어?"

"그러게 말이야."

준희는 중얼거리면서 먼지 너머의 여관 안을 두리번거렸다.

털보용병의 모습을 찾고 있는 것이었다. 하지만 털보용병의 모습은 보이지 않았다. 그때 털보용병과 그의 동료들은 다른 고용주를 만나 도르퓐을 떠난 뒤였다.

아쉬운 표정으로 주위를 두리번거리는 준희의 얼굴을 보고 어떻게 생각한 것인지 거스라는 선원이 여관 주인 기스튼에게 말했다.

"이봐! 손님이 왔는데 우선 물건을 보여줘야지. 손님을 그냥 보낼 셈이야?"

그 말에 정신을 차린 듯 기스톤은 여관의 용병들에게 도움을 청했다.

"이봐들, 물건 옮기는 것 좀 도와주게나."

그러자 용병들은 군소리 한마디 없이 기스톤을 도와 물건을 옮기기 위해 걸음을 옮겼다. 그것은 선원 거스도 마찬가지였다.

도대체 무슨 물건을 보여준다는 것인지 알 수가 없어서 준희가 망연히 있는 사이에 기스톤이 의자를 권했다.

사이파와 로이가 자리에 앉고, 마지막으로 준희가 엉거주춤 기스톤이 내어준 의자에 앉았을 때였다.

용병들이 물건이랍시고 사람들을 데리고 들어오는 것이 아닌가?

순간 준희는 충격을 받은 듯 멍해지고 말았다. 왜 자신이 여기 있고 물건을 보아야 하는지에 대한 불만 따위는 싹 잊혀질 정도의 충격적인 광경이 눈앞에 펼쳐져 있었던 것이다.

용병들이 데리고 온 사람들은 모두 불구자였다. 심하게는 양팔이 없거나 다리가 없는 사람에서부터 손가락이 잘려 나갔거나 눈이 하나 없는 사람 등 모두 정상이 아닌 자들로 그들의 목에는 각기 1디로에서 20디드까지의 가격이 메어져 있었다. 물론 준희도 사람이 사람을 사고파는 노예 매매가 있다는 사실쯤은 알고 있었지만, 아무리 불구자라 해도 이렇듯 터무니없이 낮은 가격에 사람을 사고팔 줄은 생각도 못했던 것이다. 가슴 한가운데가 묵직해졌다.

준희는 간절히 자신들을 바라보고 있는 불구자들의 시선보다는 체념이 가득한 자들의 시선에 더 가슴이 아팠다. 아무런 희망도 없어 보이는 그들의 눈을 보며 절망이야말로 인간에게

있어서 가장 큰 병임을 느낄 수 있었던 것이다. 그런 준희의
마음을 위로하듯 미향은 가만히 그녀의 어깨를 쓸어주었지만
준희는 미향의 그런 손길을 알아채지 못하고 있었다.

여관 주인 기스톤이나 선원 거스는 준희 일행 중에 결정권
을 지닌 자가 준희임을 직감하고 그렇지 않아도 그녀의 눈치
를 살피고 있었는데 준희의 안색이 흐려지자 물건을 팔지 못
하게 되었다고 낙담했다. 하지만 물건들의 처지를 생각하자
한마디라도 하지 않을 수가 없었다.

"저들은 비록 신체 불구자이긴 하지만 전에 대부분 용병일
을 하던 자들로, 무엇보다 건강 상태가 좋습니다. 기스톤이 여
관 청소는 제대로 하지 않지만 이들은 잘 보살폈으니까요."

그것은 맞는 말이었다. 이곳에 들르는 용병들도 그것을 알
기에 기스톤을 크게 나무라지 않는 것이었고, 조금이라도 도
움이 되기 위해 여관을 찾을 일이 있을 때는 언제나 이곳 '운
명의 이끌림'을 찾는 것이었다.

거스가 계속 말했다.

"가격도 싸니 약간의 돈만 손님이 지불하시면 이들은 평생
목숨을 바쳐 손님을 보호해 드릴 것입니다."

그러면서 거스는 내심 여기에 오기 전에 가난한 거지들을
보고도 아무런 표정의 변화를 보이지 않는 이들의 모습에 동
정심을 자극해 봐야 소용없는 짓이라고 생각하면서도 덧붙이
지 않을 수 없었다.

"그 약간의 돈은 모두 이들이 아닌 이들의 가족들에게 돌아

가게 되어 있습니다. 조금이라도 가족들을 편히 살게 하기 위해 이들은 자신의 목숨을 팔고 있는 것이니까요."

순간 준희의 머리 속에는 수많은 생각들이 스쳐 지나갔다. 이들을 살 것인가 말 것인가에서부터 이들을 산다면 어떻게 할 것인가에 이르기까지. 하지만 딱히 이들을 사서 무엇을 해야 할지는 알 수가 없었다. 오히려 여행 중에 뒤치다꺼리가 필요한 이들을 산다는 것이 부담으로 다가왔다. 그녀는 착한 사람도, 그렇다고 영웅도 아니었던 것이다. 또한 이 이세계에 너무 깊이 관여하는 것도 두려웠다. 혹시 관찰자의 입장에 이 세계를 바라보다가 너무 깊이 관여해 이세계를 떠나지 못하게 되는 것은 아닌가 하는 불안 때문이었다. 그리고 약간의 사기를 쳐 현자라는 이름을 얻기는 했지만, 저 불구자들을 위해 그녀가 해줄 수 있는 것이 무엇이 있겠는가.

그래서 망설이고 있을 때였다.

'운명의 이끌림'의 문이 열리고 한 사내가 들어섰다.

회색의 우중충한 머리를 허리까지 드리운 더벅머리의 그 사내는 얼굴은 확인할 수 없었지만 상당히 단련된 듯한 체격과 자신만만한 분위기 등으로 보아 노련한 용병으로 보였다. 하지만 그것만이 아니었다. 그가 들어서자 저도 모르게 여관 안의 모든 사람들의 시선이 그에게로 모아진 채 떨어질 줄을 몰랐던 것이다.

"대단한 존재감인데……."

모든 남자들을 자신의 적으로 여겨 남자에 대해 비판적인 말밖에는 하지 않는 미향조차도 그런 말을 내뱉을 정도로 그의 카리스마는 대단한 것이었다.

"로에스!"

기스톤과 거스가 동시에 반갑게 그의 이름을 불렀다.

그러거나 말거나 로에스라고 불린 자는 안을 휘 둘러브더니 물건들이 나와 있는 것과 앉아 있는 준희 일행을 보고는 익숙하게 자리를 차고 앉아 기스톤에게 외쳤다.

"여기 와킨 한 병!"

기스톤은 오랜만에 보는 로에스의 모습에 반가워서 듬방 와킨을 내오고 싶었지만 손님 때문에 이러지도 저러지도 못하고 있었다. 그런 기스톤의 모습을 알아챈 로에스가 말했다.

"어차피 그냥 돌아갈 손님들인 것 같은데 빨리 와킨이나 한 병 내오게."

그러자 기스톤은 와킨을 가지러 주방으로 들어갔고 이에준희는 자존심이 상해 버렸다. 솔직히 저 용병의 말대로 안 사는 쪽으로 생각을 굳히고 있었음에도 말이다. 그래서였을 것이다. 기스톤이 와킨—맥주를 이곳에서는 와킨이라고 부른다—을 가지고 오자마자 그런 말을 했던 것은.

"저 물건들을 모두 사려면 얼마나 듭니까?"

순간 기스톤과 거스, 로에스는 물론이고 물건들의 눈빛마저도 심하게 흔들렸다. 자신들을 다 사겠다니…….

하지만 이내 그것이 좀 전에 한 그의 말이 귀족의 자존심을 건드렸기 때문이라는 사실을 깨달은 로에스는 피식 차가운 조소를 보내지 않을 수 없었다. 그렇게 자존심을 유지하기 위해 물건을 사 갔던 사람들은 얼마 되지도 않아 그 물건들을 다시 내다 버리거나 심하면 죽여 버렸기 때문이다.

물건들에 대해 특별히 동정하고 있다거나 불쌍하게 생각하고 있는 것은 아니었지만, 어찌 되었든 인간인데 인간이 다른 인간에게 함부로 취급당하는 것이 그는 무척이나 마음에 들지 않았다. 자신에게 힘이 있다면 인간이 인간을 이따위 물건 취급하게 놔두지 않으리라 속으로 이를 악물며 다짐하면서도 로에스는 억지로 얼굴에 웃음을 만들어내었다. 비록 냉소일망정 아직은 자신의 본심을 드러낼 때가 아니었으니까.

로에스가 그런 생각을 하고 있을 때 기스톤과 거스는 그 자리에 있던 물건들의 값을 계산하느라 분주하게 머리를 굴리고 있었다. 그러면서 기스톤은 미리 준희에게 말해두었다.

"아시다시피 이들의 가격은 어디까지나 최하의 가격인지라 이들을 다 산다고 해도 깎아줄 수는 없는 일입니다."

그 말에 미향은 에누리없는 장사가 어디 있냐고 펄쩍 뛰었지만 준희는 말없이 로에스의 눈치를 살피며 고개를 끄덕였다.

게으른 기스톤보다 먼저 계산을 마친 듯 거스가 말했다.

"모두 총 79디드 42디로입니다."

그렇게 얼떨결에 준희는 물건들이라고 불리는 18명의 불구자들을 구입하고야 말았다.

충동구매를 한 뒤의 후회란 것은 해보지 않은 사람들은 절대 모를 것이다. 특히나 그것이 어디에 쓰이는 것인지 알지 못하는 것일수록.

그 물건들을 데리고 파레스 남작의 저택으로 돌아갔을 때의 남작의 표정은 아직도 잊혀지지가 않았다. 맨 처음에는 마치 당첨되었다가 잃어버린 복권을 찾은 듯한 표정으로 준희를 보더니 곧 준희가 데리고 온 물건들을 보고는 그 똥 덩어리라도 보는 듯한 표정이라니. 더군다나 그 물건들이 한동안 이 저택에서 지낼 것이라는 말에는 아주 그 똥 속에 빠진 듯한 표정이었다.

그 표정에서 준희는 파레스 남작이 자신을 이 저택에 머물도록 한 것이 자신에게 무엇인가 바라는 것이 있어서라는 것을 깨달을 수 있었다. 그저 단순한 호의가 아니라는 것을. 그리고 그 바라는 것이 무엇인지는 알 수 없지만 이렇게 된 이상 그를 이용할 수 있는 데까지 이용하겠다고 다짐했다.

준희는 생각에 잠겨 있던 자신을 걱정스럽게 바라보는 사이파와 로이에게 웃어 보이고는 하녀에게 부탁했다.

"남작님께 제가 뵙기를 청한다고 말씀 좀 드려주시겠습니까?"

하녀는 그 말에 고개를 끄덕이고는 황급히 밖으로 나갔다. 남작에게 미리 준희가 그를 찾을 경우 언제라도 와서 알리라는 언질을 받았던 것이다.

남작은 하녀에 의해 준희가 그를 만나고 싶어 한다는 소식을 전해 받자 홍분으로 얼굴이 빨갛게 달아올랐다. 혹시 그에게 디오니아 섬의 위치를 말해줄지도 모른다는 생각 때문이었다.

하지만 화려한 손님용 접객실에서 차와 쿠키를 마시며 먹은 지 한참이 지나도록 준희는 좀처럼 입을 열지 않았다. 그 때문에 남작은 초조해서 연신 손수건으로 이마의 땀을 닦아내고 있었다.

마침내 참지 못한 남작이 먼저 입을 열어 말했다.

"저, 하실 말씀이 있으시다고……."

그러자 준희는 남작의 말을 끊듯이 말했다.

"듣자 하니 따님이 이번에 그 유명한 글로라이드 학원을 졸업하셨다고요. 축하드립니다. 그런데 따님은……."

남작은 자신의 딸 이야기가 거론되자 방금 전까지의 초조함은 잊고 금방 얼굴이 활짝 피는 듯하더니 딸을 보고 싶어 하는 듯한 준희의 반응에 다시 안색이 흐려지며 말했다.

"제 딸아이가 좀 내성적인 성격이라 사람들을 만나는 것을 꺼려해서요."

준희는 애초에 별로 남작의 딸을 만나고 싶은 생각은 없었던 터라 '그렇군요' 하고 고개를 끄덕이는 것으로 그 화제를 마무리 지었다. 물론 그 이유에는 미향의 요괴의 딸이 인간일 리는 없다, 는 말이 한몫 단단히 차지하고 있었다.

"실은 그동안 남작님께 너무 많은 신세를 진 것 같아 이제 그만 이곳을 떠날까 합니다."

“네?”

남작은 너무 놀라서 자리에서 벌떡 일어났다. 아직까지 아무런 정보도 얻지 못했는데 벌써 떠나겠다니? 남작은 떨리는 목소리로 준희에게 물었다.

“혹시 뭔가 언짢은 일이라도. 아랫것들이 무언가 실수라도 했습니까?”

“아닙니다. 얼마 전에 제가 산 물건들도 있고 해서 이 기회에 정착할 만한 곳을 찾아 다시 길을 떠날까 해서요.”

순간 남작은 재빨리 머리를 굴리기 시작했다. 이대로 준희를 보낼 수는 없는 일이 아닌가? 그렇다고 무력으로 잡아두자니 이때까지 들인 정성이 모두 헛수고가 될 것 같았다. 이에 결심을 한 듯 남작이 말했다.

“굳이 다른 곳에 가실 필요가 있습니까? 이 도르퓐데 정착하십시오. 그렇게만 한다면 제가 사실 곳도 알아봐 드리고 생계도 책임지겠습니다.”

“예?”

준희는 기쁘기는 하지만 그렇게까지 신세를 질 수 있겠냐는 듯 고개를 가로저었다. 거절하면서도 흥미가 있어 하는 준희의 표정에 남작은 모두 해결된 것이나 마찬가지라는 듯 말했다.

“제 저택의 뒤쪽에 얼마간의 땅이 남아도니 그곳에 준희님이 머무르실 만한 집을 짓도록 하지요. 경치도 좋고 한적하여 준희님이 머무르시기에는 딱 알맞은 곳입니다.”

또한 남작의 저택과 가까워 남작의 병사들이 준희를 지키기
에도 수월한 곳이었다.

"그래도 이거 너무 신세를 지는 것은 아닌지……."

"신세는 무슨 신세입니까? 오히려 로드센의 현자를 저희 도
르퓐에서 모신다는 것이 저희 마을의 영광이지요."

"그럼 그렇게 하도록 할까요?"

"그렇게 하십시오."

그렇게 결정이 나자 남작은 속으로 안도의 한숨을 쉬었고,
준희는 모든 것이 자신의 뜻대로 이루어졌다는 생각에 기뻐했
다.

접객실을 나오자 미향은 투덜거리며 말했다.

[이곳에 정착을 하겠다니 도대체 무슨 생각인 거야, 준 씨?
여행을 하기로 한 것 아니었어? 여러 가지 경험을 쌓아 훌륭한
판타지 소설을 쓰는 것이 준 씨의 목표였잖아?]

이곳에 정착을 한다면 하루라도 빨리 드래곤을 만나거나 9서
클의 마법사를 만나 준희의 성별을 바꾸어놓고야 말겠다는 미향
의 야망은 어찌한단 말인가? 그 때문에 초조해하는 미향과는 다
르게 준희는 태평했다.

"뭐, 아직은 6년이나 남았잖아. 또한 우리의 주인공인 로이
가 검술을 익힐 시간도 필요하고."

그렇기는 하지만 짜증이 나는 것은 어쩔 수가 없어서 미향
이 뭐라고 쏘아붙이려는데 갑자기 준희가 진지한 표정으로 그

녀를 돌아보며 말하는 것이었다.

"미향, 아무래도 남작이 나한테 뭔가 원하는 것이 있는 것 같은데 그게 뭔지를 모르겠어. 미향이 좀 알아봐 줄래?"

미향은 그걸 이제야 알았느냐는 듯 한심하다는 표정으로 준희를 바라보다가 거만하게 고개를 끄덕였다.

[좋아. 준 씨가 그렇게까지 사정하는데 이 미향이 안 들어줄 수는 없는 일이지. 기다려 봐. 내일까지 내가 알아다 줄 테니까.]

그러면서 사라지는 미향의 모습에 절레절레 고개를 흔들던 준희는 곧 사이파와 로이를 찾아 나섰다.

사이파와 로이는 후원에서 열심히 땀을 흘리고 있었다.

어느새 거의 완성되어 가고 있는 목검을 손에 든 로이는 발을 어깨 넓이로 벌리고 목검은 자연스럽게 늘어뜨린 채 눈은 목검의 끝을 노려보고 서 있었다. 얼마나 그렇게 서 있었는지 로이의 전신은 땀으로 흠뻑 젖어 있었고, 가끔 로이의 어깨가 흔들릴 때마다 사이파가 검등으로 로이의 어깨를 내려쳤다.

퍽! 퍽!

"가슴을 좀 더 펴라!"

사이파의 나직한 목소리가 후원에 울려 퍼졌다.

"검끝에서 시선을 놓치지 마라!"

그런 사이파와 로이의 수련을 잠시 지켜보던 준희는 곧 지루해지고 말았다. 수련을 하는 모습이야 소설의 소재로 쓰기에는 더없이 좋은 것이었지만 오랜 시간 지켜보기에는 상당한 인내가 요구되었기 때문이다. 더욱이 준희처럼 운동하고는 담을 쌓고 사는 사람에게는.

그래서 준희는 사이파와 로이를 뒤로하고 하인에게 시켜 물건들이 머물고 있는 곳으로 안내하게 했다. 그들을 저택으로 데리고 온 이래 아직 한 번도 그들을 따로 만나본 적이 없었던 것이다.

물건들은 하인들의 거처에 머물고 있었는데, 그래도 준희의 물건이라고 신경을 써준 듯 모두 깨끗하고 혈색도 좋아 보였다. 그들은 준희가 모습을 나타내자 긴장한 듯 몸을 굳혔다. 이제부터 그들은 준희의 말 한마디에 죽음에 이를 수도 있기 때문이었다.

물건들은 모두 18명으로, 그중 16명이 불구자이고 한 명은 아직 어린 소년이었으며 또 한 명은 놀랍게도 여성이었다. 그렇지만 소년은 아직 너무 어려 용병이 되기도 어려웠고, 여성은 얼굴과 몸에 화상 자국이 가득해 몸조차 팔 수 없는 여자였다.

그들을 훑어보던 준희는 하인에게 종이를 가져오게 했다.

그사이 준희는 그들에게 말했다.

"만나서 반가워요. 제 이름은 서준희라고 합니다. 앞으로 준희라고 부르세요. 여러분의 이름은 어떻게 되시지요?"

그러자 몇몇은 당황한 듯한 표정이었으나 이미 몇 번 팔렸던 적이 있던 사람들 중에 한 명인 두 눈을 잃은 자가 말했다.

"저희는 물건일 뿐입니다. 이름은 잊었습니다."

그것은 자신들은 물건일 뿐 사람이 아니라는 말이었다.

그 말을 듣자 준희는 심장이 아릿해지는 것을 느끼면서 한 순간이라도 그들을 물건이라고 칭했던 자신이 혐오스러웠다. 그리고 그들에게 그들이 인간임을 말해주고 싶었다. 하지만 어떻게 말해주어야 할지 알 수가 없었다. 작가이면서도 말재주라고는 없는 준희였으니까.

한동안 그들을 물끄러미 쳐다보고 있던 준희는 한 사람 한 사람에게 이름을 지어주었다.

"가이, 네이, 데이, 레이, 메이, 베이, 세이, 에이……."

그렇게 14명의 이름을 지어주고 나니 4명이 남았다. 그들에게는.

"원, 투, 쓰리, 포."

그녀의 얼마 되지 않는 작명 센스와 어떻게 해서든 그들의 이름을 모두 기억해 보겠다는 뜻 깊은 생각이 빚어낸 걸작들이었다.

멍한 표정으로 준희를 바라보는 이들에게 준희는 환히 웃어주었다. 그들의 마음을 위로해 줄 수 있는 방법이 이렇게 웃어주는 것밖에는 떠오르지 않았던 것이다.

그때 준희가 심부름을 보냈던 하인이 종이를 가지고 돌아왔다. 그것을 받아 든 준희는 가이들을 살피며 하나하나 필요한 것들을 요정의 펜을 꺼내 적어 나갔다. 가이에게는 휠체어를, 베이와 케이에게는 목발을, 네이에게는 지팡이를…….

그것들을 다 적어 넣은 준희는 가장 어린 헤이와 오른 손가락을 몇 개 잃어버린 레이를 데리고 저택 밖으로 나가려 했다.

그러자 파레스 남작이 어느새 알았는지 땀을 뻘뻘 흘리며 달려와서는 호위기사 몇 명을 붙여주며 간사스럽게 말했다.

"헤헤, 치안에 여러 가지 신경을 쓰긴 하지만 도르퓐이 보기만큼 안전한 곳은 못 되어서 말입니다."

준희는 둔한 그녀답지 않게 이 호위기사들이 감시역이라는 것을 눈치 챘다. 하지만 괜한 밀어내어 경계심을 강화시킬 필요는 없다고 생각되어 모르는 척 남작의 호의를 받아들였다.

"신경 써주어 고맙습니다, 남작님."

"뭘요. 그럼 조심해서 다녀오십시오."

그러면서 남작은 호위기사들에게 매서운 눈짓으로 준희에게 바짝 따라붙으라고 경고했다.

호위기사들에게 둘러싸인 채 준희는 헤이와 레이를 데리고 저택을 나와 항구 쪽으로 향했다. 그러다 어느 순간 발을 멈춘 채 호위기사들에게 물었다.

"여기 대장간이 어디 있는지 아십니까?"

호위기사들은 준희가 왜 대장간을 찾는지 몰랐지만 재빨리 대장간 쪽으로 길을 안내했다. 최대한 준희의 편의를 보살피라는 남작의 명령이 있었던 것이다.

항구의 한쪽 구석에 '토르의 대장간' 이란 낡은 간판을 달고 있는 그 대장간은 허름하긴 했지만 무기나 연장 하나하나가 깨끗하게 정리된 것이 주인장이 꽤 부지런하고 자신이 만든 물건에 꽤 애정을 쏟고 있다는 것을 느끼게 해주었다.

“계시오?”

호위기사 하나가 안에 대고 외치자 곧 나이는 많이 들어 보이지만 정정한 노인 하나가 나와 퉁명스럽게 물었다.

“무엇을 찾소?”

노인의 무례한 태도에 호위기사들은 대뜸 발끈한 표정이 되었지만 그런 그들을 제지하고 준희가 노인에게 물었다.

“이곳에 휠체어와 목발…….”

그러다가 이 이세계에는 휠체어와 목발을 칭하는 다른 호칭이 있을지도 모른다는 생각에 펜을 들어 종이의 뒤편에 휠체어와 목발의 그림을 대강 그려 주인에게 보여주었다.

“이런 것들이 있습니까?”

노인은 대충 그림을 살피는 모습이더니 이윽고 놀라서 두 눈을 크게 떴다. 목발이야 처음 보기는 하지만 대충 지팡이 같은 것이라고 이해할 수 있었지만 휠체어는 보기에도 희한하고 놀랍게만 여겨졌던 것이다.

“의자에 바퀴를 달다니 마차도 아니고, 이래서는 그리 먼 곳까지 갈 수 없을 텐데 뭐에 쓰이는 것이오? 물건을 옮기는 수레의 일종인가?”

“아니요. 이것은 사람을 옮기는 것입니다. 이 바퀴가 다리를 대신하는 것으로서 사람이 여기에 앉아 손으로 이 바퀴를 움직여 혼자서도 움직일 수 있게 만드는 것이지요.”

“그렇군.”

“혹시 이것을 만들어주실 수 있겠습니까?”

준희의 물음에 노인은 장인 기질이 발동하는지 흥분해서 말했다.

"물론이고말고. 나로 말할 것 같으면 이 도르퓐 최고의 장인일세. 당연히 이것은 내가 만들어야지. 그런데 여기 이 지팡이 위에 가드를 단 이것들은 뭔가?"

목발을 가리키며 노인이 물었다.

가드라니, 이게 검의 손잡이에 부분 장식으로 달려 있는 그 가드처럼 보인단 말인가? 준희는 허탈한 웃음을 지으면서 말했다.

"이건 가드가 아니라 겨드랑이 받침과 같은 것입니다. 이 부분을 겨드랑이에 받치고 여기에 손을 넣어 양다리를 똑같이 움직이도록 하는 것이지요."

"대단하군. 이런 것을 자네는 어떻게 알고 있는 것인가?"

놀랍다는 표정으로 그녀를 바라보는 노인의 모습에 준희는 어색하게 웃으며 대답했다.

"제 식구들 대부분이 몸이 불편해서 자연히 이런 것들을 떠올리게 되었답니다."

거짓말을 하자니 많이 어색했던 것이다. 하지만 다른 사람들은 모두 그것을 부끄러워하는 것으로 받아들였다. 그리고 헤이와 레이는 감동으로 가슴이 벅차오르는 것을 막기 위해 눈물을 흘리지 않으려 가까스로 참고 있었다.

세상에 버려지고 불구자가 되어 쓸모없는 인간 취급을 당하면서도 살기 위해 단돈 몇 디로에 인간이 아닌 물건이 되어야 했던 자신들을 그래도 인간이라고 이름을 붙여주고, 이제는 식구라고 여겨주는 것이었다. 헤이와 레이는 마음속으로 다짐했다. 설령 후에 준희가 그들을 버리거나 팔아버린다 할지라도, 죽음을 명할지라도 결코 그를 원망하지 않겠다고. 그를 위해서라면 목숨이라도 바치겠다고.

준희는 휠체어와 목발 몇 개의 주문을 의뢰하고 그밖에도 지팡이와 검, 도끼, 부메랑, 활 등의 무기가 될 만한 것과 호미 수십 개를 샀다. 그리고 옷가게에 들러 가죽으로 되어 있는 안대 하나와 베일을 사는 것으로 일정을 마치고 저택으로 돌아갔다.

준희가 돌아오자 사이파와 로이가 정문 앞에서 그녀를 맞았다. 그녀가 갑자기 없어져서 걱정을 많이 한 듯했다. 그녀를 보자 안도하는 기색이 너무나 역력했던 것이다.

"어디 갔다 오셨어요?"

로이의 물음에 준희는 왠지 큰 잘못을 저지른 듯한 기분이 들어 사이파의 눈치를 살피며 대답했다.

"음, 잠시 필요한 물건들 좀 사려고. 검술 훈련은 잘되어가니?"

"네."

로이의 어깨를 두드려 준 준희는 헤이, 레이를 데리고 가이들에게 갔다. 그리고 사 온 물건들을 각자에게 내밀었다. 물건을 받은 가이들의 표정은 묘했다. 물건이 된 후에 자신의 소유라고 칭해질 만한 물건을 받은 것은 이번이 처음이었던 것이다. 하지만 소중히 각자 받은 물건들을 챙기는 모습에서 물건들이 마음에 든 것을 안 준희는 기분이 좋았다. 또한 물건을 받지 못해 서운해하는 사람들에게 그들의 물건은 며칠 후에나 도착할 거라고 말하자 그들 역시 기쁨을 감추지 못했다.

그러면서 준희는 그들에게 내일부터 할 일이 있으니 모두 준비하라고 일렀다.

가이들은 궁금해하는 표정이었지만 그것이 뭔지는 묻지 않았다. 어차피 그들은 주인이 시키면 뭐든지 해야 하는 물건이었으니까.

그날 밤.

미향은 무슨 일인지 온몸에 분노의 오라를 이글이글 불태우며 나타났다.

[으드드득!]

스산하게 이 가는 소리가 마치 자신의 뼈가 갈리는 듯한 느낌이라 준희는 한차례 으스스 몸을 떨다가 미향의 눈치를 살피면서 조심스럽게 물었다.

"무슨 일인데 그래, 미향? 뭐, 언짢은 일이라도 있었어?"

그러자 미향은 준희를 매섭게 쏘아보며 말했다.

[그렇게 잘난 척 현자 행세를 하더니. 아주 꼴좋다.]

"뭐?"

뜬금없는 미향의 말에 준희가 당혹해하자 미향은 한숨을 쉬면서 그녀가 지금까지 알아낸 사실들을 설명해 주었다.

로드센의 현자가 디오니아 섬 출신이라는 소문 때문에 지금 대륙이 들썩이고 있으며, 그 디오니아란 섬이 어떤 곳인지에 대해서.

"그러니까 파레스 남작 또한 그 소문을 믿고 나를 통해 디오니아 섬의 위치를 알아내 그곳을 찾으려 한 것이란 말이지?"

한 자 한 자 차갑게 가라앉은 목소리로 내뱉는 준희의 음성에는 분노가 가득 차 있었다. 그런 준희의 뜻밖의 반응에 미향은 흠칫 놀라지 않을 수 없었다. 이번에도 그저 난처한 표정으로 머리를 긁적이며 그렇게 쉽게 넘어갈 것이라고 생각했던 것이다. 그녀의 동의도 받지 않은 채 이곳 미드리드 대륙에 넘어왔을 때조차 준희는 미향을 한 번 노려보고는 그저 치념 어린 시선으로 모든 것을 받아들였지 않았던가? 그런데 이런 반응이라니…….

솔직히 준희는 그렇게 감정에 휘둘리는 타입이 아니었다. 아니, 감정에 휘둘려 실수를 하는 것을 끔찍이 싫어하는 타입이라고나 할까? 그 때문에 그녀는 언제나 머리 한구석에서는 차가운 냉정을 잃지 않도록 노력했다. 그러다 보니 웬만한 일에 있어서는 화조차 나지 않는 사람이 되어버리고 말았던 것이다. 그런데 이번 일만은 도저히 분노를 참을 수가 없는 준희였다.

앞으로 그 헛소문 때문에 벌어질 고생들이 눈앞에 뻔히 보였기 때문이다. 판타지 소설가로서 이세계를 구경하고 돌아가면서 좋은 소설을 쓰는 것이 그녀의 목적이었는데, 이렇게 되

면 이 세계의 사람들에게 이리 치이고 저리 치이는 가운데 잘
못하면 살아남기 위해 발버둥만 치다가 돌아갈 가능성이 크지
않겠는가? 그런 위험천만한 삶은 딱 질색이었다.

'도대체 어떤 빌어먹을 놈들이 그따위 헛소문을 퍼뜨린 거
야?'

생각할수록 분노가 치밀어 올라 준희는 인상을 있는 대로
쓰면서 방 안을 돌아다녔다. 그런 준희의 낯선 모습에 미향은
그녀에게 하려던 잔소리를 꿀꺽 목구멍으로 삼킨 채 걱정스런
기색으로 그녀를 쳐다보았다.

얼마 후 겨우 분노를 가라앉힌 준희가 미향을 돌아보며 물
었다.

"그런데 파레스 남작은 어째서 처음부터 내게 디오니아 섬
에 대한 정보를 요구하지 않았던 거지? 감옥에 가두고 협박할
수도 있는 문제였잖아?"

미향은 어깨를 으쓱하며 말했다.

[준 씨의 자발적인 도움을 바랐던 거겠지. 전설에 따르면 디
오니아 섬은 그 위치도 신비에 싸여 있지만 섬 안에 들어가 보
물을 얻기도 힘들다고 하니까. 섬 전체가 마귀들로 가득하고,
보물을 지키기 위해 갖가지 무시무시한 죽음의 함정들이 널려
있다고 알려져 있거든. 그러니 파레스 남작으로서는 억지로
그 위치를 토설받기보다는 준 씨의 호감을 얻어 함께 디오니
아 섬에 들어가 보다 쉽고 안전하게 보물들을 찾아내고 싶었
던 거겠지.]

그제야 이해가 간다는 듯 고개를 끄덕인 준희는 한참 만에야 다시 멍한 표정으로 미향에게 중얼거리듯 물었다.

"내가 디오니아 섬 출신도 아니고 그곳에 대해서는 들어본 적도 없다고 말해도 파레스 남작은 믿지 않겠지?"

[당연하지.]

"그럼, 이제 어떻게 해야 하지?"

[어떻게 하긴. 기회를 틈타 도망쳐야지. 재수없게 여기 있다가 어디 있는지도 모르는 디오니아 섬을 찾아 바다를 헤맬 일 있어?]

"그렇지만 가이들은?"

가이들을 데리고 도망칠 수는 없지 않은가? 그러다가는 금방 남작의 병사들에게 붙잡히고 말 것이다.

미처 가이들에 대해서는 생각지도 못하고 있던 미향은 흠칫 하는 듯하더니 이내 냉정하게 잘라 말했다.

[어쩔 수 없잖아? 몸도 성치 않은 그들을 데리고 도망칠 수는 없는 일이니 버려두고 갈 수밖에.]

하지만 준희는 그럴 수가 없었다. 그렇지 않아도 세상에서 버려졌던 이들이었다. 그런 이들을 자신까지 버릴 수는 없지 않은가? 양심의 가책 때문이라도 그럴 수는 없었다.

묵묵히 준희가 아무런 말이 없자 미향은 불안해져서 외쳤다.

[뭐야? 무슨 생각을 하는 거야? 설마 그들 때문에 도망치지 않겠다거나 하는 것은 아니겠지, 준 씨?]

준희는 미향의 눈치를 살피면서 말했다.

"뭐, 도망친다고 해도 파레스 남작 같은 사람들을 또 만나지 말라는 법이 없잖아. 오히려 더 나쁜 사람들을 만날 수도 있고……. 그러니 여기서 몇 달 눈치를 보면서 시간을 끌어보는 것도 괜찮지 않겠어? 어차피 파레스 남작의 목적은 나를 통해 디오니아 섬을 찾아가는 것이니까 목숨이 위태로울 일도 없을 거고."

미향은 기가 막혀서 준희를 빤히 쳐다보았다. 이런 점에 있어서 준희가 꽤 고지식하다는 것은 알고 있었지만 그 때문에 설마 이런 위험천만한 상황에 빠지는 것도 감수하려 들 줄은 생각도 못했던 것이다. 그래서 막 화를 내려던 미향은 준희의 다음 말에 그만 눈 녹듯 화가 풀려 아무려면 어떠냐는 생각을 해버리고 말았다.

"그리고 내 곁에는 항상 미향이 있을 테니까."

제11장
델마의 집

　다음날부터 남작 저택의 뒤편에서는 공사가 시작되었다. 나무를 베고 땅을 파고…… 건물 설계에 대해 준희는 아는 것이 없었지만 앞으로 휠체어를 사용할 가이를 위해 집 안에 문지방이 없도록 특별히 부탁을 해두었다. 그리고 사이파와 로이가 검술 훈련을 하는 동안 그녀는 가이들을 데리고 숲 속을 다니며 여러 가지 약초에 대해 가르쳤다.

　이 대륙에는 거의 치료사를 볼 수 없다는 말을 들었기에 가이들에게 자신이 아는 약초에 대해 가르쳐서 신체가 부자유한 그들이라도 스스로 일해 먹고살 수 있도록 만들어주려는 것이었다. 이곳에서는 특별히 재배하려 들지 않아도 흔히 볼 수 있는 것들이 약초들이었으니까.

하지만 장님인 네이로서는 약초에 대해 배우기 어려울 것이라고 내심 걱정했는데 의외로 네이가 그들 중 가장 빠르게 약초에 대해 배워 나갔다. 보지는 못해도 향기가 진한 허브 약초이기에 냄새로써 구분해 낼 수 있었던 것이다.

약초를 캐거나 잎을 뜯어 말리고 정제를 해 약을 만든 후 준희는 그것을 '운명의 이끌림'의 주인인 기스톤을 통해 싼 값에 내다 팔았다. 남작에게 부탁해 팔면 많은 이윤을 남길 수는 있었겠지만, 그 욕심 많은 남작이 터무니없이 높은 값에 받는다면 가난한 자들은 약 구경도 못할 것이기에 기스톤에게 부탁한 것이었다. 그렇게 받은 돈은 유일한 여자인 메이에게 넘겨 앞으로의 살림에 쓰도록 했다. 아직은 남작의 저택에서 생활하기에 돈 들어갈 데가 없지만 새 집을 짓고 나가 살게 되면 돈 들어갈 데가 어디 한두 군데이겠는가?

처음 메이에게 그들이 일해서 번 돈을 맡겼을 때는 당황하고 놀라서 어쩔 줄 몰라하더니 얼마 지나지 않아 메이는 그들을 금전적으로 꽉 틀어쥐었다. '토르의 대장간'에서 주문한 휠체어와 목발이 도착하고, 그 대금으로 준희가 1딜이나 지불했다는 사실을 알고부터는 더욱.

얼마 후, 가이들은 준희가 이것저것 가르쳐 주지 않아도 알아서 약초를 캐고 말리고 정제할 수 있는 수준에 이르게 되었다. 애초부터 준희의 약초에 대한 지식이 그렇게 깊지 않아서이기도 했지만 그것은 스스로를 쓸모없는 존재로 여기던 이들이 자신들도 할 수 있는 일이 있다는 기쁨에 약초에 깊이 빠져

들었기 때문이다.

그러자 준희는 차츰 일은 가이들에게 맡기고 자신은 글을 쓰는 일에 열중하게 되었다. 하지만 이것저것 걱정이 많아서일까, 준희는 좀처럼 글을 써 내려갈 수가 없었다. 예전에는 그저 종이와 펜만 있으면 무엇이든지 써 내려갈 수 있었는데 이제는 한 자 한 자 글을 쓰는 것이 마치 거대한 바위를 옮기는 일인 양 힘들기만 했던 것이다.

저도 모르게 한숨이 늘고 팔이 아파오자 결국 펜을 놓은 준희는 방을 나와 천천히 산책을 하기 위해 후원으로 나가보았다.

어느덧 가룬과 사룬 , 두 개의 달이 환히 빛나고 있었다.

그 달들을 준희는 멍하니 바라보고 있었다. 아무런 생각도 하지 않고 있는 것이 다른 사람들은 힘들다고 하는데 준희는 오히려 이런 때가 가장 편하고 행복했다. 무슨 생각이라도 하려고 하면 꼭 안 좋은 쪽으로 생각이 돌아가는 그녀였으니 어쩌면 당연한 일인지도 몰랐다.

그런 준희의 머리 속을 모르는 미향은 고독해 보이는 준희의 겉모습에 새삼 반해서는 으스러지도록 그녀를 껴안고 싶은 것을 억지로 참으며 속으로 중얼거렸다.

'아, 저 우수에 찬 모습이라니……. 준 씨는 영원히 내 거야. 아무에게도 준 씨를 줄 수 없어.'

그때였다. 고요한 밤의 정적을 깨듯 갑자기 바스락거리는 소리가 크게 들려왔다. 그 소리에 정신이 돌아온 준희는 무슨 일인가 싶어 고개를 돌려 그쪽을 바라보았다. 그러자 그림 같던 한밤의 풍경화는 사라져 버렸고, 이에 미향은 아쉬움을 감추지 못했다.

"누구……?"

준희가 조심스럽게 묻자 나무 뒤에서 한 여인이 그 모습을 드러냈다. 연녹빛 드레스를 입고 베일로 얼굴을 가린.

준희는 다시 한 번 정중하게 물었다.

"누구십니까?"

그러자 여인은 망설이는 듯하더니 조그맣게 입을 열어 말했다.

"…마리엔느 파레스라고 합니다. 로드센의 현자라고 불리시는 준희님이시지요?"

준희는 현자라고 불리게 된 덕분에 이르게 된 현 상황을 떠올리고는 새삼 현자라고 밝히기가 난처하여 머리를 긁적이면서 아무런 대답도 못하고 있었다. 그런 준희의 모습을 긍정으로 받아들인 듯 여인은 다시 작은 목소리로 말했다.

"저, 초면에 실례인 것은 알지만 현자님께 부탁 한 가지만 해도 될까요?"

"예?"

갑자기 자신에게 부탁이 있다는 여인의 말에 준희는 당황했다. 그러거나 말거나 여인은 자신이 할 말만을 하고는 사라져 버렸다.

"내일 점심때쯤 제 방에 들러주세요. 기다리고 있겠습니다."

　　도망치듯 사라지는 여인의 모습에 준희가 아연해 있는데 미향이 무언가 깨달은 듯 소리쳤다.

　　[맞다! 미인계다!]

　　"…미인계?"

　　무슨 뚱딴지같은 소리냐는 듯 반문하는 준희에게 미향이 설명했다.

　　[이건 미인계가 분명해, 준 씨. 파레스 남작이 준 씨를 자신의 딸과 결혼시켜서 혈연으로 묶어두려는 것이지. 그 욕심만 많은 멍청이 같던 남작이 이런 간악한 음모를 꾸미다니……]

　　방방 뛰며 욕을 해대는 미향의 모습에 준희는 할 말을 잃고야 말았다. 아무래도 미향은 그녀가 여자라는 사실을 잊고 있는 것 같았던 것이다. 한숨을 내쉰 준희는 미향을 내버려 둔 채 방으로 돌아갔다. 내일 점심때 그 마리엔느라는 여인을 만나보면 무슨 부탁인지 알 수 있을 거라고 생각하면서.

　　저혈압 때문에 여느 때처럼 늦게 일어난 준희는 멍한 얼굴로 케이와 체이의 시중을 받으면서 세수를 하고 늦은 아침식사를 했다. 처음에는 그들의 시중이 당혹스러웠던 것도 사실이었지만 편리함을 추구하다 못해 게으르다는 평을 받는 준희로서는 도저히 거부할 수 없는 유혹이라 이제는 너무나 익숙해지고 말았다.

　　아침식사를 마치고 잠깐 산책을 즐기자 어느새 점심 식사

때가 다 되었고 준희는 미향의 냉랭한 눈치를 받으면서 마리엔느라는 아가씨의 방으로 향했다. 그러면서 머리 속으로는 만약 그녀가 디오니아 섬의 위치에 대해서 가르쳐 달라고 할 경우에 어떤 대답을 해야 할지 강구하고 있었다.

딱 잘라서 모른다고 대답할 수는 없다고 생각했다. 그럴 경우, 어쩌면 그 피해가 가이들이나 사이파와 로이에게로 돌아갈지도 모르는 일이었으니까. 그래서 그저 우회적으로 알기는 하지만 가르쳐 줄 수는 없다는 쪽으로 말을 이끌어 나가야겠다고 생각하면서 어느덧 준희는 마리엔느 아가씨의 방문 앞에 이르렀다.

방문 앞에는 하녀 한 명이 마중 나와 있다가 그녀를 맞이했다.

"준희님이시지요? 아가씨께서 기다리고 계십니다."

그러면서 하녀는 그녀를 방 안으로 들였다.

아직 젊은 여인의 방치고는 어딘지 어둡고 우울한 분위기가 풍겼다. 그렇지만 준희는 방 안의 분위기가 차분한 것이 꽤 마음에 들었다.

"잠시만 기다리십시오. 아가씨를 모셔오겠습니다."

하녀는 방 안 한편의 문에 다가가 노크를 했다.

"마리엔느 아가씨, 준희님이 기다리십니다."

그러자 안에서 어제 후원에서 들었던 여인의 목소리가 들려왔다.

"기다려라! 곧 나가겠다."

단호한 여인의 목소리가 들려오고 잠시 후, 베일을 쓴 여인
이 모습을 드러냈다. 이번에는 보랏빛의 옷을 입고.

"앉으세요, 준희님."

마치 시선을 피하는 것이 버릇이라도 된 듯 고개를 숙인 채
말하는 마리엔느의 모습에 준희는 의아한 표정을 짓지 않을
수 없었다. 귀족가의 아가씨가 사람을 대하는 것을 이렇게 어
려워한다는 것이 이상했던 것이다. 거기다 그녀가 보통 귀족
가 아가씨였던가? 천재들만이 다닌다는 글로라이드 학원을 졸
업한 아가씨가 아니었던가?

하지만 얼마 후 하녀가 내온 차 한 잔을 마시고 난 후에 준
희는 그 이유를 알 수가 있었다. 한참을 망설이다가 떨티는 손
으로 베일을 벗어 보인 마리엔느의 얼굴에는 온통 여드름이
가득했다.

그 여드름 때문에 사람을 만나는 것을 피하게 되었고, 결국
에는 내성적인 성격이 되어버리고 만 것이었다.

같은 여자로서 안됐다는 마음이 들었는지 시종 마리엔느에
게 차가운 경계심을 내보이던 미향이 그 기운을 거두어들일
정도였다.

마리엔느는 부끄러운 듯 준희의 시선을 피하며 물었다.

"제 얼굴의 이 붉은 꽃들을 없어지게 할 수 있는 방법이 없
을까요, 준희님?"

간절하게까지 느껴지는 마리엔느의 말에 준희는 가간히 생
각에 잠기어 머리 속을 정리해 보았다. 분명 여드름에 좋은 약

초에 대해 본 기억이 나는데 잘 떠오르지 않았던 것이다. 그렇게 얼마나 시간이 흘렀을까?

마리엔느는 준희가 생각에 잠기자 그녀가 다시 말을 꺼낼 때까지 조용히 기다렸다. 그런데 오히려 미향이 못 참고 준희를 다그치는 것이었다.

[빨리 생각해 봐, 준 씨. 무슨 방법이 없겠어? 여자는 얼굴이 생명인데 말이야.]

마침내 생각을 정리한 준희가 말했다.

"이 방법이 효과가 있을지는 모르겠지만, 우선 솜을 이용해 얼굴에 난 붉은 꽃을 깨끗이 짜내도록 하십시오. 그리고 제가 주는 약초 즙으로 상처가 난 곳에 골고루 바르기를 여러 번 반복하세요. 그 후에 다시 얼굴을 보도록 하겠습니다."

그 말에 마리엔느는 기쁜 듯 연신 고개를 끄덕이며 꼭 준희가 가르쳐 준 대로 하겠다고 약속했다.

방으로 돌아온 준희는 여드름에 좋다고 들은 약초를 이것저것 섞어 즙을 만든 후 하녀의 편에 마리엔느 아가씨에게 갖다주도록 했다. 표정에는 드러나지 않았지만 그렇게 심한 여드름이 이런 약초 즙을 바른다고 해서 나을까 걱정하면서.

하지만 나흘이 넘어서 다시 마리엔느 아가씨를 만났을 때 준희는 스스로도 자신이 만든 약초 즙의 효과에 놀라지 않을 수 없었다. 여드름이 싹 없어졌다고는 할 수 없었지만 상당히 깨끗해진 얼굴로 마리엔느 아가씨가 그녀를 반겼기 때문이다.

여드름이 사라지기 시작하자 성격 또한 밝아진 마리엔느 아가씨는 수줍은 여인에서 당돌한 여인의 모습으로 준희를 대했다. 그런 마리엔느의 얼굴에는 준희에 대한 숨길 수 없는 호감이 드러나 있어서 미향으로 하여금 다시 경계의 한기를 불러일으키게 만들었다.

마리엔느와 한담을 나누고 돌아오는 길에 준희는 놀랍고 의아하다는 표정으로 미향에게 말했다.

"다른 환자 때도 의심은 했지만 확신은 못했었는데 이번 일로 확신을 하게 되었어. 이곳의 약초는 너무 효과가 좋아. 어떻게 생각해?"

미향도 생각했던 일이라는 듯 고개를 끄덕이며 말했다.

[아무래도 이곳의 생기가 우리가 있던 세계보다 풍부하기 때문인 것 같아. 내 힘만 해도 이곳에 온 이래 배는 더 강해진 것 같거든.]

그 말에 준희는 역시 모든 일에는 좋은 일이 있으면 나쁜 일도 있게 마련이라고 생각했다. 약초가 잘 듣는 대신 미향의 힘 또한 커졌으니 앞으로 더욱 미향의 눈치를 살피게 되었지 않은가?

한숨이 새어 나오려는 것을 억지로 참으며 준희는 발걸음을 빠르게 옮겨 자신의 방으로 향했다. 고민을 잊기 위한 가장 좋은 방법으로 잠이나 자려는 것이었다.

게으름은 피울수록 느는 것이라는 말을 요즘만큼 몸으로 실감하는 때도 없을 것이라고 준희는 생각했다. 그 헛소문 때문

에 몸과 마음이 고달플 것이라 생각했던 것과는 달리 요즘 그
녀는 몸도 마음도 너무나 편안했던 것이다. 얼마 후면 공사가
끝나기에 가이들은 이사할 준비로 바쁘게 돌아다니고 있었지
만.

느긋하게 햇살이 비치는 창가에 앉아서 책을 읽으며 차를
마시고 있는 준희의 편안해 보이는 모습에 미향은 투덜거림을
멈출 수가 없었다.

[대륙은 지금 디오니아 섬을 찾는다고 난리인데 정작 그 헛
소문의 주인공은 편안히 앉아서 책이나 읽고 있으니 왜 인생
이 불공평하다고 하는지 그 이유를 알겠다니까.]

그때였다.

베이의 목소리가 들려왔다.

"준희님, 마리엔느 아가씨께서 찾아오셨습니다."

"그래?"

준희는 책을 내려놓으며 어리둥절한 표정을 지었다. 마리엔
느의 얼굴은 벌써 깨끗하게 나아 본래의 미모를 되찾았는데
왜 자꾸 자신을 찾아오는지 그 이유를 알 수가 없었던 것이다.

하지만 미향은 그 이유를 알기에 인상을 쓰며 소리쳤다.

[만나지 마, 준 씨. 준 씨에게서 어떻게든 디오니아 섬에 대
한 정보를 빼내려는 수작이야. 그러니까 바쁘다는 핑계로 가
라고 해!]

혹시라도 마리엔느가 준희를 좋아한다는 사실을 눈치 채지
못하게 하기 위한 미향의 발악이기도 했다.

그것을 모르는 준희는 미향의 말대로 마리엔느가 자신에게 정보를 얻으려고 자주 찾아오는 것이라 생각하고는 나직이 한숨을 내쉬며 베이에게 말했다.

"들어오시라고 해."

마리엔느는 이제는 뽀얘진 얼굴 위에 홍조를 띠며 안으로 들어와서는 준희에게 곱게 인사를 하며 말했다.

"방문을 허락하여 주셔서 감사합니다, 준희님."

"그래, 어쩐 일로 방문하셨습니까?"

준희의 물음에 마리엔느는 무척 섭섭하다는 표정으로 말했다.

"꼭 무슨 일이 있어야 준희님을 찾아뵐 수 있는 건가요? 그저 준희님도 보고 차도 한잔 마시고 싶어서 방문했을 뿐인데……."

그것이 마리엔느의 진심이었지만 이미 미향의 말을 믿고 있는 준희로서는 그녀의 말을 곧이곧대로 들을 수가 없었다. 따라서 어색한 웃음을 지으며 메이에게 다시 차를 내오도록 부탁했다.

잠시 후 메이가 차를 내왔다. 상큼한 향기가 방 안에 가득 퍼지자 마리엔느는 놀라면서 물었다.

"이게 무슨 차인데 이렇게 향기가 좋아요?"

"로즈마리 차입니다. 악귀를 물리치는 데 효과가 있다기에 장복하고 있습니다만 별 효과는 못 보고 있지요."

"네?"

마리엔느는 뜬금없는 악귀라는 말에 어리둥절한 표정이었지만 미향은 준희의 말이 무슨 뜻인지 알기에 스산한 한기를 일으키며 준희를 노려보았다.

이에 찔끔한 준희는 당황하여 얼버무리듯 마리엔느에게 말했다.

"아, 그 말은 장난이고 향기가 좋아서 저도 이 차를 즐기고 있습니다."

그러자 마리엔느가 말했다.

"저도 제가 좋아하는 차를 꼭 대접하게 해주세요, 준희님. 지금은 아직 때가 아니라 구할 수 없지만 겨울이 되면 신전에서 캐버니를 구할 수가 있거든요. 향기가 아주 달콤하고, 마시면 머리가 맑아진다고 해서 사제님들이 즐겨 드시는 차이지요. 그리고…… 분위기가 준희님과 꼭 어울리기도 하고요."

차를 통해 마리엔느는 첫사랑의 달콤함을 우회적으로 표현하고 있었지만 준희는 머리 속으로 다른 생각을 하고 있었다. 겨울까지 어디 가지 말고 여기서 꼼짝 말라는 뜻인가 하고.

차를 한 잔 다 마시고도 마리엔느가 일어날 기미를 보이지 않자 미향은 신경질이 나서 외쳤다.

[도대체 저 계집은 왜 안 가는 거야? 그렇게 할 일이 없어? 준 씨, 저 여자 빨리 내보내.]

미향의 말을 흘려들으며 준희가 느긋이 차 한 잔을 더 따라 마시고 있을 때였다.

갑자기 문이 벌컥 열리며 사이파가 들이닥쳤다.

“어? 무슨 일이에요, 사이파?”

허둥대는 사이파의 모습에 놀라서 준희가 물었다. 하지만 사이파는 준희의 물음에는 대답도 하지 않은 채 준희와 마주 앉아 있는 마리엔느를 쏘아보더니 성큼성큼 그들에게 다가와 준희 옆자리의 의자를 빼내어 털썩 주저앉았다.

그러자 마리엔느가 황당하다는 듯 준희에게 물었다.

“이 무례한 자는 누구지요, 준희님?”

“아? 이쪽은 제 친구인 사이파라고 합니다. 사이파, 이쪽은 파레스 남작의 따님이신 마리엔느 아가씨야. 인사해.”

사이파에게 화를 내려던 마리엔느는 준희의 친구라는 말에 애써 표정을 수습하며 인사했다.

“만나서 반갑습니다, 사이파님. 마리엔느라고 불러주세요.”

하지만 사이파는 못마땅하다는 듯 노골적으로 마리엔느를 노려보더니 준희에게 말했다.

“이렇게 한가하게 여자나 만날 시간이 있으면 너의 제자인 로이에게 글이라도 가르치는 것이 어떤가? 현자의 제자가 글도 모른다면 사람들이 웃을 일이지 않은가?”

“에?”

그리고 보니 형식상이라 해도 로이를 제자로 받아들였는데 이때까지 가르쳐 준 것이 아무것도 없다는 것을 깨달은 준희는 미안함을 느끼지 않을 수 없었다. 그만큼 자신이 로이를 사이파에게만 맡겨두고 신경을 쓰지 않았다는 말이 아닌가?

부끄러워 낯을 붉히는 준희를 보며 미향 또한 동의하듯 말했다.

[맞는 말이야. 저 음흉한 놈이 옳은 말로 날 도와줄 때가 다 있군.]

“미안해요, 사이파. 그러고 보니 그동안 사이파 혼자서 로이를 돌보느라 힘들었겠군요. 앞으로 낮에 몇 시간은 제가 로이를 공부시키도록 하겠습니다.”

준희가 너무 미안해하자 사이파는 겉으로는 드러내지 않았지만 속으로 당황했다. 마치 이건 로이를 돌보는 일이 힘들어 준희에게 투정을 부리는 듯하지 않은가? 실상은 그저 지나던 길에 하녀들이 수군거리는 소리, 마리엔느 아가씨가 남작님의 손님에게 반해서 매일 준희의 방에 드나든다는 말을 듣고는 생각할 겨를도 없이 준희의 방에 들이닥쳤던 것뿐이다. 그리고 할 말을 찾다 로이의 문제를 꺼낸 것이었고.

그런데 준희가 꽤 심각하게 받아들이자 처음엔 난감했지만 곧 그 결과에는 만족스럽지 않을 수 없었다.

준희가 마리엔느에게 말했던 것이다.

“마리엔느 아가씨, 오늘은 그만 돌아가 주시겠습니까? 지금부터 제자 아이의 수업 준비를 해야 할 것 같아서요.”

그 말에 마리엔느는 아쉬운 표정으로 준희를 바라보더니 작은 목소리로 말했다.

“알겠습니다, 준희님. 그럼, 저…… 내일도 만날 수 있을까요?”

순간 마리엔느의 끈질김에 사이파와 미향은 싸늘한 시선으

로 마리엔느를 노려보았지만 준희의 안색을 살피기에 바쁜 마
리엔느는 그런 것을 눈치 채지 못하고 있었다.

준희는 내일의 일정에 대해 생각해 보더니 대답했다.

"아무래도 내일은 시간이 날 것 같지가 않군요. 로이의 수업
을 할 생각이거든요."

그러자 마리엔느가 다급하게 외쳤다.

"저도, 저도 준희님의 수업을 듣겠어요. 저도 배우고 싶어
요."

"네? 글로라이드 학원을 졸업했다고 들었는데 이제 9살짜리
와 함께 배우겠다고요?"

준희의 말에 그제야 자신이 말도 안 되는 소리를 했다는 것
을 깨달은 마리엔느는 얼굴을 확 붉히면서 중얼거렸다.

"전, 전 그냥……."

당황하는 마리엔느의 모습에 준희는 피식 웃으면서 다정하
게 말했다.

"아직 시간은 많잖아요. 저도 마리엔느 아가씨가 좋아한다
는 캐버니를 마시고 싶네요."

그 말은 겨울까지는 이곳을 떠나지 않겠다는 말이 아닌가?
순간 마리엔느는 얼굴에서 빛이 돌 듯 얼굴이 환해지더니 이
내 곧 발걸음도 가볍게 준희의 방에서 물러나왔다.

그러나 방에서 나온 마리엔느의 얼굴은 어떤 생각이 떠오른
듯 상당히 어두워졌다. 그녀 또한 집으로 돌아오는 길에 사람
들이 수군거리는 소리를 들었다. 디오니아 섬에서 온 로드센

의 현자에 대해. 그리고 집으로 돌아와 그 현자를 아버지가 모
시고 있다는 말을 들었을 때 그녀는 금방 아버지의 의도를 짐
작할 수 있었다. 그 현자를 이용해 디오니아 섬을 찾아 나서려
고 하는.

맨 처음에 마리엔느는 준희를 무슨 사기꾼쯤으로 생각했었
다. 자신이 디오니아 섬 출신이라고 알려서 아버지를 이용하
려는. 그렇지만 곧 그렇지 않다는 것을 알았다. 오히려 그는
현자라는 이름에 부끄럽지 않은 훌륭한 사람이었다. 버려진
물건들이라고 칭해지는 사람들을 모두 모아 그들에게 이름을
주었고, 약초 제조법을 가르쳐서 사람으로서 살아갈 수 있도
록 만들어주었다.

현자의 약이라고 불리는 그들이 파는 물건은 값이 싼 것은
물론이고 효과도 빨라서 약을 필요로 하는 가난한 사람들을
중심으로 빠르게 퍼져 나갔다. 또한 휴대하기도 편해 용병들
도 많이 찾는 것으로 알려져 있으니 곧 대륙 전역으로 퍼져 나
갈 것이다. 때문에 그들은 비록 신체의 일부를 잃었다고는 하
지만 이제 평생 동안 먹고살 걱정은 하지 않아도 되었다. 그
이야기를 듣고 마리엔느는 준희를 만나보고 싶어졌다. 그리고
마침내 만났을 때 마리엔느는 가슴이 뛰는 것을 주체할 수가
없었다.

그녀도 글로라이드 학원에서 멋진 남자들을 많이 만나보았
다. 가문도 출중하고 머리도 좋은 일명 천재들을. 하지만 그들
을 보았을 때도 지금처럼 가슴이 뛰지는 않았다.

가룬의 달빛에 비친 갸름한 얼굴 선과 어딘지 요괴로운 색기가 뻗치는 얼굴은 저도 모르게 손을 내밀어 만져 보고 싶은 기분을 느끼게 만들었던 것이다. 그래서 베일로 얼굴을 가리고 있으면서도 차마 얼굴을 들지 못하고 떨리는 목소리로 내일 만날 것을 기약하고는 도망치듯 그 자리를 떠나 버렸던 것이었다.

마리엔느는 생각할수록 준희와의 만남은 운명이라고 믿게 되어졌다. 덕분에 얼굴도 들지 못하고 다니게 했던 붉은 꽃도 고칠 수 있었고.

만나면 만날수록 그가 디오니아의 현자임을 마리엔느는 확신할 수 있었다. 글로라이드 출신인 그녀로서도 생각지 못한 진취적인 사상을 자주 입에 올리곤 했던 것이다. 게다가 그는 자신에 대한 소문이 벌써 대륙에 퍼져 나간 것을 알지 못하고 있었고, 그녀의 아버지가 도와주는 것을 어떤 목적이 있어서라고는 조금도 의심하지 않는 기색이었다.

마리엔느는 그런 아버지를 지닌 것이 부끄러웠다. 왜 자신은 그런 탐욕스러운 아버지에게서 태어난 것인지 오늘따라 어머니 델마가 원망스러울 지경이었다. 차라리 고아였다면…….

한숨을 쉬면서 마리엔느는 그렇게 준희의 방에서 멀어져 갔다.

마리엔느가 방에서 나간 후 방 안은 침묵 속에 질식할 정도로 조용했다. 그런 이상한 분위기에 준희는 그녀를 매섭게 노

려보고 있는 사이파와 미향의 눈치를 이리저리 살피며 물었
다.

"왜, 왜들 그러는데?"

사이파는 현재 방 안에는 그 자신밖에 없는데 왜들이라고
칭하는 준희를 순간 이상하게 생각했지만 곧 린페이 어에 익
숙하지 않는 자신이 잘못 들은 것이라고 생각해 버렸다.

미향이 비아냥거리듯 준희에게 물었다.

[왜 그렇게 그 여자에게 다정한 건데, 준 씨? 나한테는 안 그
러잖아?]

다정하다니…… 억울했지만 준희는 미향에게 아무런 대꾸
도 해줄 수가 없었다. 그녀를 노려보고 있는 또 하나의 존재
때문이었다. 사이파에게 허공을 향해 말하는 정신이상자 취급
은 받고 싶지 않았던 것이다.

난처한 얼굴로 고개를 푹 숙이고 있는 준희가 안 되어 보였
는지 사이파는 노려보던 것을 멈추고 말했다.

"앞으로는 그 여자가 귀찮게 하면 바로 나한테 말해라. 내가
쫓아주겠다."

"어? 별로 귀찮지는……."

그러자 사이파와 미향의 살기가 일제히 준희에게로 향했고
놀란 준희는 얼른 말을 이었다.

"바로 사이파를 부를게!"

"그럼."

사이파가 모든 문제가 해결되었다는 표정으로 방을 나가자

준희는 저도 모르게 긴장이 풀려 안도의 한숨을 내쉬었다. 그러다가 이상하다는 듯 고개를 갸웃거리며 중얼거렸다.
"그런데 왜 사이파는 마리엔느를 못마땅해하는 거지?"

후원으로 나온 사이파는 어느덧 날이 저물어 가는 하늘을 보았다. 이제 곧 빛의 존재들이 사라지고 어둠의 존재들이 밤을 지배하게 될 것이다. 하지만 인간들은 그 빛과 어둠을 모두 공유하는, 축복과 저주를 함께 받은 종족이었다. 인간의 내면에 선과 악이 공존하는 것처럼.
사이파는 오늘만큼 자신이 인간임이 힘든 때가 없다고 생각했다. 분명 준희는 그 자신이 섬기기로 한 남자였다. 따라서 그에게 신경이 쓰이는 것은 당연한 일이었다. 그렇지만 그 신경 쓰이는 문제가 그의 눈이 자신만을 보게 하고 싶고, 그를 만지고 싶은 것이라면. 여자도 아닌 남자에게 이 무슨 감정이란 말인가? 스스로가 한심해서 어쩔 줄 모르면서도 사이파는 준희에게로 향하는 마음을 멈출 수도 감출 수도 없었다.

로이 영웅 만들기 프로젝트.

유치찬란하게 맨 첫 줄에 써놓은 준희의 글을 본 미향은 피식피식 웃음이 새어 나오려는 것을 억지로 참으며 궁금하다는 표정으로 물었다.
[준 씨, 그건 뭐야?]

“계획표를 작성해 볼까 하고. 그래야 어떤 것을 가르칠지 알
수 있을 것 같아서.”

[흐응, 그래.]

미향은 흥미롭다는 표정으로, 그렇지만 심술궂게 물었다.

“로이를 영웅으로 만들 생각이야? 로이가 영웅이 되는 것을
원하지 않는다고 해도?”

그러자 준희는 풀죽은 듯 되물어왔다.

“원하지 않을까?”

[왜 로이를 꼭 영웅으로 만들어야 할 이유라도 있어?]

“그거야 독자들은 영웅을 좋아하니까.”

미향은 어이가 없었다. 요즘 독자들이 영웅을 좋아한다고?
그녀가 알기로 요즘 독자들은 마족이나 사악한 블랙 드래곤,
그리고 마왕을 좋아했다. 그런데 구닥다리 시대의 전유물이나
마찬가지인 영웅 타령이라니……! 하긴 그런 순진한 점이 준
씨답긴 했지만.

곰곰이 생각해 보던 미향은 눈을 사악하게 빛내며 준희에게
물었다.

[그런데 정확하게 준 씨가 생각하는 영웅이란 어떤 사람이
야?]

“응? 그야…….”

하지만 막상 입을 열려니 마땅히 생각나는 말이 없었다. 그
래서 우물거리고 있자 미향이 눈살을 찌푸리면서 다그쳤다.

[좋은 대답을 찾으려고 하지 말고 그냥 생각나는 대로 말

해봐.]

"그러니까 자신의 신념을 지키기 위해서는 목숨이라도 버릴 수 있는 사람…… 자신보다는 다른 이들을 더 생각하는 사람, 보다 더 높은 곳으로 향하기 위해 노력하는 사람, 가슴속에 뜨거운 정을 갖고 있는 사람."

처음에는 떠듬떠듬 말하더니 나중에는 꿈꾸듯 차분히 말하는 준희의 모습에 미향은 의외라는 듯한 표정이더니 혹시나 하는 얼굴로 모르는 척 물었다.

[준 씨의 이상형이 그런 사람이야?]

순간 준희는 얼굴을 살짝 붉혔다. 그것은 그 어떤 긍정의 말보다도 분명한 대답이었다.

미향은 그런 준희를 한동안 가만히 쳐다보더니 나직이 한숨을 쉬면서 준희가 말한 사람 중에 자신에게 해당되는 것이 있는지 생각해 보았다. 마지막 한 가지만은 자신있게 해당된다고 말할 수 있었다. 가슴속에 뜨거운 사랑을 갖고 있었으니까. 비록 귀신일망정 그 어떤 살아 있는 인간보다도 뜨겁게 타오르는 심장을 갖고 있었으니까. 하지만 미향은 그것을 준희 앞에서 진지하게 말할 자신은 없었다. 분명 그렇게 말한다면 준희가 두려워할 테니까. 인간도 아닌 귀신이, 그것도 여자 귀신이 진지하게 사랑을 받아달라고 말한다면 그 어떤 인간 여자가 두려워하지 않겠는가?

처연한 미소를 짓고 있는 미향의 모습에 괜히 가슴이 찔린 준희는 화제를 돌리기 위해 물었다.

“미향이 생각하는 영웅은 어떤 사람인데?”

그러자 미향은 스산한 웃음을 흘리며 단호하게 대답했다.

[자신이 원하는 것을 갖기 위해서는 수만 명의 목숨이라도 취할 수 있는 자.]

순간 준희는 섬뜩한 느낌이 들어 자신도 모르게 미향을 다시 돌아볼 정도였다. 하지만 미향은 신경 쓰지 않는 듯 계속해서 말했다.

[역사를 상고해 볼 때 대부분의 영웅들은 그렇게 해서 이름을 떨치고 영웅이 되었잖아. 그러니 로이를 영웅으로 만들자면 그런 독한 마음부터 가르쳐야 할 텐데……?]

그러면서 흥미진진하다는 눈빛으로 준희가 원한다면 언제든지 로이에게 그런 독한 마음을 심어줄 자신이 있다는 듯 바라보는 미향으로 인해 준희는 등에서 식은땀이 흐르는 듯했다.

“에? 미향, 착각하면 곤란해. 그건 어디까지나 내 소설 속 주인공의 얘기고… 로이는 아직 어리니까.”

유난히 로이가 어리다는 것을 강조하는 준희였다.

“우선은 기본적인 언어 교육과 수학을 가르친 후에 로이가 좀 더 원하면 정치, 문화, 철학 등에 대해 가르칠까 해.”

[흐응, 그래? 교제는?]

속으로는 웃음이 나오려는 것을 참으면서도 겉으로는 실망한 듯 미향이 물었다.

“그게 문제야. 여기서는 기초 교육을 어떻게 시키는지 알지 못하니……. 그래, 마리엔느 아가씨가 있었지? 이 대륙에서 가장 전통있고 유명한 글로라이드 학원을 졸업했다고 들었으니까 교육 과정에 대해서 필요한 정보를 얻을 수 있을 거야.”

모든 문제가 해결된 듯 희희낙락한 준희를 보면서 미향은 불쾌한 표정을 짓지 않을 수 없었다. 준희가 자신이 아닌 그 마리엔느라는 여자의 도움을 받는다는 것이 마음에 들지 않았던 것이다. 하지만 어디까지나 로이의 교육을 위해서이기에 미향은 뭐라고 하지도 못하고 속으로만 투덜거릴 뿐이었다.

사이파와 미향의 감시 하에 듣게 된 마리엔느의 말에 따르면, 글로라이드 학원에서는 따로 학생들을 모아놓고 공부를 시키지는 않았다. 학생들이 공부하고 싶은 분야와 선성을 선택하면 그 학과에 등록이 되고, 각 선생들의 방식에 따라 일 년에 한 번씩 시험을 치르거나 논문을 작성해 성적을 얻는 것이었다.

졸업에 필요한 성적은 모두 20점으로 학과의 선생이 줄 수 있는 최고의 성적은 15점이었고, 그 외의 성적은 토론회나 친목회 등의 여러 가지 사교 활동이나 봉사 활동으로 얻어야 하는 것이었다.

글로라이드 학원의 수업이 대학 수업과 비슷하다는 것을 알게 된 준희는 마리엔느의 얘기가 로이를 가르치는 것에 전혀 도움이 되지 않는다고 생각해 따로 수업 계획을 짜지 않을 수 없었다. 그래도 기초적인 교육에 필요한 ‘기초 성서’라는 책을 얻을 수 있어서 다행이었다. 그것마저 없었다면 어떻게 글을 가르쳐야 할지 암담했을 테니까.

누군가를 가르쳐 보기는 처음인지라 준희는 로이가 오기를 기다리는 동안 내내 긴장해 있었다. 그리고 마침내 로이가 들어왔는데, 자신보다 더 긴장해 있는 로이의 모습에 그만 긴장이 풀려 버려 웃고 말았다.

부드러운 웃음으로 로이를 맞으며 준희가 물었다.

"점심은 먹었니?"

"아… 네."

미리 준비해 둔 신경 안정에 좋은 라벤더 차를 따라 로이에게 건네준 준희는 자신의 차를 마저 따르고 로이와 마주 앉았다.

"요즘 지내기는 어떠니? 내가 바빠서 널 제대로 챙기지를 못했구나. 미안하다, 로이."

로이는 화들짝 놀라서 말했다.

"아니에요, 준희 형. 형이 얼마나 바쁜지 저도 잘 알고 있어요. 그리고 좋은 일을 하시는 거라는 것도요. 전 형이 자랑스러워요."

"그래?"

준희는 멋쩍어서 어색하게 웃고 말았다. 솔직히 바쁘기는커녕 얼마 전까지 느긋하게 책이나 읽고 있었지 않은가? 도무지 글이 써지지 않아서 그런 것이었지만. 또한 로이가 자랑스러워할 만한 좋은 일을 한 기억도 준희에게는 전혀 없었다. 가이들을 산 것은 어디까지나 로에스라는 용병에게서 자존심을 지키기 위해서였고, 약을 내다 가난한 사람들에게 판 것도 모두 돈을 벌기 위한 수단이었을 뿐이기 때문이다. 그런데 르이에게 그런 말을 들으니 어찌 민망하지 않겠는가?

"흠흠, 오늘 왜 로이를 오라고 한 것인지 알고 있겠지?"

"네, 사이파 형에게 들었어요. 준희 형이 제게 학문을 가르쳐 줄 거라고요."

준희는 의외라는 듯 물었다.

"사이파를 형이라고 부르니?"

"네, 사이파 형이 그렇게 부르라고 했어요."

"그렇구나."

아무래도 사이파는 로이를 제자로 받아들일 생각은 없는 듯 보였다. 준희의 소설에서 로이는 벌써 사이파의 제자가 되어 열심히 검술 훈련을 받고 있는데 말이다. 이것이 현실과 소설의 차이인 것이다.

아쉬운 한숨을 삼키면서 준희는 로이에게 말했다.

"사이파의 말대로 오늘부터 로이에게 학문을 가르칠 생각이야. 우리 같이 열심히 해보자, 로이."

"네."

고개를 끄덕이기는 했지만 로이의 눈에는 그리 의욕이 보이지 않았다. 검술을 익힐 때 보였던 눈빛과는 너무도 달랐다. 때문에 준희는 로이가 학문을 배우는 것이 꼭 필요한 일이라고 생각지 않고 있다는 것을 알 수 있었다.

귀족들과 일부 평민을 제외한 대다수의 사람들이 글을 모르는 이곳 상황에서 어쩌면 당연한 생각인지도 모르겠지만, 문학이야말로 인류 문화의 꽃이라고 생각하고 있는 준희로서는 글을 배우는 것을 중요하지 않게 여기는 로이의 태도가 못마땅하지 않을 수 없었다.

그래서 준희는 자신도 모르게 엄한 표정으로 로이에게 말했다.

"로이야, 글을 배우는 것은 세상을 좀 더 잘 알기 위해서 꼭 필요한 일이란다. 다른 사람들에 대해서는 물론이고 자기 자신에 대해서도 말이야. 물론 글을 모른다고 해서 그 사람의 인생이 잘못되었다거나 가치없는 인생을 살아가고 있다고는 말할 수 없어. 그렇지만 글을 아는 사람들이 더 가치있는 인생을 살아가고 있는 것이 현실이지. 난 로이가 이 기회를 놓치지 않기를 바라. 좀 더 자신의 인생을 가치있게 바꿀 수 있는 이 기회를 말이야."

로이는 고개를 푹 숙이고 말했다.

"죄송해요, 준희 형. 난 검을 배우고 있으니까 글은 배울 필요가 없다고 생각했어요. 하지만 이제는 아니에요. 저 정말로 열심히 배울게요. 형이 자랑스럽게 생각할 수 있는 그런 사람이 되고 싶으니까요."

준희는 그런 로이가 기특하다는 듯 부드럽게 머리를 쓰다듬어 주었다.

그리고 '기초 성서'를 꺼내 한 자 한 자 글자를 가르쳐 주기 시작했다. 로이는 그의 말대로 정말 열심히 배워 나갔다.

　그렇게 로이의 수업을 시작한 지 열흘쯤 지났을 때였다.
　준희는 남작으로부터 저택 뒤에 짓고 있던 집이 완공되었다는 소식을 들을 수 있었다. 한 달이 조금 넘었을까 한데 벌써 집이 지어졌다는 말에 준희는 무척 놀라면서도 기뻐서 사이파와 로이, 미향은 물론이고 가이들까지 모두 우르르 몰고 가서는 완공된 집을 구경했다.
　숲 속에 지어진 집은 단아하고 깨끗한 이층의 기숙사 같은 집이었다. 안으로 들어서자 문지방 하나 없이 매끈한 일층 바닥은 가이가 휠체어를 타고 돌아다니기에 좋아 보였고, 햇빛이 비치는 커다란 창문이 달린 이층은 비 오는 날 약초를 말리기에 좋아 보였다. 또한 그들 모두 각기 하나씩 방을 차지하고도 남을 만큼 방이 많은 것도 마음에 들었고, 거실이 넓어 그들이 모두 모여 식사를 하거나 대화를 하기에 적당해 보이는 것도 좋았다.
　그들이 구경을 다 하고 만족한 표정으로 나오자 기다리고 있던 듯 남작이 반갑게 맞으며 준희에게 물었다.
　"어떻습니까? 집은 마음에 드십니까?"
　준희는 활짝 웃으며 말했다.
　"정말 마음에 드는군요. 내일 당장 옮기도록 하겠습니다."
　"아니, 내일 당장이요?"
　남작이 서운해하는 빛을 보였지만 한시라도 빨리 가이들에게 안정을 느끼게 해주고 싶었던 준희는 그것을 무시했다.

즐거운 기분으로 저택으로 돌아오는 길에 문뜩 발을 멈춘 준희가 가이들에게 말했다.

"델마의 집이라고 하자."

"네?"

가이들의 어리둥절한 표정 속에서 준희는 기분 좋은 웃음을 흘리며 말했다.

"신의 사랑이 언제나 가득하길 바라는 의미에서 우리 집의 이름을 이제부터는 델마의 집이라고 부르자고."

"…네."

"그렇게 부르겠습니다."

가이들은 감동한 듯 제각기 작은 소리로 중얼거렸다. 그러면서 그들은 생각했다, 준희야말로 그들의 델마라고. 신에게 조차 버림받았던 그들을 거두어준 그들의 신이라고.

제12장
폭풍의 성 토르테로

델마의 집이 완공된 기념으로 준희는 가이들과 함께 조촐한 파티를 벌였다. 조용한 것을 좋아하는 준희는 평소 파티를 즐기지 않아서 생각도 못하고 있었는데 미향의 적극적인 권유, 내지는 협박 때문에 어쩔 수 없이 파티를 열게 된 것이었다.

늦은 시간까지 이어졌던 파티가 끝나고 모두 돌아가자 준희는 피곤한 듯 몸을 침대에 뉘이며 미향에게 애원하듯 말했다.

"즐겁긴 했지만 피곤해. 그러니 내일은 좀 늦잠을 자도록 해 줘, 미향. 부탁하자, 응?"

[뭐, 좋아.]

원래 그렇게 할 생각이었지만 미향은 마치 자신이 큰 선심을 쓴다는 듯 대답했다. 그러자 준희는 나직이 만족스런 한숨을 내쉬면서 말했다.

"고마워, 미향."

그러고 나서 얼마 지나자 않아 준희는 잠이 들었다.

잠이 든 준희를 본 미향은 실체를 드러낸 채 그녀의 머리맡에 앉아서 살며시 그녀의 머리를 쓸어 올려보았다. 손끝에서 부드럽게 빠져나가는 머릿결이 그녀의 마음 또한 부드럽게 어루만지는 듯했다.

미향은 준희의 귓가에 가만히 속삭였다.

[사랑해. 사랑해, 준 씨. 진실한 마음은 반드시 전해지는 법이라고 준 씨가 그랬잖아? 그러니 내 마음의 소리도 좀 들어줘. 이렇게 내 영혼이 부서질 듯이 준 씨를 사랑하고 있어. 준 씨. 준 씨…….]

한참 동안이나 준 씨라고 부르는 미향의 음성이 방 안에 울리다가 어느 순간 미향의 모습도 목소리도 사라져 버렸다.

조촐한 파티가 끝나고 모두가 잠든 고요한 시각이었다. 그렇지만 그 시각에도 바쁘게 움직이는 이들이 있었으니, 바로 저택의 경비를 서고 있는 병사들과 그런 그들의 움직임을 유심히 살피고 있는 이들이었다.

그들은 조심스럽게 서로에게 수신호를 보내다가 병사들이 자리를 바꾸는 그 순간을 기다려 재빠르게 움직이기 시작했다.

휘익!

마치 바람이 스쳐 지나가듯 그들은 병사들의 눈을 피해 저택 안으로 스며 들어갔다. 그리고 이미 저택의 구조를 완벽하게 파악해 놓은 듯 조금도 망설이지 않고 일제히 한 곳으로 향했다.

그곳은 준희 일행과 가이들이 머물고 있는 곳이었다. 복도에 다다른 그들은 품속에서 수면 향을 꺼내 곳곳에 피워 올렸다. 아직까지 깨어 있을 사람들을 재우기 위한 것이었다.

잠시 수면 향이 퍼져 나가는 것을 지켜보던 그들은 곧 준희의 방 쪽으로 은밀히 다가갔다.

조심스럽게 주위를 살피던 그들이 막 준희의 방문을 열려고 할 때였다.

온몸에 냉기가 끼치도록 스산한 기운이 갑자기 그들을 옭아매기 시작했다. 그러더니 시퍼런 귀광이 번뜩이는 눈동자 두 개가 공중에 떠서 그들을 노려보고 있는 것이 아닌가?

순간 그들은 두 눈이 휘둥그레지면서 죽음의 두려움을 뼛속 깊이 느껴야 했다. 그들에게 죽음은 인생의 동반자와 같은 것이었다. 때문에 그들은 죽음의 공포를 즐기는 입장이었다. 그런데 지금은 죽음의 공포를 즐길 수가 없었다. 인간의 힘으로는 도저히 죽일 수 없을 것 같은 정체불명의 눈동자 때문이었다.

그렇게 그들이 죽음을 예감하며 굳어져 있을 때였다. 그런데 뜻밖에도 한참이 지나도록 죽음은 그들을 방문하지 않았다. 이상하게 생각하며 주위를 둘러본 그들은 어느새 몸을 옭

아매던 기운도 사라지고 무서운 눈동자도 보이지 않는다는 것을 알 수 있었다.

"어떻게 된 일이지?"

속삭이듯 묻는 한 사내의 물음에 그의 동료들은 대답할 수가 없었다. 그들 또한 어떻게 된 일인지 알 수가 없었던 것이다.

한참 만에야 정신을 차린 그들은 다시 파레스 남작의 저택에 침입한 목적을 실행하기 위해 움직이기 시작했다.

방문을 살짝 연 그들은 안쪽을 조심스럽게 살펴보았다. 귀한 손님들을 맞이하기 위해 남작이 특별히 마련한 방은 화려하기 이를 데 없었다. 그중 커다랗고 화려한 침대가 방의 삼분의 일을 차지하고 있었는데 그 침대 위에는 그들의 목표인 현자, 준희가 잠들어 있는 광경이 보였다.

그러자 한 사내가 조심스러운 발걸음으로 다가가 준희의 얼굴에 손을 대어보았다. 숨소리가 고른 것이 진짜 잠들었다고 확신한 사내는 곧장 준희를 이불로 두른 다음 들쳐 업었다.

"가자."

나지막이 속삭인 사내는 동료들이 열어주는 길을 따라 빠르게 저택을 빠져나갔다.

다음날 아침 이른 시각, 파레스 남작의 저택은 어수선하기 이를 데 없었다.

갑자기 폭풍의 기사단이 들이닥쳐 저택을 점령해 버린 탓이었다.

"이, 이게 무슨 일인가?"

자다가 일어나 잠옷 차림으로 허둥지둥 밖으로 나온 파레스 남작은 집 안 가득하게 들어차 있는 기사들을 보고는 당황해서 외쳤다.

그러자 평범한 인상의 20대 후반의 사내가 앞으로 나서며 부드러운 웃음을 띤 채 말했다.

"파레스 남작님 되십니까? 저는 베드로윈 백작님의 보좌관인 허르쉬라고 합니다. 프로테스 대공 저하의 명에 따라 로드센의 현자이신 준희님을 모셔가기 위해서 왔습니다. 그분은 어디 계십니까?"

순간 남작의 얼굴은 창백하다 못해 시퍼레졌다. 그렇게 쉬쉬하고 비밀 유지에 신경을 썼는데 어떻게 로드센의 현자가 이곳에 있다는 것을 알았단 말인가?

남작은 벌써 디오니아 섬으로 출발할 배를 마련했고, 도르퓐에서 가장 우수한 선원들을 뽑아놓은 상태였다. 이저 현자를 꼬여내 디오니아 섬으로 출발할 일만 남은 것이었다. 막대한 보물들이 굴러 들어올 판에 이자들이 나타났으니…….

남작은 허르쉬를 막아서며 시뻘게진 얼굴로 외쳤다.

"지금 무슨 소리인가? 어디서 누굴 찾는단 말인가? 내 저택에는 그런 자가 없으니 딴 곳에 가서 알아보게."

허르쉬는 희미한 조소를 띠며 그런 남작을 바라보았다. 욕심이 인간을 망친다고는 하지만, 남작이 그 때문에 프로테스 대공에게 반기를 드는 멍청한 짓거리를 할 줄은 몰랐던 것이다. 눈앞의 이익보다는 목숨이 우선 아니겠는가?

허르쉬는 폭풍의 기사단 단장인 페이로드 자작에게 말했다.

"시작하시지요."

페이로드 단장은 무뚝뚝한 표정으로 알아들었다는 듯 부하들에게 명했다.

"뒤져라!"

단장의 말이 떨어지기가 무섭게 폭풍의 기사단은 정말 폭풍처럼 저택을 뒤져 나가기 시작했다.

"꺄악!"

"살려주세요, 꺅!"

놀란 하녀들의 비명 소리가 연이어 저택에 울려 퍼졌다.

"이게 무슨 짓인가? 당장 멈추지 못하겠는가? 프로테스 대공께서 이곳에 계신다 해도 나에게 이러시지는 못한다. 어서 멈추어라!"

남작은 두려운 표정을 감추지 못하며 그렇게 외쳤고, 허르쉬는 그런 남작을 비웃으며 말했다.

"글쎄요. 대공 저하께서 자신을 속이려 한 자를 용서하실지 저도 꽤나 궁금하군요."

얼마 뒤 폭풍의 기사단은 사이파와 로이, 여자인 메이를 뺀 가이들에 이르기까지 저택의 모든 남자들을 허르쉬의 앞에 세워두었다. 안절부절못하고 끌려 나오는 사내들을 보던 남작은 그중에 준희가 없자 안도하면서도 의아하게 생각하지 않을 수 없었다.

"현재 저택 안의 남자들은 이들이 전부입니다."

저택을 뒤지던 기사들 중에 하나가 허르쉬에게 말했다.

허르쉬는 남자들을 둘러보았다.

허르쉬와 폭풍의 기사단이 저택에 들이닥친 것은 오늘 아침이었지만 벌써 오 일 전에 그들은 이곳 도르퓐에 도착해 있으면서 로드센의 현자인 준희의 행방을 수소문했다. 그로 인해 남작은 비밀로 하려고 했지만 용병들 사이에서는 준희가 한 일을 모르는 이들이 없었기에 그들은 준희가 누구인지 금방 눈치 챌 수 있었던 것이다.

그들에게 들은 바로는 현자 준희는 여자처럼 고운 흰 얼굴이지만 얼굴 선이 뚜렷해 결코 여자로는 보이지 않는 20대 초반의 청년이라고 했다. 또한 다른 위대한 인물들과는 다르게 누구나가 가까이 다가갈 수 있을 것 같은 부드러운 바람 같은 분위기가 감도는, 무척 독특한 사람이라고 들었던 것이다. 때문에 허르쉬는 그를 보면 한눈에 금방 그가 현자임을 알 수 있을 거라고 생각했다.

아무리 둘러보아도 용병들에게서 들은 로드센의 현자라고 할 만한 마땅한 인물이 보이지 않았다. 그래서 의아하게 생각하면서도 혹시나 용병들이 잘못 느꼈을 수 있으니 그들 중 가장 강렬한 시선을 지닌 위압적인 느낌의 사내인 사이파를 향해 물었다.

"로드센의 현자인 준희님이십니까?"

사이파는 갑자기 기사들이 몰려와 그를 끌어낼 때까지만 해도 긴장하지는 않았었다. 그저 순순히 그들이 이끄는 대로 끌려 나온 것이었다. 그러나 그를 끌어내 온 우두머리인 듯한 자의 입에서 준희의 이름이 나오자 그는 긴장해서 물었다.

"어째서 그를 찾는가?"

허르쉬는 그 말에서 이자가 로드센의 현자는 아니지만 현자를 알고 있는 자라는 것을 깨닫고는 얼굴에 부드러운 웃음을 지으면서 말했다.

"저의 주인이신 프로테스 대공께서 현자님을 모셔 오라는 분부가 계셨습니다. 현자님은 지금 어디 계십니까?"

사이파는 눈앞에서 부드럽게 웃고 있는 사내가 겉만 보아서는 알 수 없는 사내라고 느꼈다. 때문에 준희에 대해 말을 해야 할지 말아야 할지 망설이고 있는데, 어느새 마리엔느가 얼굴에 베일을 두르고는 아래로 내려오면서 차분한 목소리로 말하는 것이었다.

"현자님은 어제저녁까지만 해도 저희 저택에 머무시고 계셨습니다. 그런데 여기에 없는 것을 보니 그분의 신변에 무슨 안 좋은 일이라도 발생한 듯싶습니다."

그 말에 사이파와 로이는 물론이고 가이들의 표정마저 순식간에 굳어졌다. 준희님의 신변에 무슨 일이 생기다니…….

하지만 허르쉬는 그녀의 말을 믿지 않는 듯 남작을 향해 짜증난다는 얼굴로 말했다.

"순순히 현자님을 내어놓으시지요, 남작. 그렇게 살기가 싫

소이까?"

　그는 남작이 욕심 때문에 현자를 어딘가 은밀한 곳에 숨겨
두었다고 생각한 것이었다.

　페이로드 단장이 검을 들어 남작의 목을 겨누자 남작은 식
은땀을 줄줄 흘리며 말했다.

　"저도, 저도 모르는 일입니다. 정말, 정말입니다."

　페이로드 단장의 검이 남작의 목에 더 깊이 파고들자 남작
의 목에서는 피가 흘러내렸다. 그 모습에 깜짝 놀란 마리엔느
가 다급히 말했다.

　"정말입니다, 선배님. 글로라이드 학원의 졸업생의 명예를
걸고 약속드릴 수 있습니다. 아무려면 제가 눈앞의 이익에 눈
이 멀어 목숨을 도외시하는 그런 멍청이로 보이십니까?"

　허르쉬는 마리엔느의 입에서 글로라이드 학원의 명예가 거
론되자 미미하게 이마를 찌푸렸다. 분명 남작의 딸이 글로라
이드 학원의 졸업생이라는 이야기는 들었지만, 그렇다고 그녀
가 자신이 그 학원 출신이라는 사실을 알아볼 줄은 생각도 못
했던 것이다.

　"어떻게 알았지?"

　"선배님에 대한 이야기는 학원에서도 유명했거든요. 평민
출신이면서 글로라이드 학원을 최단 시간에 졸업하시고, 프로
테스 대공의 참모이신 베드로윈 백작의 보좌관으로 들어가셨
으니까요."

　마리엔느의 말에 허르쉬는 일순 불쾌한 표정을 짓그 말았

다. 그 모든 관심이 그가 평민이기 때문에 받는 것이었기 때문이다.

하지만 곧 그 불쾌감을 털어버린 허르쉬는 현자가 지금 어디에 있느냐로 관심의 초점을 모았다. 남작의 딸인 마리엔느가 글로라이드 학원의 명예까지 들먹이며 거짓말을 할 리가 없으니 분명 남작은 현자를 감추어두지 않았다는 말인데.

그때 미처 기사들이 막아서기도 전에 사이파가 재빠르게 몸을 움직여 준희가 머무르던 방으로 달려 들어갔다. 자신의 눈으로 직접 확인해 보지 않고는 믿을 수가 없었다. 그리고 준희가 없음을 확인한 사이파는 한동안 망연자실한 표정으로 그 자리에 서 있을 수밖에 없었다. 그리고 동물의 발자국 소리에도 잠이 깰 정도로 예민한 자신이 술도 마시지 않았는데 어떻게 준희가 없어진 사실도 모르고 잠을 잘 수 있었는지 도무지 이해할 수가 없었다.

그런 사이파의 등 뒤로 어느새 다가온 허르쉬가 방 안의 풍경을 살펴보더니 허탈하다는 듯 말했다.

"아무래도 이거, 현자님이 납치되신 것 같군요."

그 말에 사이파가 날카로운 눈초리로 허르쉬를 노려보며 그렇게 판단한 이유를 묻자 허르쉬는 무섭다는 듯 너스레를 떨며 그 이유를 말했다.

"미약하지만 이곳 현자님의 거처 주변에 수면 향의 냄새가 떠돌고 있기 때문입니다. 또한……."

허르쉬는 현자의 물건인 듯 보이는 책이 펼쳐져 있는 모습이나 깨끗이 개어진 채 침대 옆에 놓여 있는, 준희의 옷을 가리켰다. 설마 현자가 잠옷 바람으로 어디론가 산책을 나갔겠는가?

누군가 자꾸 흔들어 깨우려 하자 준희는 그 손을 뿌티치며 중얼거렸다.

"깨우지 마, 미향. 나, 더 잘 거야."

그러자 한순간 멈칫하던 그 손길은 다시 준희를 흔들어 깨우기 시작했다.

"뭐야, 미향? 왜 깨우는 거야?"

분명 어젯밤 깨우지 않겠다고 약속하고는 깨우는 미향에게 항의하듯 눈을 부릅뜨며 외친 준희는 처음 보는 낯선 사람의 모습에 당황하지 않을 수 없었다.

"누구?"

준희는 어리둥절해서 물었다. 그러자 눈앞의 평범한 인상의 낯선 사내가 정중히 대답했다.

"죄송합니다. 저희가 어제 허락도 받지 않고 현자님을 이리로 모셨습니다. 얌전히만 계셔주시면 그 어떤 불편함도 없을 것입니다."

말문이 막힌 준희가 멍하니 있는 동안 사내는 작은 나무 탁자 위에 수프와 빵이 들어 있는 음식 바구니를 조심스럽게 올려놓고는 나가 버렸다. 그리고 그가 나가자마자 밖에서 문을 걸어 잠그는 소리가 들려왔다. 그 소리에 놀란 준희는 황급히 침대에서 벌떡 일어나 문을 잡아당겨 보았다. 그렇지만 덜그덕거리는 소리만 들릴 뿐 문은 열리지 않았다.

그제야 자신이 납치당했다는 사실을 인식한 준희는 허탈해져서 그 자리에 털썩 주저앉았다. 얼마나 그렇게 앉아 있었을까? 갑자기 어떤 의혹이 그녀의 머리를 스쳐 지나갔다. 분명 자신의 곁에는 늘 그렇듯 미향이 있었을 텐데 어떻게 자신이 납치를 당할 수 있었을까. 설마 미향이 자신을 버렸단 말인가?

그런 생각이 들자 준희는 안색이 창백해지며 두려워지기 시작했다. 어쩌면 이대로 영원히 미향은 물론이고 사이파와 로이와도 만나지 못한 채 낯선 곳에서 죽임을 당하게 될지도 모른다는 생각이 들었던 것이다. 그러자 눈물이 고이기 시작하더니 굵은 눈물방울이 준희의 얼굴에서 뚝뚝 떨어지기 시작했다.

"미향, 미향……."

이세계에 와서 준희가 당당하게 현자 행세까지 하면서 즐겁게 살아갈 수 있었던 것은 모두 미향이 있었기 때문이다. 언제 어떤 일이 일어나도 반드시 미향이 그녀를 지켜주리라는 믿음이. 그런데 이번 일로 그 믿음이 깨어진 것이다. 그리고 이 세상에 혼자라는 두려움이 갑자기 그녀를 엄습해 오기 시작했다.

"돌아와 줘, 미향. 혼자는 싫어. 혼자 있고 싶지 않단 말이야."

본래 준희는 늘 혼자였기에 외로움에 익숙해져 있었다.

그러다가 미향을 만나 그 감정을 잊고 지내다가 다시 외로움을 느끼게 되자 그 외로움이 지독한 고통이 되어 뼛 속 깊이 파고들어 왔던 것이다.

절망이 가득한 눈으로 울고 있는 준희의 모습에 몰라 숨어서 그녀를 지켜보고 있던 미향은 순간적으로 그녀가 갇혀 있는 방 안으로 뛰어 들어갈 뻔했다. 그녀를 보듬어 안고 그녀가 혼자가 아님을 알려주기 위해서. 하지만 곧 정신을 차린 미향은 그 감정을 꾹 눌러 참았다. 여기서 모습을 드러내면 일부러 그녀가 납치당하도록 내버려 둔 것이 모두 수포로 돌아가기 때문이었다.

준희를 납치하기 위해 그들이 침입해 들어와 준희의 방문을 열려고 했을 때, 사실 미향은 그들을 모조리 죽여 버리려고 했었다. 감히 준희를 노리면 어떻게 되는지 그 본보기를 보여주기 위해서라도. 그런데 사이파와 준희를 떼어놓을 수 있는 기회일지도 모른다는 생각이 문득 든 것이다.

그 유혹이 너무 강해서 미향은 준희가 그냥 납치당하도록 방치해 둔 것이었다. 납치범들이 준희를 들쳐 업고 저택을 빠져나가는 모습을 보면서 잠깐 로이가 걱정되기는 했지만 사이파가 잘 보살펴 줄 거라고 나름대로 위안하며 걱정을 떨쳐 버렸다.

그리고 농가의 한 낡은 오두막 침대에 눕혀지는 준희를 보며 미향은 보다 확실히 하기 위해서라도 납치범들이 준희를 데리고 도르퓐에서 멀리 떨어지기 전에는 준희에게 모습을 드러내지 않기로 결심을 한 것이었다.

그래서 미향은 안타까운 마음으로 울고 있는 준희를 지켜보고만 있을 수밖에 없었다.

로드센의 현자라는 말보다 이제는 디오니아의 현자라는 이름으로 더 잘 알려진 준희가 납치당한 사실은 폭풍의 기사단과 남작의 병사들이 도르퓐 구석구석을 뒤지며 찾아다니는 통에 모르는 사람이 없었다.

그러자 준희가 파는 약초로 인해 도움을 받은 사람들과 그녀가 '운명의 이끌림'에서 버려진 물건들을 모두 샀다는 것을 알고 있는 용병 길드에서도 적극적으로 현자를 찾는 일에 나서기 시작했다. 그 때문에 지금 '운명의 이끌림'은 용병들로 북적이고 있었는데, 그중에는 준희의 자존심을 건드려 그녀로 하여금 충동 구매를 하게 만들었던 로에스라는 용병도 있었다.

여관 주인인 기스톤이 용병들 앞에 서서 말했다.

"아직 납치범들은 도르퓐에서 빠져나가지 못한 것 같다. 성문 경비병들에게 들으니 며칠 전부터 이곳에 들어온 외부인들은 모두 스무 명이 넘지 않는데, 그중 용병의 신분으로 들어온 여덟 명이 가장 수상했다."

"이유가 뭐냐?"

한 용병이 퉁명스럽게 물었다. 그는 현자를 납치한 범인들로 같은 용병이 지목된 것이 못마땅했던 것이다. 그러자 기스톤이 히죽 웃으며 말했다.

"그들만이 유일하게 용병 길드에 들러서 현자님이 판매하는 약초를 사 가지 않았다."

"아!"

순간 용병들 사이에서 감탄사가 터져 나왔다.

용병들이란 직업이 그렇듯 언제 어떤 위험한 일을 당할지 알 수 없다. 때문에 휴대하기도 편하고 싼값이지만 효과가 좋은 현자의 약초를 지니는 것은 여벌의 목숨을 준비해 놓는 것과 마찬가지였다. 그런데 그 현자의 약초에 대한 소문을 듣고도 용병으로서 그 약초를 구입하지 않았다니……. 그렇다면 그것은 그들이 밝힌 신분과는 달리 그들은 용병이 아니라는 말과 마찬가지인 것이다.

"그들이 어디에 머물고 있는지도 알아보았나, 기스톤?"

회색의 더벅머리 용병 로에스가 차갑게 가라앉은 음성으로 물었다.

그의 물음에 기스톤은 다른 사람들을 대할 때와는 다르게 신중히 생각하고 나서야 대답했다.

"주변 여관을 모두 뒤져 보았지만 그들이 머물렀다는 여관은 없었어. 그러니 분명 이곳에 그들의 거처가 따로 있다는 얘기인데……."

로에스는 그 말에 곰곰이 생각해 보는 듯하더니 선원 거스에게 말했다.

"지도."

거스가 그 말을 알아듣고 즉시 도르퓐의 지도를 건네주자 유심히 살펴보던 로에스는 자신의 검으로 도르퓐의 지도를 몇 구역으로 나누었다. 그리고 용병들 역시 대여섯 팀으로 나누어서는 한 구역씩 맡아 조사해 오도록 시켰다.

"무엇을 조사하라는 거지?"

거스가 궁금하다는 듯 묻자 로에스는 진지한 표정으로 대답했다.

"인간인 이상 먹지 않고는 살 수 없는 법. 외부인 손님으로 식량을 구한 자들에 대해 모두 조사해 보라고 시켰다."

"허!"

거스는 기가 막혀서 로에스를 빤히 쳐다보지 않을 수 없었다.

그것은 로에스의 기지에 감탄해서가 결코 아니었다. 도르퓐은 항구 도시이면서 린페이에서도 꽤 큰 도시 축에 들기에 하루에도 이곳을 드나드는 외부인들은 족히 몇백 명이 넘었다. 그런 곳에서 식량을 구한 외부인들을 모두 찾아 조사해 보는 것이 어디 쉬운 일이겠는가?

그런데 그런 일을 동료 용병들에게 아무렇지도 않게 시키는 로에스나 그의 말을 따르는 용병들이나 거스는 도무지 이해할 수가 없었다.

어이가 없어 고개를 절레절레 흔들면서 '운명의 이끌림'을 나서는 거스를 보며 로에스는 스스로를 이해할 수가 없었다. 왜 이렇게 자신이 현자를 찾는 일에 매달리는 것인지.

처음 로에스가 '운명의 이끌림' 에서 현자 일행을 보았을 때 제일 먼저 눈에 띈 것은 현자가 아니라 그와 함께 있었던 강한 전사였다. 그의 눈을 본 순간 한번 검을 섞어보고 싶다는 욕구에 냉정을 잃을 정도였던 것이다.

그런데 그때 현자의 목소리가 그의 이성을 되돌려 놓았었다.

"저, 물건들을 모두 사려면 얼마나 듭니까?"

처음에는 그저 귀족들의 잘난 자존심 때문이라고 생각했었다. 그래서 얼마 지나지 않아 물건들을 다시 버리는 질 나쁜 귀족이라면 그들을 죽여 없애리라고 여겼었다. 그런데 그는 곧 놀라운 소식을 접할 수 있었다. 그 귀족이 물건들을 케러다가 약초술을 가르치고 있다는 것이었다. 그리고 며칠 후에는 기스톤을 통해 그 약초들을 가난한 사람들에게 싼 값에 팔고 싶다는 연락을 해오자 로에스는 꽤 괜찮은 귀족이구나 하는 생각을 했었다.

그런데 약초가 팔려 나가면서 그와 함께 퍼지는 소문에는 격동하지 않을 수 없었다. 바로 그가 디오니아 섬에서 온 현자라는 사실이었다.

순간 로에스는 버렸다고 생각했던 복수와 야망에 대한 불길이 다시 타오르는 것을 느꼈다. 망국 에르비오스의 넷째 왕자의 이름으로 라마스 제국을 무찌르고 빼앗긴 왕국을 다시 찾을 수 있을지도 모른다는 희망 때문이었다. 디오니아 섬의 보물을 얻는다면 그것은 쉽게 이룰 수 있는 일이었으니까.

하지만 곧 로에스는 그 생각을 떨쳐 버리기 위해 애를 썼다. 자신의 복수와 야망 때문에 그의 백성들을 다시 전쟁의 혼란 속으로 빠뜨릴 수는 없었던 것이다..

그는 용병으로 활동하면서 작게는 도시 간의 전쟁에서부터 크게는 나라끼리의 전쟁까지 많은 전쟁에 참여해 왔다. 그러면서 전쟁이 얼마나 끔찍한 일인지 직접 보고 느낄 수가 있었다. 그것은 왕족으로서 라마스 제국의 병사들에게 쫓기며 느꼈던 불안과 공포와는 비교도 되지 않는 일이었다.

적의 눈을 피해 일주일간을 구덩이 속에 들어가 굶주림을 참고 견디면서 그는 다시 나라를 찾겠다는 생각을 버렸다. 그의 백성들에게 그와 같은 고통을 다시 줄 수는 없다는 생각으로.

그런데 왜 이렇게 현자를 찾기 위해 노력하는 것인지 로에스는 스스로를 납득할 수가 없었다. 그러다가 기스톤에게 돈이 없으니 외상으로 약초를 좀 달라고 부탁하는 노파의 애처로운 모습을 보면서 로에스는 중얼거렸다.

'그래, 이것은 옳은 일이기 때문이다. 현자는 저들의 희망이니까.'

사이파는 그저 준희가 돌아오기를 기다리는 일밖에는 할 수 없는 무력한 자신에게 너무나 화가 났다. 물건들마저 준희를 찾아 도르퓐 구석구석을 바쁘게 돌아다니고 있었고, 심지어 여자인 마리엔느 아가씨조차 저택에서 일하는 일꾼들을 통해 요즘 들어 저택 주변을 감시하던 수상한 자들을 못 보았는지를 알아보는 등 분주하게 움직이고 있었다. 그런데 그는 아무것도 할 수 있는 일이 없었던 것이다. 이제 어느 정도 린페이어를 한다지만 노르니에 전사 특유의 분위기 때문인지 나갔다하면 오히려 도르뮌의 주민들이 그를 수상한 자라고 병사들에게 알리는 것이었다. 그 때문에 오히려 방해가 된다며 저택에 남아 있어줄 것을 기사단장에게 부탁까지 받았다.

가만히 있자니 초조함과 불안감이 가시지 않았다. 심장이 타 들어가는 듯했다. 때문에 그 고통을 잊기 위해 쉴 새 없이 검을 휘둘러도 보고 로이의 훈련을 다그쳐도 보았지만, 정신이 들면 어느새 준희에 대한 생각을 떠올리고 있는 자신을 느낄 수 있었다. 그러면서 사이파는 어쩌면 이 감정이 사랑인지도 모르겠다고 생각했다.

준희가 납치당한 지 이틀이 지났을 때 납치범들은 준희가 갇혀 있는 방문을 보며 걱정스러운 표정으로 서로를 바라보고 있었다. 이틀이 지나도록 현자가 먹은 것이라고는 빵 몇 조각과 물밖에 없었던 것이다. 그리고는 하루 종일 병든 짐승처럼 잠들어 있는 것이었다.

이대로 두었다가는 안전하게 도르뮌을 빠져나가 현자를 주인에게 넘기기도 전에 현자가 굶어 죽는 사태가 발생할지도 모르는 일이었다.

고민을 하던 납치범들 중 한 사내가 조심스럽게 말했다.

“혹시 음식이 입맛에 안 맞는 것이 아닐까요? 귀족들은 입맛이 까다롭잖아요.”

“아! 그럴지도 모르겠군.”

납치범들의 대장인 평범한 인상의 사내는 현자를 납치할 때 보았던 그의 화려한 방을 떠올리면서 중얼거리듯 말했다. 그런 방에 머물면서 좋은 음식만을 먹었을 현자가 그들이 주는 거친 빵을 먹지 못한 것은 어쩌면 당연한 일인지도 모르는 일이라고 생각하면서.

사내는 옆의 사내를 툭 치더니 1디드 세 개를 던져 주면서 말했다.

“고급 음식점에서 먹을 것을 좀 사 오게. 귀중하신 분을 굶겨 죽일 수는 없는 일이니까.”

“알겠습니다.”

그 사내는 대답하고는 곧바로 농가를 나섰다, 험상궂은 용병이라는 얼굴로.

그 사내는 도르핀에 있던 유명한 음식점인 ‘베넷의 환상’ 이라는 곳에서 음식을 주문해 싸 들고는 가게를 나왔다. 한시라도 빨리 돌아가기 위해 주위를 둘러볼 겨를도 없이.

첫날, 울음소리도 들리지 않았는데 울었는지 얼굴이 퉁퉁 붓고 빨개진 눈으로 그들을 바라보던 현자는 그 다음날부터 마치 버려진 강아지처럼 멍한 눈으로 가끔 일어나 있을 뿐 늘 잠들어 있었다. 마치 현실의 모든 고통을 잊어버리려는 듯이.

그런 현자를 보는 그의 마음은 무척 착잡했다. 마치 어린아이를 유괴한 듯한 기분이랄까? 그래서 되도록 빨리 맛있는 음식을 가져다주어 기뻐하는 현자의 모습을 보고 싶었던 것이다. 그 때문에 그는 은밀히 그의 뒤를 밟고 있는 사람이 있다는 사실을 알 수가 없었다. 그리고 그가 농가로 들어가는 것을 확인한 사람은 그 사실을 곧장 '운명의 이끌림' 으로 가 로에스에게 알렸다.

로에스는 자신이 직접 그 농가로 찾아가 보기로 결심했다. 우선 현자가 있는지 확인하기 위해서였다. 조사에 따르면 그 농가의 주인은 보름 전에 브리즈 상단의 일꾼으로 고용되어서 도르핀을 떠나 있었다. 그런데 그곳에 사람이 살고 있다니…….

조심스럽게 농가 쪽으로 다가가던 로에스는 급히 몸을 나무 뒤로 숨겼다. 왼편의 큰 나무 위와 지붕 위에서 밖을 둘러보며 감시하는 인물들이 있음을 알아챈 것이다. 발걸음 소리를 죽이고 그들의 눈을 피해 농가로 다가간 로에스는 약간 벌어져 있는 나무판자 사이를 보고는 한쪽 눈으로 들여다보았다. 그리고 준희가 낡은 침대 위에서 잠들어 있는 모습을 확인할 수 있었다.

준희의 존재를 확인하고 납치범들의 인원을 파악한 로에스는 얼른 농가를 빠져나갔다. 미향은 그런 로에스의 존재를 처음부터 지켜보고 있었지만 납치범들에게 그의 존재를 알리지 않았다. 더 이상 아파하는 준희의 모습을 지켜볼 수가 없었던 것이다.

[하아, 준 씨. 미안.]

초췌한 얼굴로 누워 있는 준희를 보며 미향은 자조하듯 중얼거렸다. 자신 때문이라는 생각은 못한 채 사이파와 떨어진 것이 그렇게 충격이었나라고 생각하면서.

얼마 후, '운명의 이끌림'의 용병들이 모두 현자의 구출에 나서며 농가 주위를 점차 포위해 들어가기 시작했다.

바스락! 바스락!

용병들의 인원이 수십 명이 넘는 가운데에서도 들리는 소리는 나뭇잎이 부딪치는 소리뿐이었다.

그때, 쐐액! 하는 소리와 함께 나무 위의 사내와 지붕 위에서 망을 보던 사내가 단검에 목을 찔려 그 자리에서 즉사하고 말았다.

쿵!

시체가 떨어지는 소리와 점차 밀려드는 살기로 인해 농가 안에 있던 납치범들은 자신들의 위치가 현자를 찾는 자들에 의해 밝혀졌음을 눈치 챌 수 있었다.

한 사내가 작은 소리로 대장에게 물었다.

"어떻게 하지요?"

대장이 말했다.

"현자를 데려와라! 그를 인질로 삼아 이곳을 빠져나가야겠다."

"네."

납치범들 중에 한 명이 곧장 준희가 갇혀 있는 방으로 가서

자고 있는 준희를 깨워 데리고 나왔다. 준희는 아직도 멍한 눈이었다. 그런 준희를 보던 대장은 착잡한 표정으로 시퍼런 단도를 꺼내 준희의 목에 겨누며 중얼거렸다.

"미안하오."

그렇지만 준희의 귀에 그의 말은 들리지 않았다. 목에 겨누어져 있는 단도의 시퍼런 날에 온몸이 굳어진 듯하더니 곧바로 소름이 등줄기를 타고 쭉 올라오며 이것이 현실이라는 두려움이 공포가 되어 몰려들었던 것이다.

창백하게 질린 현자를 지켜보던 대장이 부하에게 명했다.

"문을 열어라!"

그러자 그의 곁에 있던 자가 발로 문을 걷어찼다.

쾅!

요란한 소리와 함께 농가의 문짝이 확 날아가자 밖의 상황이 일목요연하게 드러났다. 점차 거리를 좁혀오던 용병들은 납치범들이 현자의 목에 단도를 겨누며 걸어나오자 그 자리에 멈춰 설 수밖에 없었다. 잘못하면 현자의 목숨이 위험했다.

미향은 그 모습이 몹시도 불쾌했다. 감히 준희의 목에 검을 겨누다니⋯⋯. 그렇지만 그 납치범들이 준희를 죽일 생각은 없다는 사실을 알고 있었기에 미향은 가까스로 분노를 참아낼 수 있었다.

그런데 그때였다.

막 납치범들의 대장이 용병들을 향해 입을 열려는 순간,

쐐액!

단검 하나가 준희의 목에 검을 겨누고 있는 대장의 오른팔 어깻죽지에 와 박혔다.

"큭!"

챙!

대장의 신음 소리와 함께 현자의 목을 겨누고 있던 검이 바닥에 떨어지자 마치 그것이 신호인 듯 용병들은 납치범들을 향해 달려들었다.

촤아악!

눈앞에서 목이 잘려 나가는 납치범들의 모습을 보면서 준희의 눈은 경악으로 크게 부릅떠지고 있었다. 비명을 지르고 싶었지만 목이 막힌 듯 작은 소리조차 새어 나오지 않았다. 그것은 늑대귀가 죽는 광경을 보았을 때와는 또 다른 충격이었다. 어찌 되었든 이들은 사람이었던 것이다. 하지만 토하고 싶을 정도로 비릿한 피비린내가 좌중을 덮는 가운데 준희는 이들의 죽음보다 더 나쁜 상황이 있음을 곧 깨달을 수밖에 없었다.

죽은 이들의 몸속에서 빠져나오는 영혼들 때문이었다. 그들은 갈 곳 잃은 아이들처럼 공중을 떠돌며 방황하고 있었다. 일찍이 미향으로부터 이곳의 귀문이 7년에 한 번밖에는 열리지 않는다는 사실을 들어 알고 있던 준희는 이들이 왜 방황하고 있는지 알 수 있었다. 승천하지 못하는 이들은 귀문이 열리기를 기다릴 수밖에 없는데, 귀문이 열리려면 아직 긴 시간이 필요했던 것이다. 행여 그들과 눈이라도 마주칠까 봐 걱정된 준희는 질끈 눈을 감아버렸다. 그런 준희의 모습에 미향은 한숨을 쉬지 않을 수 없었다.

오랜 시간을 귀신인 자신과 보냈으면서도 아직까지 귀신을 보는 것을 무서워하고 있었으니…….

미향은 준희의 눈을 뜨게 하기 위해서 귀신들을 향해 자신의 기운을 내뿜었다. 그러자 그 무서운 기운을 느낀 귀신들은 도망치듯 다른 곳으로 사라져 버렸다.

충격을 받은 듯 눈을 감고 있는 현자의 모습에 역시 곧부만한 학자는 어쩔 수가 없다고 생각한 로에스는 준희에게 다가가 어깨에 손을 올려놓으며 물었다.

"괜찮소?"

준희는 눈을 감은 채 고개를 끄덕였다.

"…파레스 남작의 저택으로 가겠소? 가족들이 기다리고 있을 거요."

가족. 그 말에 준희는 서서히 눈을 떠 로에스를 바라보았다. 순간적으로 그녀는 생명을 얻은 듯한 기분이었다. 미향은 그녀를 버렸는지 몰라도 그녀에게는 아직 가족이 있었던 것이다. 사이파와 로이, 그리고 가이들이.

흥분된 눈빛으로 발걸음을 옮기려던 준희는 이틀을 거의 굶었던 탓인지 기운이 없어서 그만 쓰러지려고 했다. 그러자 놀란 로에스가 얼른 준희의 몸을 안다시피 해서 부축했는데, 순간 팔에 와 닿는 감촉 때문에 로에스는 온몸이 경직될 수밖에 없었다.

봉긋 솟아오른 그 뭉클함은 여인에게서나 느낄 수 있는 감축이었기 때문이다. 그로 인해 혼란스러운 눈빛으로 자신을 바라보는 로에스를 눈치 채지 못한 준희는 어색하게 웃으면서 말했다.

"고맙습니다. 그러고 보니 아직 절 구해주신 것에 대한 감사도 드리지 못했군요. 정말 감사합니다."

로에스가 멍하니 굳어 있는 동안 준희는 로에스의 팔을 잡고 일어나 그들을 둘러싸고 있는 용병들에게도 깊이 고개를 숙이며 감사를 표했다.

"구해주셔서 정말 감사합니다."

진실한 마음이 담긴 감사의 표현 때문이었을까? 아니면 귀족이면서도 용병 따위에게 깊이 고개를 숙이는 모습 때문이었을까? 용병들은 모두 어색한 표정으로 준희의 감사 인사를 받았다. 그런 그들의 얼굴에는 좋은 일을 했다는 데에서 오는 흐뭇함이 깔려 있었다.

용병들에게 둘러싸여 남작의 저택으로 돌아가는 준희의 뒷모습을 보면서 로에스는 속으로 비명을 지르듯 외쳤다.

'말도 안 돼! 현자가 여자였다니……'

로드센의 현자라는 준희와 마주 앉은 허르쉬는 복잡한 감정이었다.

20대 초반의 여인 같은 얼굴의 사내라는 말은 들었지만 이렇게 젊은 사내일 줄은 생각도 못했던 것이다. 더구나 누구나 다가갈 수 있을 정도로 호감이 가는 사내라고 들었는데, 그가 보기에 눈앞의 사람은 누구에게도 마음을 내어줄 사람이 아니었다. 벗겨도 벗겨도 늘 베일에 싸여 있을 것 같은 사람이었던 것이다.

"실례지만 나이가……?"

허르쉬는 그답지 않게 쉽게 말을 걸지 못하고 조심스럽게 물었다.

"스물일곱입니다."

준희는 차분한 목소리로 대답했다.

그러자 허르쉬의 입에서 경악성이 터져 나왔다. 생각보다 나이가 많았던 것이다. 아무리 많아도 25은 넘기지 않았을 것이라고 생각했는데.

그리고 그 말에 허르쉬는 복잡한 심정을 많이 가라앉힐 수 있었다. 자신보다 젊은 나이의 현자라는 것은 그의 자존심을 무척이나 상하게 했는데, 알고 보니 자신보다도 4살이나 윗사람이라는 사실을 알았기 때문이다.

더욱 자세가 공손해진 허르쉬는 자신이 여기에 온 이유를 몇 시간에 걸쳐 설명하더니 준희에게 물었다.

"어떻게 하시겠습니까, 준희님? 저희와 함께 프로테스 대공저로 가시는 것이 여러모로 좋지 않겠습니까? 그곳에 가면 오늘과 같은 납치 기도는 더 이상 발생하지 않을 것입니다."

"피곤하군요. 지금은 좀 쉬고 싶습니다. 내일까지 생각해볼 시간을 좀 주시겠습니까?"

준희는 가만히 한숨을 쉬면서 그렇게 물었다. 이에 허르쉬는 미안해서 더 이상 준희의 대답을 독촉하지 못하고 고개를 끄덕이고는 물러났다. 납치당해서 고생한 현자를 너무 오래 붙잡고 있었다는 사실을 자각한 것이다.

허르쉬가 방에서 나가자 사이파와 로이, 마리엔느, 로에스, 가이들이 한꺼번에 다 같이 방 안으로 들어왔다. 우르르 몰려 들어온 그들의 표정에는 준희에 대한 걱정이 가득했다.

메이는 준희에게 따뜻한 수프를 떠 넘겨주었고, 체이와 케이는 준희의 침대 시트를 펴주며 수건으로 얼굴을 닦아주는 등 분주하게 움직였다. 그 속에서 준희는 침대에 누운 채 어느 정도 마음의 긴장을 푼 듯 만족한 한숨을 내쉬고 있었다.

"프로테스 대공의 명을 거스를 생각인가요?"

마리엔느는 그런 준희를 보며 착잡한 표정으로 물었다. 어느 곳에도 속하지 않을 바람 같은 사람이기에 모든 것을 버리고 갑자기 어디론가 사라져 버릴 것만 같았던 것이다.

하지만 뜻밖에는 준희는 고개를 가로저었다.

"아니, 프로테스 대공을 만나볼까 해."

"네?"

"에?"

그런 대답은 생각지도 못했는지 마리엔느와 로에스가 놀라서 준희를 쳐다보았다.

"어째서요?"

준희는 침착하게 말했다.

"어차피 미드리드 대륙의 모든 자들이 날, 아니, 디오니아의

현자를 노리고 있는 이 상황에서 내가 편안하려면 강한 자의
밑에 들어가 있는 것이 좋을 테니까요.”

순간 마리엔느는 충격을 받은 표정으로 준희를 바라보았다.

“알고 있었어요?”

“네, 물론 알고 있었습니다.”

“그런데 어째서 이곳에 계셨던 것이지요?”

혼란스러운 표정으로 마리엔느는 준희의 눈을 바라보았다.
그 어떤 거짓도 용납하지 않겠다는 눈빛으로.

자신의 아버지가 그를 이용하기 위해 이곳에 붙잡아둔 것을
알면서도 이곳에 자신의 거처를 마련했다니… 마리엔느의 상
식으로는 도저히 이해할 수 없는 일이었던 것이다.

하지만 준희는 어디까지나 태연하게 말할 뿐이었다.

“난 편한 것을 좋아하거든요. 굳이 남작님이 제게 건네주는
친절을 거부할 필요성을 느끼지 못했다고나 할까요?”

그 뻔뻔하기까지 한 대답에 마리엔느는 허탈한 기분을 맛보
지 않을 수 없었다. 그런 줄도 모르고 준희를 그저 고지식한
학자로만 생각하며 들키지 않으려고 전전긍긍했으니…….

로에스 또한 새로운 눈으로 준희를 바라보았다. 이곳에서
준희가 한 일들에 대해 듣고는 마냥 착한 사람이라고만 생각
했던 것이다. 그런데 그렇지 않았다니…… 혹시 물건들을 산
것도 어떤 목적을 위해서가 아니었을까 하는 의심까지 들 정
도였다.

그때 준희가 말했다.

“그래서 말인데 미리 가이들에게 작별 인사를 해야 할 것 같
네요.”
“…작별 인사라고요?”
가이들은 충격을 받은 표정으로 준희를 바라보았다.
“우리를 버리시는 겁니까?”
메이가 믿을 수 없다는 듯 상처받은 표정으로 물었다. 그러
자 준희가 의아하다는 표정으로 되물었다.
“버리다니요?”
“저희를 떠난다고 하지 않으셨습니까? 그것은 버리겠다는
뜻이 아닙니까?”
그 말에 준희는 웃으며 말했다.
“여러분은 더 이상 물건이 아니에요. 그러니 버린다는 말은
성립이 되지 않습니다. 또한 델마의 집은 우리의 집이지 않습
니까? 여러분은 그저 집에 남아 있게 되는 것뿐입니다.”
그리고 준희는 마리엔느에게 고개를 숙이며 말했다.
“마리엔느 아가씨, 이웃으로서 이들을 잘 부탁드립니다.”
그러자 가이들의 궁금증을 대변이라도 하듯 마리엔느가 물
었다.
“그 말씀은 돌아오실 거라는 말인가요?”
“물론이지요. 델마의 집은 제 유일한 집인걸요.”
그 말에 마리엔느는 물론이고 가이들 또한 안도의 한숨을
내쉬었다.
그러더니 잠시 후, 가이들의 대표로 메이가 말했다.

“그럼. 잘 다녀오세요, 준희님.”

준희는 방긋 웃으며 고개를 끄덕였다.

다음날, 허르쉬는 준희가 그를 따라가기로 했다는 말에 크게 기뻐하면서 곧장 출발 준비를 서둘렀다. 준희가 타고 갈 마차를 준비하고, 식량과 물품 등이 챙겨지자 내일 떠나라는 남작과 마리엔느를 만류를 뿌리치고는 출발 준비를 마쳤다.

그런 준희에게 메이가 허리에 찬 주머니에게 1딜을 꺼내어 건네주었다.

“혹시 필요하실지도 모르니까요.”

준희는 정작 그 돈이 필요한 것은 자신보다 가이들이라고 생각했지만 그들의 마음을 생각해 그 돈을 챙겨 넣었다. 그런 준희의 모습에 헤이가 살짝 그녀의 옷자락을 잡아당겼다.

“왜?”

준희가 허리를 숙이고 헤이의 눈을 바라보며 부드럽게 묻자 헤이가 얼굴을 붉히며 고개를 숙인 채 작게 속삭였다.

“빨리 다녀오세요.”

왠지 자신이 출장 가는 아버지 같다는 생각을 하며 준희는 헤이의 머리를 부드럽게 쓰다듬어 주는 것으로 대답을 대신했다.

남작은 가이들이나 마리엔느와 마찬가지로 준희의 떠나는 모습을 끝까지 지켜보며 가슴 아파했다. 그에게 들어올 수많은 보물들이 떠나가는 것만 같았던 것이다. 그렇지만 가이들을 보자 그의 눈은 희망으로 빛났다. 그들이 있는 이상 준희는 반드시 이곳으로 돌아올 테니까.

따그닥! 따그닥!
붉은 카이라 꽃이 그려진 깃발을 높이 치켜든 채 폭풍의 기사단은 한 마차를 호위하면서 도르퓐의 성문을 벗어나고 있었다.
그런 마차의 안에는 준희와 허르쉬, 로이, 사이파, 그리고 로에스가 타고 있었다. 로에스가 그들 일행에 끼게 된 것은 그가 준희에게 구해준 보답으로 자신을 고용해 달라고 요구했기 때문이다. 사이파는 그런 로에스가 불쾌하게 느껴졌지만 그 이유를 알 수가 없어 곤혹스럽기만 했다. 그저 로에스가 준희를 바라보는 눈빛이 마음에 들지 않는다고나 할까?
한편, 허르쉬는 현자라고 알려진 준희에게 무언가 한 가지라도 배우기 위해 계속해서 말을 걸었다. 하지만 납치를 당하고 탈출하는 등 여러 가지로 정신적으로 피곤한 일이 많았던 준희는 꾸벅꾸벅 졸기 바빠서 허르쉬에게 대꾸해 주지를 못했다.
그러더니 서서히 준희의 머리가 사이파의 품으로 기울어져 갔다. 그러자 사이파는 준희의 머리를 끌어다가 자신의 무릎에 눕히며 부드러운 손길을 머리카락을 쓰다듬어 주었다.
다정한 연인의 한때의 풍경을 보는 듯한 그 모습에 로에스의 눈빛은 성마르게 변해 버렸다. 어떻게든 둘을 떼어놓고 싶

은데 뭐라고 하면서 떼어놓아야 할지 핑계거리가 생각나지 않
았던 것이다. 그리고 허르쉬는 묘하게 불편한 기분이 도어 헛
기침을 하며 고개를 돌렸다. 사이파의 눈빛이 단순한 친구를
보는 눈이 아니라고 생각되었기 때문이다.

하지만 그들의 불편한 심사는 더 이상 이어지지 않아도 되
었다.

갑자기 준희가 벌떡 일어선 것이었다. 둘의 묘한 광경에 참
지 못하고 모습을 드러낸 미향이 준희에게만 들리게 귓가에
크게 소리쳤기 때문이었다.

[준 씨, 일어나!]

무의식중에 그 음성에 반응해 몸을 일으킨 준희는 눈앞에서
씩씩거리는 미향의 모습을 확인하고는 정신이 번쩍 들었다.
자신을 떠난 줄 알았던 미향이 눈앞에 나타나다니…….

화도 나고 물어보고 싶은 것도 너무 많았다.

그렇지만 이곳은 마차 안이고, 더구나 자신 혼자만 있는 것
이 아니라는 사실을 깨닫고는 가까스로 입을 다문 준희는 미
향을 노려보며 속으로 중얼거렸다.

'어디 나중에 두고 보자고, 미향.'

그런 준희의 생각을 눈치 챈 미향은 그래도 미안한 마음은
있는지 시선을 피했다.

갑자기 일어나 무섭게 허공을 노려보는 준희의 모습을 다들
이상하게 생각했지만 아무도 말을 꺼내지는 않았다. 왠지 그
이유에 대해서 물으면 준희의 그 무서운 눈초리가 자신을 향

할 것만 같았기 때문이다.

속에서 치밀어 오르는 분을 삭이기 위해 준희는 사이파에게
부탁했다.

"잠깐 창문 좀 열어줄래?"

사이파는 말없이 옆 창문을 열어주었다.

창밖을 내다보니 저 멀리로 도르퓐의 항구가 서서히 멀어져
가고 있는 광경이 보였다. 마차 옆으로는 폭풍의 기사단이 일
정한 보폭을 맞추어서 움직이고 있었고, 준희의 말인 주홍이
도 그 대열에 끼여 있었다.

무의식중에 그런 기사단의 모습을 눈으로 좇던 준희가 허르
쉬에게 물었다.

"이곳에서는 기사가 되려면 어떻게 해야 되지요?"

그 물음에 허르쉬는 의아하다는 표정이었지만 곧 대답해 주
었다.

"일반적으로 기사가 되려면 귀족의 자제로 태어나 영주의
궁성에서 기사 훈련을 받으면서 기사 서임을 받아야 합니다.
주로 7살에 영주의 관저로 들어가 수습 기사로서 체력 훈련 및
영주의 시종 일을 하고, 14살 정도 되면 견습 기사로서 본격적
인 검술 훈련을 받습니다. 그리고 21살 정도 되면 기사 서임을
받아 정식 기사가 되는 것이지요. 또한 평민에게도 기사가 될
방법이 있는데, 그것은 영주궁의 경비병으로 있으면서 전투에
나가 큰 공훈을 세우는 것입니다."

그 말을 듣고는 기사가 되어 있는 로이의 모습을 한동안 상

상하며 망상에 빠져 있던 준희는 로이의 한마디에 그만 그 꿈을 접어야 했다.

"기사들은 다들 저렇게 근육질인가 봐요?"

그러고 보니 기사들은 모두 무거운 갑옷을 입어야 해서인지 덩치도 근육도 장난이 아니었던 것이다. 저도 모르게 근육질이 된 로이의 모습을 상상해 버리고 만 준희는 얼굴이 해쓱해진 채 머리 속에서 그 모습을 지우기 위해 애를 써야 했다.

덜커덩덜커덩… 마차가 얼마나 달렸을까?

가만히 앉아 있던 준희는 서서히 속이 울렁거려 기분이 나빠져 오는 것을 느꼈다. 아무래도 멀미가 나려는 것 같았다. 그것은 사이파도 마찬가지인 듯 그의 얼굴은 새하얗게 질려 있었다.

"으, 얼마나 더 가야 되지요?"

준희는 이제는 완전히 토할 것 같은 얼굴을 해서는 허르쉬를 바라보며 물었다. 그 모습에 허르쉬는 당황한 표정으로 창문을 열어 기사단장인 페이로드에게 말했다.

"단장님, 지금 즉시 마차를 세워주십시오. 현자님께서 몸이 불편하십니다."

그러자 그 말이 떨어지기가 무섭게 마차는 멈췄고, 준희는 마차 문을 박차듯이 열고 나가서는 크게 숨을 들이마셨다.

신선한 공기를 마시자 어느 정도 살 것 같았다. 사이파 또한 마차에서 내리자 속이 좋아졌는지 혈색이 제대로 돌아오는 것이 보였다.

그런 준희를 보며 허르쉬가 페이로드 단장에게 제안했다.

"오늘은 그만 이곳에서 야영 준비를 하는 것이 어떻겠습니까?"

"알겠소."

단장은 간단히 답하고는 주위의 기사들에게 명했다.

"오늘은 여기서 쉰다."

그 말에 기사들은 재빨리 야영 준비를 했다. 모닥불을 지피고 천막을 치는 등 분주하게 움직이는 기사들을 보면서 준희 일행은 멀뚱히 쳐다보기만 하다가 기사들이 건네주는 음식으로 저녁 식사를 마쳤다.

어느덧 해가 져 느긋이 모닥불을 쬐고 있는데, 그때 단장과 무슨 얘기인가를 나누던 허르쉬가 난처한 표정으로 준희를 돌아보더니 그녀에게 다가와 말했다.

"현자님, 준비한 천막의 여유분이 없어서 그러는데 일행 분 중 한 분과 같은 천막을 쓰셔도 괜찮으시겠습니까?"

"아, 상관없습니다."

스스로를 여자라고 부르짖기는 하지만 여성으로서 대우받은 적이 없던 준희는 스스로도 여자라는 자각이 별로 없어 아무 생각 없이 대답했다. 그리고 그에 이어 사이파가 말했다.

"내가 함께 쓰도록 하지."

준희가 납치당했던 동안의 그 고통을 다시는 겪고 싶지는 않았기에 사이파는 준희의 곁에 꼭 붙어 있으려는 것이었다.

하지만 그런 사이파의 생각은 로이와 로에스가 동시에 지른

소리에 의해 막히고 말았다.

"안 돼요!"

"안 돼!"

로이와 로에스는 그런 서로를 의혹 어린 시선으로 바라보았다. 알고 안 된다고 하는 것인지 모르면서 그러는 것인지 알수가 없었던 것이다.

그런 로이와 로에스를 의아하다는 표정으로 바라보던 준희가 물었다.

"왜?"

순간 로이와 로에스는 답답함을 감추지 못했다. 사이파야 모르니까 그렇다 치고, 여자인 준희는 스스로 조심을 해야 하는 것이 아니겠는가?

이에 되도록 준희의 화가 어느 정도 가라앉을 때까지 말을 걸지 않으려고 했던 미향은 참지 못하고 다시 소리를 지르고 말았다.

[준 씨, 확실히 말해. 여자 아니지? 남자지! 그러니까 남자하고 같은 천막을 쓰라는 데도 태연하게 받아들이는 거잖아!]

그제야 자신의 처지를 깨달았다는 듯 고개를 끄덕이더니 로이에게 말했다.

"그럼, 로이와 함께 쓰지 뭐."

그러다가 로이는 자신이 여자임을 알고 있으니 반대했다고 해도 로에스는 왜 안 된다고 한 것인지 알 수 없어 로에스를 빤히 바라보았다.

로에스는 그런 준희의 시선을 피하며 사이파에게 말했다.

"우리가 한 천막을 쓰도록 하지. 가세나."

그러면서 로에스는 사이파의 팔을 잡아끌었으나 사이파는 로에스의 손을 뿌리치며 말했다.

"난 준희를 지켜야 한다. 그의 곁에 있을 거다."

그리고는 준희의 눈을 뚫어지게 바라보았다. 허락을 강요하는 사이파의 눈빛에 준희는 당황하지 않을 수 없었다. 안 된다고 말하려면 이유를 대야 하는데 마땅히 생각나는 이유가 없었던 것이다. 그래서 망설이고 있는데 허르쉬가 자신만만하게 말했다.

"걱정하지 마십시오. 현자님은 저희 기사들이 번갈아가며 밤새도록 지켜 드릴 것입니다."

하지만 사이파는 오직 준희의 눈만을 간절히 바라보고 있을 뿐 허르쉬의 말 따위는 듣지도 않았다. 그 모습에 준희는 어쩔 수 없이 고개를 끄덕이고 말았다. 귓가에서 울려 퍼지는 미향의 비명 소리를 무시한 채.

어차피 천막 안에는 로이도 같이 있고, 사이파가 그녀를 남자로 생각하고 있기에 별일은 없으리라고 생각한 것이다. 로에스 또한 그렇게 생각했는지 별말을 하지 않고 순순히 물러났다. 약간 기이한 눈초리로 준희를 쳐다보면서.

준희와 로이, 사이파가 한 천막으로 들어가고 불이 꺼질 때까지 로에스는 그 천막에서 시선을 떼지 못했다.

한밤중에 조용히 일어난 준희는 사이파와 로이가 잠들어 있는 것을 확인하고는 살짝 천막을 빠져나왔다. 시끄럽거 굴어서 그들을 깨우고 싶지 않았던 것이다. 사이파가 그때까-지 잠들지 않고 있었다는 사실은 알지 못한 채.

천막을 나오자 기사들이 보초를 서고 있는 모습이 보였다. 그런 그들의 눈을 피해 몸을 숙이고 조심스럽게 움직여 숲으로 들어간 준희는 미향을 불렀다.

"미향, 우리 이제 천천히 대화라는 것을 해볼까?"

그러자 어둠 속에서 시퍼런 귀광을 흩뿌리며 모습을 드러낸 미향은 슬쩍 준희의 눈치를 보더니 수다스런 그녀답지 않게 짧은 한마디를 툭 던지는 것이었다.

[미안해.]

"하, 미안해? 그게 끝이야? 더 이상 할 말 없어?"

미향에게서 버림받았다는 생각에 상처를 받은 그녀는 며칠 동안 밥도 못 먹고 잠만 자며 현실 도피를 할 정도였는데 이제 와서 고작 한다는 말이 미안해?

[없어.]

완전 배짱이라는 듯 튕기는 미향의 모습에 준희는 한동안 말을 잇지 못하다가 물었다.

"왜 내가 납치당하도록 내버려 뒀어?"

처음에는 확신을 하지 못했지만 이제는 미향이 그녀가 납치당하는 것을 보면서도 내버려 두었다는 것을 확신했던 것이다. 그렇지 않았다면 지금쯤 미향은 시끄럽게 변명을 하느라고 정신이 없었을 테니까.

끈질기게 미향의 대답을 기다리던 어느 순간 드디어 미향이 고개를 푹 숙인 채 입을 열었다.

[…싫으니까.]

"뭐가?"

답답했지만 준희는 재촉하지 않고 그녀가 입을 열기만을 기다렸다. 경험상으로 이럴 때 재촉하면 아무런 대답도 못 듣는다는 것을 알고 있었기 때문이다.

[준 씨가 사이파와 같이 있는 것이 싫으니까.]

순간 말문이 막힌 준희는 무슨 말을 해야 될지 몰랐다. 사이파와 있는 것이 싫어서 납치되도록 내버려 두었다니…….

기가 막혀서 화가 나려는 것을 억지로 참으며 준희는 이를 갈 듯 물었다.

"…사이파가 왜 싫은데?"

미향은 대답할 수가 없었다. 준희가 그를 좋아해서 싫어한다고는 말할 수가 없었던 것이다. 자신의 감정에 둔한 준희이지만 그 말을 들으면 사이파를 좋아한다는 것을 완전히 자각하게 될 테니까.

미향이 말을 못하고 있자 이제는 완전히 화가 난 준희가 소리를 버럭 질렀다.

"미향!"

하지만 준희의 말은 더 이상 이어지지 않았다.

처연한 표정으로 준희를 바라보는 미향의 눈에서 눈물이 뚝뚝 떨어지고 있었던 것이다.

여자가 한을 품으면 오뉴월에 서리가 내린다는 속담이 있다. 준희는 언제나 그 속담의 여자가 미향을 이르는 말이라고 생각할 만큼 미향에게는 독한 구석이 있었다. 그래서 미향도 눈물을 흘릴 수 있다는 것을, 그것도 이처럼 서러워 온몸을 떨면서 울 수 있다고는 생각도 못했던 것이 사실이었다. 매문에 준희는 무척 당황해 버리고 말았다. 방금 전까지 미향어게 화가 났었다는 사실조차 모조리 잊어버릴 정도로.

"미, 미향, 왜 그러는 거야?"

그 말에 미향은 더욱더 서럽게 울었지만 준희는 손을 내밀어 줄 수도, 위로해 줄 수도 없었다. 그랬다가는 사이파와 헤어져야 할지도 모른다는 생각이 문뜩 들었던 것이다.

가만히 서서 울고 있던 미향이 눈물이 뚝뚝 떨어지는 눈으로 서서히 다가오는 것이 보였다. 그리고 차가운 입술이지만 아플 정도로 뜨거운 감촉이 느껴졌다.

미향이 그녀의 입술에 키스를 한 것이다.

하지만 준희는 그녀를 밀어낼 수가 없었다. 그러기에는 미향의 눈이 너무나 아파 보였던 것이다.

얼마나 그렇게 있었을까?

갑자기 뒤쪽에서 부스럭거리는 소리가 들리더니 그와 동시에 미향의 모습이 눈앞에서 사라져 버렸다.

깜짝 놀라서 뒤돌아보니 사이파가 충격을 받은 것 같기도 하고 분노한 것 같기도 한 얼굴로 준희를 노려보고 있었다.

“엇, 사이파? 여긴 어떻게?”

사이파는 그 말에 대답하지도 않고 물었다.

“누구지?”

“응?”

어리둥절해서 묻는 준희에게 사이파는 허튼소리 하면 용서하지 않겠다는 표정으로 으르렁거리며 말했다.

“네가 방금 여기서 키스한 여자가 누구냐고?”

그 말에 오히려 놀란 것은 준희였다.

“어? 봤어? 보였단 말이야?”

“내 눈은 지극히 멀쩡하다.”

사이파가 통명스럽게 대꾸했다.

그 말에 준희는 미향이 일부러 그런 광경을 보였던 것인지도 모른다는 의심이 문득 들었지만 곧 그 생각을 지워 버렸다. 그때 미향은 슬픔이 가득한 눈으로 울고 있었으니까.

“누구냐니까?”

버럭 고함치듯 다시 묻는 사이파의 모습이 어쩐지 바람난 아내를 다그치는 남편 같다는 생각을 하며 준희가 말했다.

“글쎄, 뭐라고 말해야 좋을지……. 내게 아주 소중한 존재라고나 할까?”

순간 사이파의 눈빛이 깊게 가라앉았다. 차라리 듣지 못한 것만도 못한 대답이었던 것이다. 그리고 그 말로 인해 사이파는 확실하게 자신의 감정을 자각하게 되었다. 자신이 준희를 사랑하고 있다는 사실을.

　아무런 말 없이 다시 발길을 돌려 가버리는 사이파의 뒷모습이 어딘지 처연하게 느껴져 순간, 그의 이름을 불러 세우려던 준희는 미향의 울던 모습이 떠오르자 마음이 착잡해져서 입을 다물고 말았다.

　그날 밤, 밤과 함께 섞이듯 준희는 그렇게 오랫동안 어둠 속에 서 있었다.

제13장
습격

　마차 안의 분위기는 차분하다 못해 우울하기까지 했다. 하룻밤 새에 사이파와 준희의 사이가 어딘지 모르게 틀어져 버렸던 것이다.

　사이파는 싸늘하게 한기를 내뿜으며 창밖만 바라보고 있었고, 준희는 그런 사이파를 제대로 쳐다보지도 못하고 있었던 것이다.

　로에스는 그런 그들을 보며 한심하다는 듯 물었다.

　"싸웠나?"

　"에, 아니요."

　전혀 싸운 기억이 없었기에 준희는 그렇게 대답할 수밖에 없었다. 게다가 그녀가 사이파를 제대로 쳐다보지 못하고 있

는 것은 어디까지나 그에게서 뿜어져 나오는 기운이 무서워서
일 뿐이었으니까. 그러자 사이파가 순간적으로 창밖에서 고개
를 돌려 준희를 매섭게 노려보더니 다시 고개를 돌려 버리는
것이 아닌가?

그런 사이파의 모습에서 이제 그들이 싸운 것이 확실하다고
생각하는 허르쉬와 로에스, 그리고 로이였다.

하지만 준희는 왜 사이파의 기분이 저조한지 알지 못한 채
그의 눈치만 살필 뿐이었다.

그때였다.

갑자기 급하게 마차가 멈춰 서더니 기가 막힌 듯한 페이로
드 단장의 목소리가 들려왔다.

"지금 너희가 우리 앞을 막아선 것인가?"

허르쉬는 평소 페이로드 단장의 신조를 잘 알고 있었다. 검
을 다루는 자는 먼저 자신의 감정을 잘 다스릴 줄 알아야 한다
는 것이 바로 그것이었다. 그런 페이로드 단장의 목소리에 감
정이 실려 있자 허르쉬는 놀라서 마차 밖으로 나가보았다.

놀랍게도 밖에는 서른 명에 가까운 산적들이 그들을 각아서
있었다.

그 모습에 허르쉬 또한 어이가 없어서 입을 벌리고 서 있을
수밖에 없었다. 폭풍의 기사단을 상징하는 붉은 카이타의 깃
발을 보고도 감히 그들의 앞을 막아서는 산적이 있었다
니…….

"무슨 일이오?"

마차 창문으로 로에스가 얼굴을 내밀며 물었다. 허르쉬는 가까스로 입을 열어 대답했다.

"흠, 산적입니다."

"뭐라고?"

로에스도 마차에게 급히 내려 앞쪽을 바라보니 허르쉬의 말대로 정말 산적처럼 보였다. 하지만 로에스는 그들이 진짜 산적이 아님을 직감할 수 있었다. 건들거린다고는 하지만 그들의 눈빛은 침착하게 가라앉아 있는 것이 오랜 훈련으로 다져진 정제된 힘이 느껴졌던 것이다.

"산적이라면 기사단의 앞을 가로막을 만한 배짱이 있을 리가 없지. 저들은 기사들이 분명하오."

그 말에 허르쉬는 재빨리 그들을 살펴보고는 동의하듯 고개를 끄덕였다.

"그렇군요."

그리고는 페이로드 단장에게 말했다.

"단장님, 어디의 기사단인지 꼭 알아내야 합니다."

페이로드 단장은 말 위에 앉아 무표정하게 고개를 끄덕이고는 산적의 두목으로 보이는 자에게 물었다.

"어디의 기사단인가? 스스로의 이름을 부끄럽게 만들지 말고 어서 정체를 밝혀라."

산적들은 자신들이 진짜 산적이 아니라는 것이 밝혀졌음에도 불구하고 별반 동요하지 않았다. 어차피 그들은 상대를 속일 수 있을 거라는 기대는 하지 않았던 것이다.

두목으로 보이는 자가 앞으로 나서며 말했다. 들통났다는 것을 뻔히 알면서도 연극을 멈추지 않은 채.

"우리는 이 토르테 산의 주인인 토르테 산적단이다. 그러니 너희가 이 산을 지나가려면 세금을 내야 한다."

그것은 도발이나 마찬가지였다.

프로테스 대공의 성인 폭풍의 성의 원래 이름이 토르테라는 것을 모르는 사람이 어디에 있겠는가? 그리고 그 때문에 이 산은 토르테 산이라고 불리는 것이었다. 그런데 그들 앞에서 자신들이 이 산의 주인이라고 주장하다니…….

이에 다른 폭풍의 기사들은 발끈한 표정으로 검을 들어올렸지만 페이로드 단장은 그 도발에 말려들지 않았다. 무엇보다도 지금 그의 중요한 임무는 디오니아의 현자를 안전하게 성으로 데려가는 것이었다.

"얼마를 원하는가?"

그러자 두목으로 행세하고 있던 기사 행크스의 눈에 이채가 스쳐 지나갔다. 자신의 도발에 넘어가지 않다니 역시 폭풍의 기사단장이라고 생각하면서.

"상단이었다면 지금 가진 것을 다 내놓으라고 했겠지만, 너희는 별로 가진 것이 없어 보이니 어쩔 수 없이 마차 안에 있는 자를 인질로 삼아야겠다. 어서 마차 안에 있는 자를 내어놓아라!"

그들이 원하는 것이 현자라는 것이 너무도 분명해지자 페이로드 단장은 더 이상 그들과 말을 섞을 필요성을 느끼지 못하고 부하들에게 차가운 목소리로 명령했다.

"쳐라!"

기다리고 있었다는 듯 폭풍의 기사들이 빠르게 검을 빼어 들고 산적들로 변장한 기사들을 향해 공격해 들어갔다.

"하앗!"

챙! 챙챙챙챙!

검이 부딪치는 소리가 요란하게 울리며 장내는 순식간에 아수라장이 되어버렸다.

페이로드 단장은 장내를 쭉 훑어보았다.

산적들은 꽤나 실력이 있는 기사들인지 기사단의 인원이 거의 배나 가까운 상황에서도 잘 싸우고 있었다. 하지만 차츰 수적인 우세에 몰린 산적들은 기사단원들에 의해 거의 전멸되기에 이르렀다.

그러자 그는 두목인 행크스를 향해 말했다.

"너는 내가 상대해 주마. 어디 공격해 봐라!"

행크스는 동료들의 시체를 보며 묵묵히 고개를 끄덕이곤 검을 고쳐 쥐었다. 애초에 그는 이번 임무를 성공리에 마치고 살아서 돌아갈 수 있으리라고는 생각하지 않았었다. 그럼에도 불구하고 그가 이번 임무를 자청해서 맡은 것은 아픈 아들을 치료하기 위해 큰돈이 필요했기 때문이다. 비록 자신은 여기서 죽지만 아들은 살릴 수 있을 테니.

아들에게 마지막까지 멋진 아버지의 모습을 보여주고 싶다고 생각하며 행크스는 크게 호흡을 고른 후 검을 부여잡고 페이로드 단장에게 달려들었다.

캉!

행크스는 산적 두목으로 행세할 만큼 좋은 체격과 힘으로 페이로드를 밀어붙였다. 하지만 페이로드 단장 또한 결코 힘에서 밀리지 않았다.

서로 검을 부딪친 채 마치 힘겨루기 같은 상황이 한동안 이어졌다. 하지만 곧 행크스의 다리가 후들거리며 차츰 뒤로 밀리기 시작했다. 그 모습에 기사들의 싸움이 시작될 때부터 로이에게 싸움을 지켜보게 하며 이것저것 일러주고 있던 사이파가 엄하게 말했다.

"알겠나? 힘으로 상대를 내리누르기 위해서는 팔 힘이 아니라 하체의 힘이 튼튼해야 한다. 잊지 말아라."

"네!"

로이는 힘차게 대답했다. 그런 로이의 눈은 한곳에 빠진 자만이 보일 수 있는 열정으로 이글거리고 있었다. 단말마의 비명성에 마차 밖으로 향하려는 시선을 애써 마차의 천장에 고정시키고 있던 준희는 아직 어린 나이의 로이가 이런 피 튀기는 싸움을 보는 것은 정서상 좋지 못할 것 같아서 창문에서 떼어놓으려 했으나 그런 로이의 눈빛에 그만두고 말았다.

행크스가 힘에서 페이로드에게 밀리기 시작하자 승부는 금방 결정지어졌다.

챙그랑!

행크스의 검이 손에서 팅겨져 나가고 그와 동시에 페이로드의 검이 그의 목에 가 닿았다.

"자, 말해라. 네 소속이 어디인가?"

페이로드의 물음에 행크스는 가만히 눈을 감으며 담담하게
말했다.

"죽이시오."

"소속을 밝힌다면 목숨만은 살려주겠다."

그렇지만 행크스는 입을 꾹 다물고 열지 않았다. 그 모습에
페이로드는 아쉬운 한숨을 내쉬고는 검으로 그의 목을 내려쳤
다.

촤아악!

목이 잘린 시체 옆으로 피가 홍건하게 고였다. 무표정으로
그 모습을 지켜보고 있던 페이로드 단장은 아직 살아 있는 나
머지 산적들을 둘러보았다. 행크스에게서 듣지 못한 답변을
그들에게서 들으려는 것이었다. 하지만 그 또한 이루어질 수
없었다. 페이로드의 눈길이 닿는 순간 그들은 이미 그의 뜻을
짐작하고는 혀를 깨물고 자진해 버렸던 것이다.

황망한 표정으로 잠시 장내를 둘러보던 페이로드 단장은 곧
기사단원들에게 동료들의 시체를 수습하고 붉은 카이라의 깃
발 아래 그들을 매장하라고 명령했다. 그것은 죽은 기사들에
게 경의를 표하는 그들만의 방식이었다.

시체가 모두 수습되자 그들은 다시 폭풍의 성을 향해 출발
했다.

출발하는 마차 안에서 허르쉬는 턱을 쓰다듬으며 누구에게

라 할 것도 없어 물었다.

"도대체 어느 쪽의 기사들일까요? 제국, 아니면 오르디안 대공 쪽일까요?"

그러자 로에스가 진절머리가 난다는 듯 퉁명스럽게 말했다.

"제국 쪽이겠지. 그들이 아니면 어느 나라가 임무에 성공 못했다고 자결을 명하겠나?"

제국에 분명한 악의를 갖고 하는 로에스의 말이었지만 허르쉬는 별반 이상하게 생각하지 않았다. 어차피 이 시대에 제국에 반감을 품은 자들은 많았으니까.

그렇지만 허르쉬는 오르디안 대공 측을 의심했다. 현자가 프로테스 대공에게 간다는 소식을 듣고 이렇게 빠른 시간 내에 기사단을 파견할 만한 곳은 그곳밖에는 없다고 생각했던 것이다. 그러면서 그는 초조함을 감추지 못하고 손가락을 물어뜯었다. 한시라도 빨리 폭풍의 성에 도착하지 않으면 어떤 일이 벌어질지 몰라 불안했던 것이다.

그날 저녁, 동료들의 죽음으로 인해 숙연한 분위기에서 간단한 저녁 식사를 마친 기사들이 잠자리를 준비하고 있을 때 로이는 한쪽 구석에서 열심히 목검을 휘둘렀다. 좀 더 강해지기 위해서.

기사들 간의 싸움을 본 로이는 자신이 얼마나 약한지 알 수 있었다. 그들은 마치 그의 앞길을 가로막고 서 있는 거대한 벼랑 같았다. 지금으로서는 도저히 넘어설 수 없는.

　그렇지만 로이는 결코 절망하지 않았다. 아직 그는 어렸고, 그렇기 때문에 충분히 그들을 뛰어넘을 수 있다는 자신감도 갖고 있었던 것이다.

　땀 흘리며 열심히 연습하는 로이의 모습을 본 준희가 외쳤다.

　"로이, 오늘은 그만 해. 그렇지 않아도 하루 종일 마차를 타고 와서 피곤할 텐데 무리하다가는 큰일 난다."

　하지만 로이는 거친 숨을 몰아쉬면서도 검을 휘두르는 것을 멈추지 않으면서 말했다.

　"헉헉, 걱정하지 말아요, 형. 저는 무리하지 않아요. 강해져서…… 형은 물론이고 어느 누구도 제 눈앞에서 죽는 사람이 나오지 않게 지켜줄 거니까요."

　그 말을 들은 장내에 있던 기사들이 하나둘씩 자리에서 일어났다. 그러더니 로이와 함께 나란히 서서 검을 휘두르기 시작했다. 그리고 그들은 생각했다. 강해져서 다시는 오늘처럼 눈앞에서 동료들을 잃어버리지 않겠다고.

　그런 모습들을 보며 준희는 언뜻 그들이 부럽다는 생각이 들었다. 그녀 자신도 한 번 검을 잡아보고 싶을 정도로. 그렇지만 곧 그녀는 그런 생각을 지워 버렸다.

　그녀 자신에게도 그들 못지않은 꿈이 있었기 때문이다. 훌륭한 작가가 되겠다는. 그 꿈을 생각하며 준희는 다시금 각오를 다졌다. 꿈을 이루겠다는 열정에 있어서만큼은 로이나 그 누구에게도 지고 싶지 않았던 것이다.

기사단에서 준희 일행에게 건네준 천막은 그들이 가진 천막 중 가장 큰 것이었다.

그래서 사이파와 로이와 함께 천막을 쓰면서도 준희는 좁은 줄을 몰랐다. 그렇지만 누군가와 함께 있다는 것은 충분히 느낄 수 있었다. 곁에서 잠든 사이파와 로이의 고른 숨소리가 조용한 밤이라서인지 더욱 선명하게 들려왔던 것이다. 그 규칙적인 숨소리를 들으면서 준희는 좀처럼 잠을 이루지 못하고 있었다.

하루 종일 마차를 타고 움직이는 것이 보통 피곤한 일이 아닌지라 온몸이 비명을 지르는 듯 아팠지만 정신만큼은 또렷했던 것이다. 그 가운데 준희는 속으로 자기 자신에게 말했다.

'강해져야 해. 마음을 굳게 먹자. 난 서준희다. 이곳은 이세계고. 살아남는 것만 생각하는 거야.'

하지만 아무리 마음을 강하게 먹으려고 해도 소용이 없었다. 머리 속에서는 죽은 사람들의 얼굴이 계속해서 떠올랐고, 귓가에서는 비명 소리가 들리는 듯했으며, 온몸은 피에 젖은 듯 불쾌했다. 차가운 물로 온몸을 깨끗하게 하고 싶은 기분이었다.

그렇지만 지금 어디에 가서 목욕을 할 수 있단 말인가?

"하아!"

저도 모르게 한숨이 새어 나오는 것을 참을 수가 없었다.

그런데 그때였다.

자고 있는 줄 알았던 사이파가 말하는 것이었다.

"준희, 무슨 일이지?"

순간 준희는 깜짝 놀랐으나 곧 아무렇지 않게 대답했다.

"아니, 그냥. 저… 그런데 혹시 나한테서 피 냄새가 나지 않아?"

"피 냄새?"

사이파는 잠시 생각해 보더니 물었다.

"왜 네게서 피 냄새가 난다고 생각한 거지?"

준희는 얼른 대답하지 못했다. 비록 직접 죽이지는 않았지만 결국 자신으로 인해 죽은 사람들의 피 냄새가 몸에 배어 있는 것 같다고 말한다면 피해망상이 심하다고 할 것이 뻔했기에. 결국 그 사람들은 준희가 죽인 것도 아니었고, 사이파는 살인을 죄악이라고 배운 그녀 세계의 사람이 아니었으니까.

그때 사이파가 노르니에 어로 중얼거리듯 말하기 시작했다.

"맨 처음 내가 사람을 죽였을 때는 열세 살 때였다. 노르니에에서는 성인식 때 죄인들을 풀어놓고 사냥을 한다. 보통 열다섯에 성인식을 치르고 열일곱에 전사의 시험을 보게 되는데, 남들보다 뛰어난 검술 실력을 지녔던 난 좀 더 일찍 그 성인식을 치렀던 것이다. 별로 어려운 것은 없었다. 사람이라고 해도 동물을 사냥하는 것과 다를 것은 없었으니까. 그 대상이 죄수였기에 죄책감도 들지 않았다. 내 검은 상대의 심장을 정확하게 찔렀지. 피가 마구 흘러들어 내 손을 흠뻑 적셨다. 그런데 동물의 피와는 달리 사람의 피는 내 몸속으로 스며 들어

오는 듯했다. 씻고 또 씻었지만 그 피 냄새가 내 손에서 가시
질 않았다. 그리고 무엇보다 잊혀지지 않는 것은 죽어가던 그
자의 눈이었다. 원한과 분노로 가득했던 그 눈이 떠오를 때마
다 난 안도할 수 있었다. 죽은 것이 내가 아닌 그자라는 사실
에. 그 뒤로 살인이 계속될수록 내 몸은 점점 피의 늪에 빠져
들었다. 하지만 그럴 때마다 난 생각했다. 나 또한 언젠가는
누군가에게 죽음이라는 안식을 받겠지만, 그때까지는 살아 숨
쉬는 모든 것을 이슈타 여신의 축복으로 받아들이겠다고.”

준희는 사이파에게 너무 미안해졌다. 그가 단지 이서계의
전사라는 이유만으로 살인에 대해 아무렇지도 않게 여기리라
고 생각했던 자신의 어리석음이라니…….

“미안해, 사이파. 그리고 고마워.”

그러면서 준희는 생각했다. 사이파가 그 무거운 피의 무게
속에서 살아남아 있으니 자신 또한 그럴 수 있다고. 주어진 삶
을 축복으로 여기고 살아갈 수 있다고 그렇게 생각했다.

마음이 편안해져서인지 쏟아지는 잠에 눈을 감던 준희는 귓
가에 들려오는 미향의 속삭임을 마지막으로 들을 수 있었다.

[준 씨, 이제는 다른 사람들보다는 자신을 먼저 생각해 줘.
준 씨는 당당해도 돼. 용기를 가지고 앞으로 한 걸음만 나아
가. 그러면 준 씨는 반드시 행복해질 수 있어.]

덜컹! 덜컹!
마차가 지나가고 있는 토르테 산길은 험하기 이를 데 없어

서 마차를 타고 가면서도 준희 일행은 상당한 고생을 하고 있었다. 그렇지만 몸은 불편해도 마음만은 편한 길이었다. 어찌된 일인지는 모르지만 하룻밤 새에 사이파와 준희의 사이가 다시 좋아졌기 때문이다.

그래서인지 준희는 상당히 밝아져 있었다. 말도 좀 많아지고 허르쉬나 기사들에게 농담도 건네는 등 상당히 긍정적으로 변한 모습이었다.

그 모습에 미향은 어젯밤의 준희의 모습을 떠올리며 한편으로는 다행이라고 생각하면서도 다른 한편으로는 불쾌한 마음이 드는 것을 어쩔 수가 없었다. 준희가 변한 것이 자신 때문이 아닌 사이파로 인한 것이기 때문이었다. 그것은 자신의 말보다 사이파의 말이 준희에게 더 큰 의미를 주었다는 말이 아니겠는가?

이에 새삼 솟아나는 사이파를 향한 적대감에 그를 노려보고 있자 그런 미향의 시선을 느낀 것인지 사이파가 보이지 않을 텐데도 그녀가 있는 쪽을 마주 쏘아보는 것이었다. 이에 미향은 흠칫 놀라지 않을 수 없었다.

'보이지 않는 살기조차 느낄 정도로 저 인간이 강하단 말인가? 아니야. 여기에 오고 나서 내가 힘이 강해진 때문이겠지. 그럴 거야.'

애써 그렇게 자위하는 미향이었다.

그때 페이로드 단장과 로에스는 주위를 살피며 긴장감을 감추지 못하고 있었다.

마차가 지나가는 길 주위에는 가로수와 같이 크고 울창한 나무들이 빽빽이 들어차 있었는데, 이런 길은 적이 은신해서 공격하기에 좋은 길이라는 것을 그들은 경험상으로 잘 알고 있었던 것이다.

그렇지만 한참이 지나도 아무런 일도 벌어지지 않자 그들은 차츰 긴장을 풀어가고 있었다. 어느덧 울창한 나무숲도 바위산으로 바뀌어갔다. 그때,

휘이익!

갑자기 나무 위에서 여러 명의 복면인들이 빠르게 마차 위로 떨어져 내렸다.

쿵!

"누구냐?"

페이로드 단장이 급히 말을 멈춰 세우며 외쳤다.

복면인들은 마차를 몰고 있는 마부를 검등으로 내려쳐 떨어뜨리고, 그 옆에 앉아 있던 기사를 암기를 던져서 처치하는 등 순식간에 마차를 점령한 다음 말고삐를 쥐더니 길도 제대로 나 있지 않는 숲 속을 향해 마차를 마구 몰아가기 시작했다.

이에 단장이 놀라서 소리쳤다.

"마차를 막아라! 현자를 빼앗겨서는 절대로 안 된다! 쫓아라!"

산길에 적들은 마차를 몰고 도망치고 있었기에 기사들은 빠르게 말을 몰아 뒤를 쫓아갈 수 있었다.

두두두두!

“이랴! 이랴!”

복면인들은 뒤에서 쫓아오는 기사들을 보며 더욱 말을 재촉했지만 좀처럼 거리가 멀어지지 않자 마차 위에 있던 두 복면인이 서로 눈으로 신호를 보내고는 동시에 마차 양옆의 창문으로 뛰어 들어갔다. 현자를 인질로 삼아 그들이 쫓아오지 못하도록 막을 생각이었던 것이다. 그렇지만 그들은 안으로 뛰어들자마자 각기 로에스와 사이파에 의해 얻어맞고 그 자리에서 쓰러지고 말았다.

로에스와 사이파는 그런 복면인들을 마차 밖으로 던져 버렸다. 함부로 살인을 하지는 않지만 뒤쫓아오는 기사들의 말발굽에 밟혀 죽는다고 해도 신경 쓰지 않겠다는 태도였다. 그런 후, 그들은 마차 창문을 통해 마차 위로 올라가 복면인들을 하나씩 처리하기 시작했다.

“크윽!”

“으아악!”

긴장한 채 마차 천장을 올려다보고 있던 준희와 로이는 곧이어 창밖으로 복면인들이 나가떨어지는 모습을 볼 수 있었다.

마침내 로에스가 마차를 몰고 가던 마지막 복면인의 등목을 가격하여 쓰러뜨린 뒤 고삐를 쥐고 마차를 멈춰 세우자 얼마 후 도착한 기사들이 마차를 둘러쌌다.

휘이이잉!

“괜찮으십니까?”

페이로드 단장이 마차 문을 열고 안을 살피며 허르쉬를 비롯한 준희와 로이에게 물었다. 물론 그들은 모두 무사했지만 괜찮지는 않았다. 마구 모는 마차 속에서 앉아 있다 보니 이리 부딪치고 저리 부딪쳐 온몸이 상처투성이가 되어버렸던 것이다.

그들은 새파래진 얼굴로 기다시피 해서 마차에서 내리자마자 먹은 것을 토해내기 시작했다.

"웩웩!"

속에 것을 모두 토해내자 어느 정도 안색을 회복한 그들은 그제야 정신을 차리고 제대로 설 수 있었다.

그 가운데 로에스와 사이파는 어느새 자결해 버린 복면인들의 시체를 살피고 있었다. 하지만 어떤 단서가 될 만한 것들은 그들의 몸에서 나오지 않았다. 이에 복면인들의 정체를 밝히는 것을 포기하고 마차를 몰아 다시 돌아가려고 했지단 산길을 달리는 사이 마차 바퀴가 부딪치고 깨어져서 제대로 굴러 갈 수 없게 되어버리고 말았다.

"어떻게 하지요?"

마차를 살피며 묻는 허르쉬의 말에 페이로드 단장은 어두워지고 있는 하늘을 잠시 바라보더니 대답했다.

"오늘은 여기서 천막을 치고 마차 바퀴를 수리한 다음, 내일 출발하도록 하지."

그 말에 허르쉬는 불안한 표정이었지만 이내 파리한 얼굴의 준희와 로이의 얼굴을 보자 어쩔 수 없다는 것을 깨달은 듯 고개를 끄덕였다.

그들은 불안한 가운데에서도 불을 피우고 야영 준비를 마쳤다. 다른 때처럼 천막을 치지는 못하고 침낭을 모닥불 주위에 빙 둘러놓은 정도였지만.

모닥불에서 제일 가까운 곳에는 허르쉬와 준희, 로이의 침낭을 놓았다. 마귀들이 공격해 올 때 쉽게 그들을 지키기 위해서였다. 그리고 보초를 서는 인원도 배로 늘렸다. 그렇지만 그날 밤 잠들 수 있었던 사람은 준희를 제외하고는 아무도 없었다.

굶주린 마귀들의 울음소리가 다른 때와는 달리 너무나 크게 들려와 그들을 잠들지 못하게 했던 것이다. 사이파는 시종 긴장된 눈을 잠이 든 준희와 그 주변에서 떼지 못하고 있었다. 그는 노르니에라는 그 나라 자체가 거대한 산과 같은 곳에서 살아온 전사이기에 산속의 무서움을 누구보다도 잘 알고 있었던 것이다.

스스스!

밤이 점점 깊어갈수록 음산한 기운이 안개처럼 밀려오고 있었다.

순간 보초를 서고 있던 기사들은 물론이고 잠들지 못하고 있던 모든 이들은 한기가 뱀처럼 그들의 몸을 감아오는 듯해 등줄기가 오싹해지는 느낌을 받아야 했다.

그런데 그때였다.

어둠 속에서 시뻘건 눈동자들이 하나둘씩 모여들기 시작하
는 것이 아닌가?

우오오오!

"늑대귀다!"

한 기사의 외침에 모든 기사들과 로에스, 사이파가 자리에
서 일어나 검을 빼어 들었다. 그런 그들의 모습에는 어느새 여
유가 흘러넘치고 있었다. 무엇이 다가올지 모를 때의 두려움
보다는 그 공포와 부딪쳤을 때의 두려움이 덜한 법이었던 것
이다.

그렇지만 막상 달려드는 늑대귀를 상대하자 그들은 므언가
잘못되었다는 것을 느낄 수 있었다.

서격!

분명히 베었는 데도 늑대귀는 빠른 속도로 상처가 아물더니
다시 공격해 들어오는 것이었다.

"이, 이럴 수가……."

기사들은 믿을 수 없다는 듯 혼란스러운 눈빛이었다. 아무
리 마귀라고는 해도 검으로 베어버린 마귀가 다시 살아나서
움직였다는 얘기는 들은 적이 없었던 것이다.

"크아악!"

한 기사가 잠시 한눈을 판 사이 늑대귀에게 살을 물어 뜯기
고는 비명을 질렀다. 그렇지만 정작 놀라운 일은 그 다음에 벌
어졌다.

늑대귀에게 물어뜯긴 기사의 몸에서 갑자기 털이 솟아나기

시작하더니, 얼마 후 몸이 굽어지면서 늑대귀로 변해 버린 것
이었다.

그 모습을 목격한 사람들은 모두 숨 쉬는 것도 잊은 채 눈이
휘둥그레지고 말았다.

갑자기 사람이 늑대귀로 변해 버리다니…….

그것은 곧 엄청난 두려움이 되어 사람들을 압박해 오기 시
작했다. 잘못해 늑대귀에게 물리면 그들 또한 늑대귀로 변할
수도 있는 일이었기 때문이다. 그러자 자연 그들의 움직임은
둔해지게 되었고 그에 따라 희생자가 점점 늘어나기 시작했
다.

"으아악!"

"크윽!"

"커어억!"

늑대귀들은 수가 줄어들기는커녕 늘어나는 상태에서 계속
공격해 오고 기사들의 공격은 조금도 먹히지 않자 차츰 로에
스와 사이파 또한 지쳐 가기 시작했다. 그에 따라 그들의 초조
감은 극에 달하고 있었다. 허르쉬와 준희, 로이를 둘러싸고 있
던 방어벽이 점점 무너져 가고 있었던 것이다.

이제 여기에서 모두 늑대귀가 되어버리는 것인가 하고 속으
로 체념할 때였다.

갑자기 그들을 공격해 오던 늑대귀들이 공격을 멈추고 뒤를
돌아 어디론가 사라지기 시작하는 것이 아닌가?

그 모습에 기사들과 로에스, 사이파들은 어리둥절했지만 안

도의 한숨을 쉬면서 그 자리에 주저앉았다. 어째서 늑대귀들
이 갑자기 사라졌는지 따위는 지금으로서는 중요한 것이 아니
었다. 중요한 것은 그들이 살아남았다는 사실이었다. 인간으
로서.

　미향은 음산한 살기를 흩뿌리면서 눈앞에 서 있는 거대한
황금빛의 늑대를 노려보았다. 그런 미향을 바라보는 황금빛
늑대의 눈에는 경악이 담겨 있었다.
　[어떻게 너와 같은 존재가 인간들을 돕는 것인가? 어둠의 자
식들인 우리의 품으로 돌아오라!]
　어둠의 자식들이라고? 미향은 황금빛 늑대의 말에 속으로
화가 치솟는 것을 느꼈다. 비록 음의 존재인 귀신이기는 하지
만 어둠의 자식이라고 불릴 만큼 스스로를 나쁜 존재라고는
한 번도 생각해 본 적이 없었기 때문이다.
　[넌 뭐냐?]
　자연 미향의 입에서 흘러나오는 말은 거칠 수밖에 없었다.
　[난 늑대와 인간의 혼혈인 늑대인간들의 왕 하누칸이다. 너
는 어떤 존재이고 이름은 무엇인가?]
　[늑대인간?]
　미향은 기가 막혔다. 그녀는 준희로부터 이 세계에 요정이
있다는 사실을 들었고, 좀비나 여러 가지 마귀들도 보았지만
늑대인간 따위가 있으리라고는 생각도 못했던 것이다. 존재
자체도 충분히 비현실적인데, 그것은 생각도 못하고 늑대인간

이 너무나 비현실적인 일이라고 생각한 것이다. 이런 위험한 존재가 실재하는 세상에 준희가 있다는 생각에 골치가 아파오는 것을 느끼며 미향은 이 늑대인간을 어떻게 처리해야 할지 고민하기 시작했다.

처음 늑대귀들로 보이는 것들이 기사들과 로에스, 사이파를 공격해 들어갈 때까지만 해도 미향은 자고 있는 준희의 옆에서 느긋하게 그들이 싸우는 모습을 구경만 할 생각이었다. 이 기회에 사이파는 물론이고 이상하게 준희에게 관심을 보이고 있는 로에스까지 치워 버리자고 생각하면서.

그런데 뜻밖에 늑대귀에게 물린 기사 하나가 늑대귀로 변하는 모습을 보게 되고, 자신과 필적할 만한 힘을 가진 존재의 시선을 느낀 미향은 더 이상 보고 있을 수만은 없었던 것이다.

벌떡 일어선 미향은 자신의 힘을 모두 개방하면서 늑대귀들에게 소리쳤다.

[물러가라!]

인간들과 달리 동물이나 마귀들은 힘의 차이를 본능적으로 알아채고 자신보다 강한 자에게는 절대적으로 복종하기 마련이었다. 따라서 늑대귀들은 미향의 명령에 공격을 멈추고 하나둘씩 물러가기 시작했다.

물러가는 늑대귀들을 잠시 지켜보던 미향은 자신을 지켜보는 존재의 시선을 좇아서 몸을 이동시켰다.

그리고 자신을 하누칸이라고 소개한 황금빛 늑대인간과 마주 서게 된 것이었다.

[대답해라. 너는 누구인가?]

다시 묻는 하누칸의 말에 미향은 차가운 미소를 지으며 말했다.

[내 이름은 미향. 그렇게만 알면 된다.]

순간 불쾌한 빛을 언뜻 보이던 하누칸이었지만 미향의 다음 물음에 그 표정은 곧 사라지고 말았다.

[왜 인간들을 공격했지?]

[우리는 현자를 원한다. 우리에게 현자를 넘겨라!]

[…우리?]

의아한 표정으로 미향은 되물었다. 우리란 늑대인간들을 말하는 것인가? 하지만 늑대인간들에게 왜 현자가 필요하다는 것이지?

하지만 하누칸의 말뜻이 그런 것이 아니라는 것은 곧 밝혀졌다.

[어둠의 자식들. 인간들에게 배척받고 어둠에 권속된 이들을 가리키는 말이다. 우리에겐 현자가 필요하다.]

미향은 왠지 거대한 암흑의 세력과 마주 서 있는 듯한 기분이라 준희의 영웅 프로젝트에 너무 영향을 받은 것이라고 자조하면서 퉁명스럽게 말했다.

[설사 너희가 이 세계의 평화를 위한다는 거창한 명분을 내세운다고 해도 절대 현자는 넘겨줄 수 없어. 그는 내 영혼의 주인이니까. 그러니 그를 데려가고 싶다면 먼저 날 상대해야 할 거야.]

하누칸은 이해할 수 없다는 표정이었다. 그가 보기에 미향은 분명 그와 같은 어둠의 종족이었다. 그런데 어떻게 인간을 주인으로 섬길 수 있단 말인가?

인간들은 그들의 존재 자체를 인정하지 않았다. 단지 그들과 같은 인간이 아니라는 이유만으로, 그들이 갖지 못한 두려운 힘을 지녔다는 이유로 그들은 신이 창조한 존재가 아니라는 학설에 의거하여 배척받았다. 그 때문에 그들은 인간들의 눈을 피해 종국에는 버려진 땅으로 도망쳐야만 했던 것이다.

하지만 지금 중요한 것은 그것이 아니었다. 그들의 존속을 위해서라도 현자는 꼭 데려가야 하는 것이다.

그래서 마지막으로 하누칸은 말해보았다.

[같은 어둠의 종족으로서 부탁한다. 자세한 것은 말해줄 수 없지만, 이 일은 우리 어둠의 종족의 생존을 위해 반드시 필요한 일이다. 절대 현자의 신상에 해가 되는 일은 하지 않겠다고 약속하겠다. 그러니 현자를 넘겨다오.]

[흥!]

미향은 코웃음을 쳤다. 스스로를 어둠의 종족이라고 하면서 어떻게 그런 자의 약속을 믿으라는 말인가? 게다가 그녀에겐 어둠의 종족 따위를 배려해 줄 아무런 의리도 없었던 것이다.

그런 미향의 모습에 설득하기를 포기한 하누칸은 이렇게 된 이상 힘으로 현자를 빼앗아야겠다고 생각하곤 온몸의 힘을 끌어올렸다.

스스스스!

황금빛 털이 모두 곤두서면서 그의 발톱들이 믿을 수 없는 빠르기로 자라나기 시작했다. 거대한 낫과 같은 크기로 변한 발톱은 조금만 스쳐도 그 영혼까지 갈라 버릴 듯했다.

미향은 자신이 거대한 힘을 지니고 있다는 사실을 알고 있었다. 그렇지만 그 힘으로 다른 존재들을 위협만 했지 한 번도 싸워본 적은 없었다. 힘을 내보이기만 하면 모두들 스스로 물러갔으니까.

때문에 미향은 하누칸이 발톱을 드러내 보이며 달려들자 순간적으로 놀라서 몸이 굳어질 정도였다. 그러나 곧 몸에서 저절로 힘이 일어나 그 발톱을 막아내는 것을 느낄 수 있었다. 어떻게 이런 일이 벌어지는지 미향 자신도 알 수가 없는 일이었지만, 마치 그 힘은 그녀의 손이나 발처럼 자연스럽게 일어나 움직이고 있었다.

이에 미향은 자신감을 가지고 하누칸을 상대하기 시작했다.

콰앙!

무기가 부딪치는 것도 아닌데 대기가 요동치는 요란한 소리가 울려 퍼졌다. 인간의 귀에는 들리지 않지만 예민한 청각을 지닌 마귀들은 충분히 들을 수 있는 소리였다. 때문에 그 소리를 들은 마귀들은 괜한 싸움에 말려들어 죽지 않기 위해 재빠르게 그곳에서 도망치기 시작했다.

그래서 살아남은 얼마 되지 않은 수의 폭풍의 기사들과 준희 일행들은 미향과 하누칸이 싸우는 소리는 듣지 못했지만 마귀들이 일으킨 소동으로 갑자기 숲이 시끄러워지는 소리는 들을 수 있었다.

설마 그 이상한 늑대귀들이 다시 공격해 오는 것인가 해서 긴장하고 있었지만 한참이 지나도록 아무 일도 벌어지지 않자 그들은 다시 안심하고 자리에 앉아 날이 밝기를 기다릴 수 있었다.

그때 미향은 하누칸과의 치열한 싸움의 막을 내리고 있었다.

콰콰콰쾅!

거대한 미향의 힘이 하누칸의 힘을 빨아들이고 있었던 것이다. 이에 당황한 하누칸은 더 이상 버티지 못하고 몸을 피해 달아났다. 그대로 있다가는 미향의 힘에 의해 모든 마기를 빼앗길 것 같았던 것이다.

[크흐…… 오늘은 이대로 물러가지만 현자를 빼앗기 위해 우리는 반드시 다시 돌아온다.]

도망치는 하누칸의 모습을 보며 미향은 무심히 자신의 두 손을 내려다보았다. 평소와 마찬가지로 작고 하얀 손이었다. 그런데 그 손으로 늑대인간들의 왕이라는 하누칸을 누르고 그의 힘을 빼앗기까지 했던 것이다. 스스로가 두려워질 정도였다.

[하아~]

깊은 한숨을 쉬면서 미향은 순식간에 준희가 있는 곳으로 이동했다.

그때까지도 준희는 모닥불 옆에서 잠들어 있었다. 모닥불에 비친 준희의 얼굴은 천진난만한 아기의 얼굴처럼 편안해 보였다. 그 모습을 보며 미향은 다시 한 번 다짐했다. 준 씨의 이 얼굴을 반드시 지켜주겠다고.

다음날.

자신이 맘 편하게 자고 있던 사이에 많은 기사들이 죽었다는 사실을, 아니, 늑대귀들에게 물려 늑대귀가 되어 사라졌다는 사실을 알게 된 준희는 충격을 받아 한동안 멍하니 앉아 있었다.

그런 준희에게 허르쉬가 물었다.

"혹시 늑대인간에 대해 알고 있습니까?"

순간 준희는 어떻게 말해야 좋을지 몰라 당황했다. 자신이 알고 있는 늑대인간과 실재의 늑대인간 사이에 어떤 차이가 있을지도 모를 일이기 때문이었다. 하지만 곧 설사 차이가 있다고 해도 자신에게는 아주 좋은 핑계거리가 있다는 사실을 떠올린 준희는 단호하게 대답했다.

"네, 알고 있어요. 하지만 제가 있던 곳의 늑대인간과 이곳의 늑대인간이 같을지는 잘 모르겠군요."

잘못된 설명을 무조건 지역 차이로 돌리고 마는 준희였다. 그렇지만 허르쉬는 그런 준희의 변명을 알아채지 못하고 설명을 재촉했다.

"비슷하리라고 생각합니다. 어서 설명해 주십시오."

준희는 자신이 알고 있는 늑대인간에 대한 지식을 머릿속으로 정리하면서 천천히 대답했다.

"그러니까 맨 처음 늑대인간이 어떻게 해서 생겨났는지는 잘 모르겠지만, 어디까지나 늑대인간의 기원은 인간의 늑대에 대한 숭배에서부터 비롯되었다고 알고 있습니다. 예전에는 대부분 인간의 생계가 사냥에 의존되어 왔으니 늑대와 같이 강하고 빠른 힘이 필요했을 테지요. 그래서 사람들은 늑대의 가죽을 뒤집어쓰거나 그 피를 뒤집어쓰면 늑대와 같은 강하고 빠른 힘을 얻을 수 있게 된다고 믿었습니다. 인간의 탐욕이란 끝이 없지요. 그 때문일까요? 아니면 늑대의 저주였을까요?"

언젠가 본 적이 있는 늑대인간 영화를 떠올리면서 준희는 진지하게 말했다.

"한 인간이 보름, 아니, 붉은 달이 뜨는 밤 실제로 늑대로 변해 버린 것입니다. 그리고 흉포한 야성에 눈을 뜬 그 늑대인간은 자신의 가족은 물론이고 온 마을 사람들을 죽여 물어뜯어 먹었다고 합니다."

그 말에 허르쉬를 비롯한 모든 이들이 오싹해진 듯 두려운 표정이었다.

"물론 그 늑대인간은 한 사제에 의해서 죄의 심판을 받았습니다. 늑대인간은 보통의 검으로는 죽일 수 없지만 은으로 만든 검을 사용하면 죽일 수 있다는 사실을 알아냈거든요. 그렇지만 아시다시피 늑대인간에게 물린 인간은 늑대인간이 되기 마련이지요. 하지만 늑대인간도 낮에는 인간의 모습이기에 그 정체를 밝혀내기란 쉽지 않았습니다. 그래서 그때부터 자신이 늑대인간이라는 정체를 숨긴 채 살아가는 늑대인간이 생겨나기 시작한 거지요. 물론 맨 처음의 늑대인간만큼의 흉포성은 없다고 들었습니다만."

마지막 말에 좌중의 사람들은 안도의 한숨을 쉬긴 했지만 그렇다고 늑대인간에 대한 공포심이 완전히 사라진 것은 아니었다. 그들 또한 언제 늑대인간에게 물려 늑대인간이 되어버릴지 알 수 없었다.

준희의 설명을 들은 허르쉬의 머리 속은 혼란스러웠다.

글로라이드 학원 시절 그에게는 아르휀이라는 친구가 있었다. 글로라이드 학원 출신으로서는 특이하게도 사제가 되기를 희망했던 그는 신비주의 학문에 심취해 있었는데, 그때 그로부터 늑대인간이니 고양이인간이니 하는 존재들에 대해서 들을 수 있었다. 반은 인간이지만 인간이 아닌 존재. 사악한 어둠의 힘을 지닌 자들.

하지만 그것은 어디까지나 존재조차 증명되지 않은 이단 학설일 뿐이었다.

때문에 허르쉬는 아르휀의 얘기를 웃어넘기면서 제발 그가 너무 신비주의 학파에 빠지지 않기만을 바랐었다. 그런데 그런 존재를 눈앞에서 직접 보았으니……

아르휀의 말대로, 아니 신비주의 학파의 주장대로 이런 늑대인간들과 같은 마의 존재들이 존재했다면 어째서 지금까지 세상에 알려지지 않을 수 있었던 것일까?

뭔가 그 속에 거대한 비밀이 감추어져 있을 것 같은 예감에 허르쉬는 나중에 은밀히 그 비밀을 한번 밝혀봐야겠다고 생각했다.

그러면서 그는 사람들에게 말했다.

"어젯밤의 일은 함부로 다른 사람들에게 말하지 않는 것이 좋겠습니다. 사람들에게 괜한 공포심을 불러일으킬 필요는 없으니까요. 여태껏 우리도 그런 존재가 있다는 사실을 모르는 채 잘 살아왔지 않습니까?"

그러자 페이로드 단장이 어이가 없다는 듯 물었다.

"그래서 그런 존재가 다시 공격해 오면 아무런 반항도 못한 채 죽으라는 말인가?"

그 말에 허르쉬는 당황한 듯 말했다.

"그런 것이 아닙니다. 물론 대비는 해야겠지요. 은으로 만든 단검을 몸에 지니는 것도 좋을 것 같습니다. 하지만 저희야 늑대인간을 직접 보았으니 믿는다고 해도 다른 사람들도 그들의 존재를 믿어줄지는 의심스럽군요. 아마 저희를 미친 사람 취급하지 않겠습니까?"

허르쉬의 말에 단장을 비롯한 다른 이들은 곰곰이 생각에 잠겼다. 그리고 그들은 허르쉬의 말에 동의하지 않을 수 없었다. 그들 또한 늑대인간을 보지 않았다면 절대로 그들의 존재를 믿지 않았을 테니까 말이다.

결국 어젯밤의 일은 그들만의 비밀로 하기로 결정하고 그들은 서둘러 그곳을 떠났다.

제14장

프로테스 대공과의 만남

안개가 자욱한 호수를 지나서 그들은 마침내 패잔병과 같은 모습으로 폭풍의 성 토르테에 이르게 되었다.

멀리 거친 비바람을 맞으며 당당히 서 있는 폭풍의 성 토르테의 모습에 순간 준희는 호흡이 멎는 듯했다. 한 번도 정복되어지지 않은 사내가 오만한 눈을 치켜뜨며 한번 정복해 보라는 듯 유혹하는 느낌이었던 것이다.

두근거리는 가슴을 진정시키지 못하고 넋이 나간 채 성을 바라보는 준희의 모습에 허르쉬는 묘한 미소를 지었다. 의외로 준희를 끌어들이는 일이 쉽게 되었다고 생각한 것이다.

거대한 성문 앞에 마차가 이르자 성벽 위에서 망을 보고 있던 병사가 그들을 알아보고는 아래에 있는 병사에게 외쳤다.

“폭풍의 기사단이 귀환했다. 문을 올려라!”

그러자 크르르릉! 철사가 당겨지는 소리가 들리더니 거대한 철문이 서서히 올라가기 시작했다.

문이 열리고 마차가 성문 안으로 들어선 후에도 한참을 달린 후에야 그들은 마침내 토르테 성 앞에 도착할 수 있었다.

성 앞에는 집사인 듯한 노인과 하인 열대여섯 명, 그리고 베드로윈 백작이 나와서 그들을 기다리고 서 있었다.

“어서 오십시오. 토르테에 오신 것을 환영합니다.”

베드로윈 백작은 호감을 주는 미소를 지으며 그들을 맞았다. 하지만 허르쉬가 현자라고 소개한 준희의 얼굴을 보는 순간 그의 미소는 쑥 들어가고 말았다. 현자가 젊다고는 들었지만 이처럼 젊은 청년일 줄은 생각도 못했던 것이다.

아무리 아는 것이 많아도 그것을 현실에 적용시킬 만한 경험이 없다면 있어도 사용할 수 없는 보물이나 마찬가지라고 베드로윈 백작은 생각하고 있었다. 때문에 실망한 베드로윈 백작은 괜한 소문에 휘말려 쓸데없는 짓을 했다고 생각했다.

그래서 준희에게 그저 형식적인 인사 몇 마디를 건네고는 일이 있어 바쁘다는 핑계를 대고는 성안으로 들어가 버리고 말았다.

그런 백작의 모습에 허르쉬는 당황해서 어쩔 줄 몰랐고, 미향은 모욕감에 소리를 버럭버럭 질렀다.

[뭐, 저딴 자식이 다 있어. 기껏 데려올 때는 언제고 이제 와서 푸대접이야. 준 씨, 돌아가자! 오라는 곳은 많아. 여기서 푸

대접을 받을 필요 없어.]

그렇지만 준희는 그저 빙긋 웃으면서 베드로윈 백작의 반응을 담담하게 받아들였다. 어차피 그녀는 진짜 현자가 아니었기에 오히려 괜한 기대를 갖고 대하지 않아서 다행이라고 생각하고 있었던 것이다.

그런 준희의 반응에 안도하면서 허르쉬는 허둥지둥 달했다.

"여기서 이럴 것이 아니라 안으로 들어가시지요, 현자님. 우선 여독을 풀고 며칠 뒤에 다시 차분히 백작님과 얘기를 나누어보신 후에 대공 전하께 인사를 드리는 것이 좋을 것 같습니다."

그 말에 다시 미향의 눈살이 찌푸려지며 다시 뭐라고 소리칠 듯 보이자 그 입을 막기 위해서라도 준희는 재빨리 대답하지 않을 수 없었다.

"그게 좋겠군요. 몸이 피곤해서 그런지 지금 같으면 겨칠 동안이라도 잘 수 있을 것 같네요."

미향은 웃고는 있지만 진짜 피곤한 듯 보이는 준희의 얼굴에 더 이상 아무 말도 할 수가 없었다. 여전히 화가 난 표정은 풀지 않았지만.

허르쉬의 안내로 성안으로 들어선 준희 일행은 들어서자마자 눈에 띄는 홀의 모습에 꽤 의외라는 표정을 짓지 않을 수 없었다.

프로테스 대공이 누구던가? 린페이 북부의 절대자가 아니었던가? 그런 그의 홀이 이처럼 초라한 모습이라니…….

홀에는 그 흔한 장식 하나 달려 있지 않았다. 투박하고 거칠지만 오랜 역사가 느껴지는 홀에서는 고서에서나 맡을 수 있는 향기가 그윽하게 퍼져 나오는 듯했다.

놀라는 준희 일행을 보며 허르쉬는 뿌듯한 표정으로 설명했다.

"프로테스 대공께서는 사치를 좋아하지 않으십니다. 그분은 농부의 아들로 태어나 지금의 대공 자리에까지 오르신 분이기 때문입니다. 여타의 귀족들과는 전혀 다른 분이시지요."

그 말에 사이파와 로에스, 미향은 새삼 놀라운 듯 성안을 둘러보았지만 준희에게 있어 그의 말은 그저 스쳐 지나가는 바람과 같았다. 이런 고성을 직접 눈으로 보기는 처음이라 갑자기 창작 의욕이 마구 불타올랐던 것이다.

허르쉬는 준희 일행을 손님용 침실로 안내한 이후에 재빠르게 발을 돌려 베드로윈 백작의 집무실로 향했다. 베드로윈 백작은 원래 영지를 지니고 있었지만 대공의 행정을 돕기 위해 토르테 성에서 생활하기 때문에 따로 성내에 집무실이 마련되어 있었던 것이다.

집무실의 문을 열자마자 허르쉬는 소리쳤다.

"백작님, 어떻게 그러실 수가 있으십니까?!"

바쁘다던 베드로윈 백작은 느긋하게 차를 마시고 있다가 허르쉬가 들어오자 물었다.

"현자께서는 잘 떠나셨는가?"

　현자라고 떠받들어졌던 사내가 그 정도 모욕을 받았으니 젊은 혈기에 당연 벌써 떠났으리라고 생각한 것이다. 하지만 허르쉬에게서 들려온 대답은 의외의 말이 아닐 수 없었다.

　"현자님은 지금 손님용 객실에서 머물고 계십니다."

　"뭐, 떠나지 않았다는 말인가?"

　놀라서 차를 내려놓는 베드로윈 백작을 보면서 허르쉬는 당연하다는 듯 말했다.

　"그분은 쉽게 사람을 대하거나 평가를 하는 분이 아닙니다. 며칠 후 피곤이 풀리면 다시 자리를 마련하겠다고 했으니 그때는 예의를 다해주시기를 바랍니다."

　베드로윈은 멍하니 한동안 그런 허르쉬를 바라보았다. 현자에 대해 다시 생각하게 되어서라기보다는 허르쉬의 태도 때문이었다. 그의 보좌관으로서 능력이 뛰어난 것은 인정했지만 아직 젊어서인지 유연하게 누군가에게 허리를 구부릴 줄 아는 인물은 아니라는 것이 그에 대한 베드로윈의 평가였던 것이다.

　그도 그럴 것이, 허르쉬는 프로테스 대공조차도 존경해서가 아니라 그 자신이 선택한 인물이기 때문에 따르고 있었던 것이다.

　그런데 채 한 달도 되지 않는 시간 동안 그의 존경을 받아낸 인물이 있었다니…….

　그가 진짜 현자이든 아니든 소문 이전에 그의 능력, 사람의 마음을 사로잡는 능력만큼은 인정하지 않을 수 없다고 생각한 베드로윈 백작은 현자를 다시 만나보기로 결심을 굳혔다.

"알겠네. 내 다시 그를 만나보기로 하지. 그전까지는 프로테스 대공께 현자에 관한 얘기가 귀에 들어가지 않도록 각별히 주의하게."

허르쉬는 베드로윈 백작으로 하여금 다시 현자를 만나게 하기란 그렇게 쉽지 않으리라 생각하고 있었다. 베드로윈 백작은 한 번 결정한 사항은 쉽게 번복하지 않는 사람이었던 것이다. 그래서 뜻밖에 쉽게 떨어진 결정에 허르쉬는 의아한 표정이었지만 곧 고개를 끄덕이고는 가벼운 마음으로 집무실을 나섰다.

허르쉬는 베드로윈 백작 또한 현자와 대화를 나누고 나면 그를 신망하게 되리라고 믿어 의심치 않았던 것이다.

그의 머리 속에는 아직도 선명하게 그날 준희가 했던 말이 남아 있었던 것이다. 파레스 남작의 저택에서 어느 한 기사가 어째서 저 하찮은 불구자들에게 신경을 쓰느냐는 물음에 대한 준희의 대답이.

"그야 모든 인간은 인간으로서의 존엄과 가치를 가지며 행복을 추구할 권리가 있으니까요."

허르쉬는 그 말에 정신이 뒤흔들리는 듯한 충격을 받았다. 준희로서는 별뜻없이 한 말이었겠지만 허르쉬에게는 그렇게 받아들여지지가 않았던 것이다.

허르쉬는 비로소 그가 나아갈 길을 발견한 느낌이었다. 모든 인간이 인간으로서 존경받는 나라, 행복할 수 있는 권리가 있는 나라. 어쩌면 그것은 지나치게 이상적이라 몽상 속에서나 볼 수 있는 국가라고 생각될 수도 있는 말이었지만 허르쉬는 결코 그렇게만 생각하지 않았다. 평민인 그에게 그 나라는 반드시 이루고 싶고 이루어야 할 꿈이었던 것이다.

후에 그런 허르쉬의 생각은 자유 도시 린페이를 이루는 초석이 된다.

창작 의욕은 마구 끓어오르고 있었지만 정작 쓸 말이 떠오르지 않아 준희는 멍하니 '룬의 바다'를 바라만 보고 있었다.

얼마나 그렇게 있었을까? 착잡한 표정으로 준희는 한숨을 내리쉬었다.

머리 속에 수십 번의 글을 쓰고 지웠지만 어느 것 하나 이거다 싶은 단어가 없었던 것이다

말 그대로 피를 말리는 순간이었다. 준희는 더 이상 그 말을 작가들이 좀 젠체하기 위한 빈말이라고 생각할 수가 없었다.

마른 한숨을 내쉬며 괴로워하는 준희의 모습에 미향은 더 이상 그대로 보고 있을 수가 없었다.

[준 씨, 우리 허르쉬에게 부탁해서 이 성 구경 좀 시켜 달라고 하자. 이런 오래된 고성에는 어떤 숨겨진 전설 같은 것이 있을 것 같지 않아?]

준희는 멍하니 미향을 쳐다보더니 흥미가 도는 듯 눈빛을 빛냈다. 숨겨진 전설을 알고 싶다기보다는 성안을 구경하고 싶었던 것이다.

준희는 곧장 천장의 줄을 잡아당겼다. 그러자 얼굴에 온화한 빛을 띤 중년의 하녀 복장을 한 여인 하나가 나타나 물었다.

"무슨 일로 찾으셨습니까?"

"허르쉬 씨에게 제가 좀 뵙자고 전해주시겠습니까?"

준희의 말에 여인은 곧 고개를 끄덕이고는 말했다.

"알겠습니다. 전해 드리도록 하겠습니다."

여인이 물러가고 얼마 있지 않아서였다. 누군가 들어오는 소리가 들렸다. 벌써 허르쉬가 그녀의 말을 전해 듣고 왔나 해서 놀라서 쳐다보니 들어온 사람들은 뜻밖에도 로에스와 사이파, 그리고 로이였다.

"어, 무슨 일이에요?"

로에스는 몰라도 지금쯤이면 사이파와 로이가 검술 수련을 할 시간이었기 때문이다.

로에스는 어깨를 으쓱하며 말했다.

"심심해서."

이에 사이파와 로이에게로 고개를 돌리니 그들은 말하고 싶지 않은 듯 준희의 얼굴을 보지 않은 채 딴청만 부렸다. 그 모습에 미향은 어느 정도 사정을 짐작할 수 있었다. 분명 로에스가 준희에게로 간다고 하자 둘만 있게 하고 싶지 않은 사이파와 로이가 따라온 것이리라.

냉소하며 혀를 차는 미향을 곁눈질하며 준희는 더 이상 이유를 묻지 않은 채 그들에게 말했다.

"마침 잘 왔네요. 좀 전에 허르쉬 씨를 불렀거든요."

"왜지?"

사이파는 못마땅한 기색을 역력히 드러내며 물었다.

"음, 성 내부 좀 구경시켜 달라고 하려고요."

성안을 구경한다는 말에 로이는 기뻐했고, 로에스는 준희와 사이파를 묘한 시선으로 바라보았다. 거의 한 달 동안이나 이들과 함께 있었지만 이들의 관계를 정확히 규정 지을 수가 없었던 것이다. 어찌 보면 준희가 사이파의 보호자인 것도 같고, 어찌 보면 사이파가 준희의 보호자인 것 같고. 그렇다고 둘의 관계가 무엇인지 물어보기도 그랬다. 왠지 그런 쪽의 화제를 준희가 피하고 있었기 때문이다.

잠시 후, 허르쉬가 다급한 발걸음으로 그렇지만 얼굴에는 미소를 띠면서 방 안으로 들어섰다.

"찾으셨습니까, 준희님?"

"네. 성안을 구경하고 싶어서요."

그 말에 허르쉬는—베드로윈 백작으로부터 아직은 이들이 성안을 돌아다녀 프로테스 대공의 눈에 띄지 못하도록 하라는 명을 받은 입장이었지만—은근히 현자를 프로테스 대공과 만나게 하고 싶었기에 잠시 망설이다 준희의 부탁을 받아들였다. 준희가 프로테스 대공과 만나든 만나지 못하든 그것은 어디까지나 그의 운명이라고 생각하면서.

"이곳은 세텐스의 통로라고 불리는 곳입니다. 1395년 세텐스 백작이 이 성의 주인으로 있을 때 기사였던 그는 그의 주군인 하베이 왕의 명령을 받고 전쟁에 참여하기 위해 이 통로만을 걸어갔습니다. 하지만 그는 이미 적에게 매수된 하녀에 의해 독이 든 차를 마신 상태였지요. 때문에 그는 이 통로를 다 벗어나지도 못한 채 입에서 피를 흘리며 쓰러지고 말았지요. 그 때문인지 아직도 이곳에서는 죽은 세텐스 백작의 유령이 떠돌며 주군의 명을 받들기 위해 걸어가고 있다는 소문이 있습니다.”

허르쉬의 말 때문인지 유난히 길게 느껴지는 통로의 왼편에는 토르테 성의 역대 성주들의 초상화가 쭉 늘어서 있었다. 그중 한 초상화를 가리키며 허르쉬가 말했다.

“이분이 바로 그 소문 속의 성주인 세텐스 백작입니다.”

초상화 속의 세텐스 백작은 붉은 머리와 날카로운 적갈색 눈을 한 용맹한 사자와도 같은 모습이었다. 그리고 그 모습은 그들의 맞은편에서 저벅저벅 걸어오고 있는 무거운 갑옷에 커다란 검을 찬 한 기사와 동일한 모습이었다.

준희는 되도록 그를 못 본 척 안면을 굳히고 있었고, 그것은 미향 또한 마찬가지였다. 괜히 아는 척했다가 귀찮은 일에 말려들기 싫었던 것이다.

“…그리고 이분이 이 성의 초대 성주이신 토르테 성주이십니다.”

허르쉬의 설명을 귓전으로 들으며 준희는 세텐스 백작 유령의 몸을 슬쩍 피해 걸었다. 그렇지만 그를 지나치면서 온몸에

느껴지는 차가운 한기의 느낌만큼은 어쩔 수가 없었다. 그로
인해 준희가 움찔 몸을 떨자 그것이 추워서라고 생각한 듯 로
에스가 자신의 망토를 벗어서 준희의 몸에 둘러주었다.

평생 남자 취급받아 온 준희가 언제 이런 대접을 받아보았
겠는가? 때문에 당황해서 준희가 얼굴을 붉히자 그 얼굴을 본
로에스는 더벅머리 사이로 슬쩍 웃어 보였다.

순간 가슴이 두근거린 준희는 당황해서 시선을 피했고, 그
런 준희의 모습에 미향은 싸늘한 분노의 시선을 로에스에게
던졌다. 그렇지 않아도 못마땅했던 자가 준희에게 수작까지
걸자 속이 뒤집힌 것이다. 그로 인해 미향의 몸에서 거센 한기
가 치밀어 오르자 준희는 재빨리 미향에게 경고의 눈빛을 보
냈다.

그 눈빛에 납치 사건 이래로 준희에게 지고 들어갈 수밖에
없었던 미향은 어쩔 수 없이 억지로 살기를 가라앉힐 수밖에
없었다.

그때 허르쉬가 준희에게 물었다.

"토르테 성의 주위 경관을 한눈에 볼 수 있는 곳이 있는데,
그곳으로 한번 가보시겠습니까?"

"네, 좋아요."

준희는 얼른 대답했다. 빨리 미향의 주위를 다른 곳으로 돌
리고 싶었던 것이다.

세텐스의 통로를 지나 그 끝에 이르니 위로 올라가는 나선
형의 계단이 보였다. 허르쉬는 그곳으로 그들을 안내했다. 나

선형의 계단을 따라 쭉 올라가자 작은 문 하나가 눈에 들어왔는데, 한 사람 정도 겨우 들어갈 수 있는 작은 문이라 그들은 차례로 줄을 지어 안으로 들어가야만 했다.

맨 마지막으로 들어간 사람은 준희였는데, 문 안으로 들어서자마자 부딪쳐 오는 세찬 바람에 그녀는 얼굴을 가리지 않을 수 없었다.

"우와! 바람이 심하네요."

하지만 누구도 그녀의 말에 대꾸해 주는 사람은 없었다.

그곳에는 이미 먼저 온 사람이 있었는데, 일행 모두가 그에게 온통 신경이 쏠려 있었던 것이다.

준희 또한 어느 정도 시간이 지나자 거친 바람에 적응해 눈앞을 똑바로 바라볼 수 있었고, 그를 볼 수 있었다.

거친 바람 속에서도 굳건히 서 있는 그 사내는 오십대 후반에 허름한 옷차림이었지만 호방한 인상이 마치 거대한 호랑이가 서 있는 듯 큰 느낌을 주는 사람이었다.

"대공 전하!"

그를 본 허르쉬가 놀라서 외쳤다. 하지만 그 음성에 섞여 있는 반가운 기색만은 숨길 수가 없었다. 어쩌면 이 순간은 역사적인 사건으로서 기록될지도 모르는 것이었다. 현자와 미래의 린페이 황제가 될 프로테스 대공과의 만남인 것이다.

하지만 프로테스 대공은 어떤 생각에 잠겨 있는 듯 안개가 자욱하게 낀 호수 주변을 바라보면서 돌아보지도 않은 채 중얼거리고 있었다.

“젊은 시절의 난 세상이 너무 좁다고 느꼈었다. 손만 뻗으면 모두 내 것이 될 것이라고 생각했지. 그런데 지금은 세상이 너무 넓어 보이는구나. 어떻게 된 일일까? 이제는 나이가 들어서 젊은 날의 용기가 사라져 버린 것일까?”

그 말에 허르쉬는 몸속의 흥분이 싸늘히 식어가는 느낌이었다. 지금 현자와의 만남을 주선할 때가 아니라는 사실을 깨달은 것이다. 누구보다도 정열적이고 패기만만했던 프로테스 대공이 저렇게 자신감을 상실한 듯한 모습이라니…….

그런데 그때였다. 혼란스러워하는 허르쉬의 귓가에 준희의 목소리가 들려왔다.

“그건 용기가 없어진 것이 아니라 나이가 들어 현명해졌다고 생각해야 하지 않을까요? 젊은 사냥꾼이 곰을 잡으러 간다고 하면 아무도 그 청년에게 용기가 있다고 하지는 않습니다. 겁이 없고 무모하다고 생각하지요. 그 청년은 곰의 무서움을 모르니까요. 하지만 나이가 든 사냥꾼이 곰을 사냥하러 간다고 하면 누구나가 용기가 있다고 할 것입니다. 곰의 무서움을 알면서도 곰을 사냥하려 가는 것이니까요. 대공 전하께서는 어느 쪽이신지요?”

프로테스 대공의 얼굴이 서서히 그들 쪽으로 돌려졌다. 대공은 허르쉬와 준희 일행의 얼굴을 쭉 둘러보더니 이윽고 준희에게 시선을 고정한 채 눈을 부라리며 물었다.

“지금 그 말은 지금까지의 나는 무모한 젊은이였다는 말인가?”

"그렇지 않습니까? 이 세상이 과연 손만 뻗으면 얻을 수 있는 것입니까?"

잠시 프로테스 대공은 아무런 말 없이 무섭게 준희를 노려보기만 했다. 하지만 준희는 조금도 동요하지 않는 얼굴로 대공을 마주 볼 뿐이었다. 물론 겉으로만. 속으로는 괜한 말을 했다고 바짝 긴장하고 있었던 것이다. 그렇지만 잠시 후, 뜻밖에도 대공의 입에서는 광소가 터져 나왔다.

"크하하하!"

한참을 웃던 대공은 마침내 웃음을 멈추고 정색을 하더니 준희에게 물었다.

"자네는 누군가?"

"로드센에서 온 서준희라고 합니다."

그러자 허르쉬가 앞으로 나서며 덧붙이듯 말했다.

"이분은 로드센의 현자이십니다."

"…로드센의 현자라니?"

처음 들어보는 소리에 대공은 의아한 듯 준희와 허르쉬를 번갈아 쳐다보았다. 준희의 모습이 도저히 이름난 현자의 모습으로는 보이지 않았기 때문이다.

그 모습에 준희는 피식 웃으며 말했다.

"그저 허명일 뿐입니다. 어찌 제가 현자를 자처하겠습니까?"

그 말은 스스로 현자를 자처하지는 않았지만 남들이 현자라고 칭해준다는 말이 아니겠는가? 믿어야 할지 말아야 할지 몰

라 한참 동안이나 준희를 날카로운 눈으로 주시하던 대공은
마침내 생각을 정리한 끝에 말했다.

"현자께서 어찌 이곳 토르테 성에 오시게 되었는지는 묻지
않겠네. 어떤가? 나를 도와주겠는가? 난 이 린페이를 통일하고
싶네."

"기꺼이."

어차피 그녀는 프로테스 대공에게 몸을 의탁할 결심을 했기
에 대공의 제안을 쉽게 받아들였던 것이다. 자신이 그를 도와
줄 수 있을지 어떨지에 대해서는 완전히 제쳐 두고서.

순간 허르쉬는 짜릿한 전율이 온몸을 휘감는 듯했다. 마침
내 현자와 대공의 만남이 이루어진 것이었다. 이렇게 쉽게 대
공이 현자에게 손을 내민 것은 그에게도 의외이기는 했지만.

베드로윈 백작은 못마땅한 얼굴로 프로테스 대공에게 물었
다.

"그러니까 현자를 만나셨다는 말씀이십니까?"

"그렇다네."

"그리고 그를 재상으로 임명했고요?"

"그렇지."

담담한 대공의 말에 베드로윈 백작은 화가 치미는지 얼굴이
점점 굳어졌다. 그러더니 대공의 앞이라는 것도 잊은 채 버럭
고함을 질렀다.

"도대체 그에 대해 뭘 아시기에 덥석 재상으로 임명하셨단

말씀이십니까?"

하지만 곧 그의 항의는 수그러들 수밖에 없었다.

대공이 눈을 치켜뜨며 물었던 것이다.

"나야말로 묻고 싶군. 그가 왜 여기 와 있나? 그리고 난 왜 그 사실을 모르고 있었던 거지? 자네라면 그 이유를 알고 있을 듯싶은데……."

차분히 들어보겠다는 듯 손을 깍지 낀 채 바라보는 대공의 모습에 베드로윈은 머리를 긁적이며 난처한 듯 말했다.

"대공께서 아시면 흥분해서 지금 당장 디오니아 섬을 찾아 떠나시려고 하실 것 같아서였습니다. 솔직히 그가 디오니아 섬에서 온 현자인지 아닌지도 모르는 상황이지 않습니까? 뭐, 그를 재상으로 임명하고 린페이의 통일을 우선시하시는 것을 보니 제 생각이 단순한 기우였다는 것은 알았지만 말입니다."

"…지금 뭐라고 했는가? 디오니아 섬에서 온 현자라고!"

대공은 처음 듣는 사실에 두 눈이 휘둥그레져서 외쳤다.

"모르고 계셨습니까?"

베드로윈 백작은 실수했다는 표정을 감추지 못하고 중얼거리듯 물었다.

크게 고개를 끄덕이는 대공의 얼굴에서는 빛이 도는 듯했다. 그런 대공의 표정을 본 것은 베드로윈으로서도 딱 한 번뿐이었다. 바로 대공의 아들인 허스 프로테스가 태어났을 때였다. 커갈수록 대공의 뜻과는 다르게 검에는 관심이 없고 예술

에만 관심을 드러내는 아들의 태도에 실망해서 지금은 방임 상태이긴 했지만, 아들이 태어났을 때는 마치 세상을 다 얻은 듯 기뻐했던 것이다. 이에 초조해진 베드로윈 백작은 서둘러 말하기 시작했다.

"이미 말씀드렸다시피 그 현자가 디오니아 섬 출신이라는 사실은 정확하지도 않은 소문일 뿐입니다. 그리고 설령 사실이라 할지라도 지금 디오니아 섬으로 출발할 수도 없는 일이고요. 얼마나 떨어져 있는지도 모르는 디오니아 섬을 찾아가는 동안 오르디안 대공이 가만히 있겠습니까? 그 약삭빠른 오르디안 대공은 그 틈을 놓치지 않고 이 북부를 점령해 버릴 것입니다."

그 말에 어느 정도 흥분이 가라앉은 듯 대공은 크게 한숨을 내쉬더니 단오하게 말했다.

"지금 즉시 재상을 불러오도록 하게. 내가 직접 그 진위 여부에 대해 물어보아야겠네."

"하…… 알겠습니다."

말려도 소용없다는 것을 깨달은 베드로윈은 억지로 목에서 짜낸 듯한 소리를 내더니 대공의 서재에서 물러 나왔다. 그러면서 그는 속으로 으르렁거렸다.

"허르쉬, 감히 내 명을 거역하고 현자의 존재를 드러내다니…… 이 일이 후에 대공 전하의 앞길을 가로막게 된다면 결단코 너를 용서하지 않겠다!"

그런 베드로윈의 말을 재미있다는 듯 듣고 있던 미향은 얼

른 날아가 준희에게 대공과 베드로윈의 지금까지의 대화를 상
세히 전했다. 마지막에 베드로윈이 허르쉬에게 악감정을 드러
냈다는 사실까지.

덕분에 준희는 베드로윈 백작이 올 때까지 상황을 정리할
수 있었다.

잠시 후, 베드로윈 백작이 친히 준희를 찾아왔다.

준희는 모르는 척 의외라는 얼굴로 반갑게 그를 맞이했다.

"여기까지 어쩐 일이십니까?"

베드로윈 백작은 허허 웃으며 말했다.

"잠시 전 대공 전하께 그대, 아니, 재상에 대한 말씀을 전해
들었습니다. 재상으로 임명되신 것을 축하드립니다. 앞으로
많은 도움 부탁드리겠습니다."

"무슨 말씀을요. 오히려 제가 백작께 많은 도움을 받아야 할
입장인 것을요."

솔직한 준희의 마음이었다. 그녀가 정치에 대해서 무엇을
알겠는가? 평생 책만 보고 산 인생인 것이다. 그렇지만 그것을
겸손으로 받아들인 베드로윈 백작은 준희에 대해 안 좋았던
감정이 약간 마음이 풀리는 것을 느꼈다.

그는 새파랗게 젊은 녀석이 아무리 그가 현자라 해도 그동
안 대공을 위해 평생 머리를 써온 자신을 제치고 덜컥 재상의
지위에 오른 것이 마음에 들지 않았던 것이다. 하지만 준희가
먼저 굽히고 나오자 자신이 잘만 조종한다면 앞으로도 자신의

뜻대로 정치를 할 수 있을 거라는 생각이 들었고, 이에 준희에 대한 나쁜 감정도 어느 정도 풀리고 만 것이다.

짧은 시간에 자신에게 이득이 되는 방향으로 생각을 전환한 베드로윈은 흔쾌히 웃으며 준희에게 대답했다. 그런 견에서 확실히 베드로윈 백작은 뛰어난 인재라고 할 만했다.

"제가 재상을 돕는 것이야 당연한 일이지요. 그것보다 지금 즉시 대공 전하께 가보셔야 할 것 같습니다. 전하께서 재상을 찾으시더군요."

"아, 네. 알겠습니다."

"그런데 제 보좌관인 허르쉬가 여기 있다고 들었는데……."

그냥 가려다가 문뜩 생각난 듯 베드로윈 백작이 말했다. 그는 받은 것은 반드시 돌려주지 않으면 직성이 풀리지 않는 사람이었다.

"허르쉬요? 지금 제 동료들과 함께 있을 겁니다만……."

제자인 로이에게 요즘 기초적인 글 읽기와 쓰기를 가르치고 있다는 말에 현자께서 어찌 그런 일을 하시냐면서 그 정도는 자신이 대신 하겠다고 로이를 데리고 방으로 가던 허르쉬를 떠올리며 준희는 약간 난처해져서 말했다. 허르쉬는 어디까지나 베드로윈 백작의 보좌관인데 마치 자신의 비서처럼 쓰고 있다는 생각이 들었던 것이다.

"그렇습니까? 허르쉬는 유능한 청년이지요. 나이도 아직 젊은, 아시겠지만 이제 겨우 23살입니다. 평민이면서도 대륙의 내로라하는 천재들이 모여든다는 글로라이드의 학원의 졸업생이지요. 정말 앞으로의 전망이 기대되는 인재가 아닙니까?”

그러면서 베드로윈 백작은 은근히 준희가 허르쉬에게 경계의 감정을 가지도록 부추기고 있었다. 미향은 뻔히 보이는 그 수작에 눈살을 찌푸리며 걱정스럽게 준희의 반응을 살폈다. 행여 베드로윈 백작의 이 이간질로 인해 이곳에서 유일하게 준희의 편이라고 할 수 있는 사람과 거리가 생기면 어쩌나 하는 우려 때문이었다. 하지만 그것은 준희의 둔함을 모르는 소치였다.

정말 베드로윈 백작의 말을 그대로 받아들인 준희는 허르쉬가 자신에게 꼭 필요한 사람이라고 생각한 것이다. 물론 앞으로 자신의 뒤치다꺼리를 해줄 수 있는 유능한 인재로서. 그것이 비록 베드로윈 백작으로서는 큰 손실일지라도. 때문에 준희는 강하게 밀어붙였다.

“…백작께 부탁이 있습니다.”

“부탁이요?”

베드로윈은 의아하다는 표정으로, 그렇지만 속으로는 잔뜩 긴장한 채 물었다. 재상을 자신의 세력으로 끌어들이려면 처음으로 하는 재상의 부탁을 들어주지 않을 수 없는 일인데 행여 무리한 요구를 하면 어쩌나 하는 생각 때문이었다.

“네. 사실 제가 아직은 이 린페이의 사정에 대해 자세히 알지를 못하고 있습니다. 이 대륙의 전반적인 사항에서조차 지식이 딸리는 형편이지요. 그래서 말인데 백작의 보좌인 허르쉬를 제게 주실 수 없겠습니까? 무엇보다 오는 길에 그의 도움을 많이 받아 익숙한지라……. 게다가 베드로윈 백작의 말씀대로 그는 명문 학원인 글로라이드 학원 출신이니 제게 많은 도움을 줄 수 있을 것 같습니다만.”

허를 찔린 듯 베드로윈 백작은 준희의 말에 멍한 표정이었다. 그리고 미향은 정신없이 웃기 시작했다.

[크크큭, 아하하하! 역시 준 씨는 멋져. 굉장해.]

백작은 도대체 재상의 의도가 무엇인지 몰라 준희를 빤히 바라보다가 허르쉬에게는 그 어떤 배경이 없다는 것을 떠올렸다. 그는 평민 출신으로 줄이 없었던 것이다. 그가 인재이긴 하지만 벌써부터 자신의 명을 듣지 않고 이 현자의 편을 들고 있는 처지인만큼 그를 내어주어도 상관이 없다는 계산이 서자 곧 백작은 기분 좋은 얼굴로 웃어 보이며 말했다.

“비록 제 보좌관이긴 하지만 재상께서 원하신다면 드려야지요. 곧 조치를 취해 드리겠습니다.”

“고맙습니다, 백작. 지금 제게는 백작밖에 의지할 데가 없군요.”

그 말에 베드로윈 백작은 흐뭇한 미소를 감추지 않고 말했다.

“그럼.”

백작이 나가자 미향은 뜻밖이라는 듯 준희에게 말했다.

[준 씨, 나, 준 씨는 좀 멍청한 데가 있는 사람이라고 생각했었는데. 의외야. 준 씨에게 이런 약아빠진 모습이 있었다니 말이야.]

미향은 백작의 이간질을 꿰뚫어 보고 준희가 허르쉬를 달라
했다고 생각해서 한 말이었고, 준희는 유능한 인재인 허르쉬
를 백작이 거절할 수 없게 만들어서 주게 만든 것을 가리켜 한
말이라고 생각해 대답했다.

"멍청하다니…… 내게 큰 피해가 오지 않는 이상 양보하는
삶을 살았을 뿐이야. 하지만 지금은 양보할 수 없는 일이잖아.
내 목숨이 걸린 이상, 돌아가서 유명한 소설가로서 이름을 날
리기도 전에 이곳에서 죽어버릴 수는 없는 일이니까."

약간 어긋나 있는 한 사람과 귀신이었지만 어찌 되었든 말
은 통하고 있었다.

[다행이라고 해야 할지, 유감이라고 해야 할지…….]

미향의 그 말에 준희는 의문스런 시선을 던졌지만 미향은
고개를 돌린 채 대답하지 않았다. 준 씨가 죽어서 자신과 같은
귀신이 되었으면 좋겠다고 생각한 그녀의 마음을 도저히 말해
줄 수는 없었으니까.

『판타지 소설가』 2권에서 계속…

지금 유전자가 말하는 사랑과 성에 관한 솔직 대담한 진실이 펼쳐집니다!

남편의 후광을 등에 업는 것은 까마귀와 인간뿐…

모두에게 바보 취급받던 독신 암컷이 단번에 인생대역전을 해서
서열 1위인 수컷의 아내 자리를 차지하게 될 수도 있다는 말입니다.
모든 여성이 이상형의 남자와 결혼할 수 있는 것은 아닙니다.
적당한 선에서 타협하여 적당한 사람과 결혼하지요.
하지만 솔직히 말해서 당연히 멋진 남자가 더 좋지 않겠습니까?
따라서 여성은 생각합니다.
'그럼 어떻게 하지? 유전자만이라면 가질 수 있어!'
그리하여 장기계획형이나 단기승부형과 같은 여러 가지 방법의
외도가 생겨나는 것입니다.
물론 모든 여성이 이를 실행에 옮기지는 않습니다.

하지만 기회가 있다면 어떨까요?
다른 조건과 이미 타협을 봤다면?
남편이 사소한 일은 눈치 못 채는 둔한 남자라면?
뭔가 유전자의 음모가 느껴지지 않습니까?

실패를 모르는 남자 선택법!
「내 남자친구는 왼손잡이」 법칙

어째서 여성은 왼손잡이 남성에게 마음이 끌리는 걸까요?

여기서 기억해야 할 것은 몸의 좌우와 뇌의 좌우는 원칙적으로 반대 관계라는 점입니다.
따라서 왼손잡이 남성은 우뇌가 발달했습니다.
발달했다는 사실이 왼손잡이를 통해 반영된 것입니다.

그리고 두 번째로 생각해야 할 것은 우뇌는 남성 호르몬의 일종인 테스토스테론에 의해 발달한다는 점입니다.
요약하자면 왼손잡이 남성은 우뇌가 발달했는데, 그것은 테스토스테론 수치가 높기 때문입니다.
그것은 다름 아닌 생식 능력이 높다는 것을 의미하지요.

「내 남자 친구는 왼손잡이」에 감춰진 의미는… 내 남자 친구는 생식 능력이 높아… 인 것입니다.

초등학생이 반드시 읽어야 할 좋은 책 49권

각 학년별로 초등학생이 반드시 읽어야할 좋은 책을
선정하여 통합논술의 기본이 되는 '올바른 독서법'을
일깨워 줍니다.

교과서와 함께하는
초등학교 통합논술

초등1학년 | 값 12,000원 / 초등2학년 | 값 9,500원 / 초등3학년 | 값 11,000원 / 초등4학년 | 값 9,500원 / 초등5학년 | 값 9,500원 / 초등6학년 | 값 11,000원

♣ 혼자 할 수 있어요.

엄마가 책 읽는 방법을 가르쳐 주어도 좋아요.
독서지도하는 선생님이 가르쳐 주어도 좋답니다.
"초등 교과서와 함께하는 **통합논술 시리즈**"는
아이 스스로 독서할 수 있도록 꾸며진 책이에요.
엄마와 선생님은 요령만 가르쳐 주시면 된답니다.

♣ 교과서의 중요한 내용이 총정리되어 있어요.

각 학년별로 중요한 교과 내용이 함께 수록되어 있어요.
초등학생은 교과서 내용을 충실하게 공부해야 합니다.
아울러 그와 병행한 독서가 대단히 중요하지요.
"초등 교과서와 함께하는 **통합논술 시리즈**"는
두가지 방법 모두 알려준답니다.

♣ 이 책은 훌륭하신 선생님들이 함께 쓰신 책이랍니다.

동화작가 선생님들이 쓰셨어요. 소설가 선생님도 쓰셨답니다.
국어 논술독서지도 선생님들도 함께 쓰셨지요.
"초등 교과서와 함께하는 **통합논술 시리즈**"는
엄마의 마음으로 모든 선생님들이 함께 꾸민 책이랍니다.